马伯庸 著

# 龙与地下铁

CVS
湖南文艺出版社
HUNAN LITERATURE AND ART PUBLISHING HOUSE

博集天卷
CS-BOOKY

# 目　录

龙与地下铁

# 外 篇

———

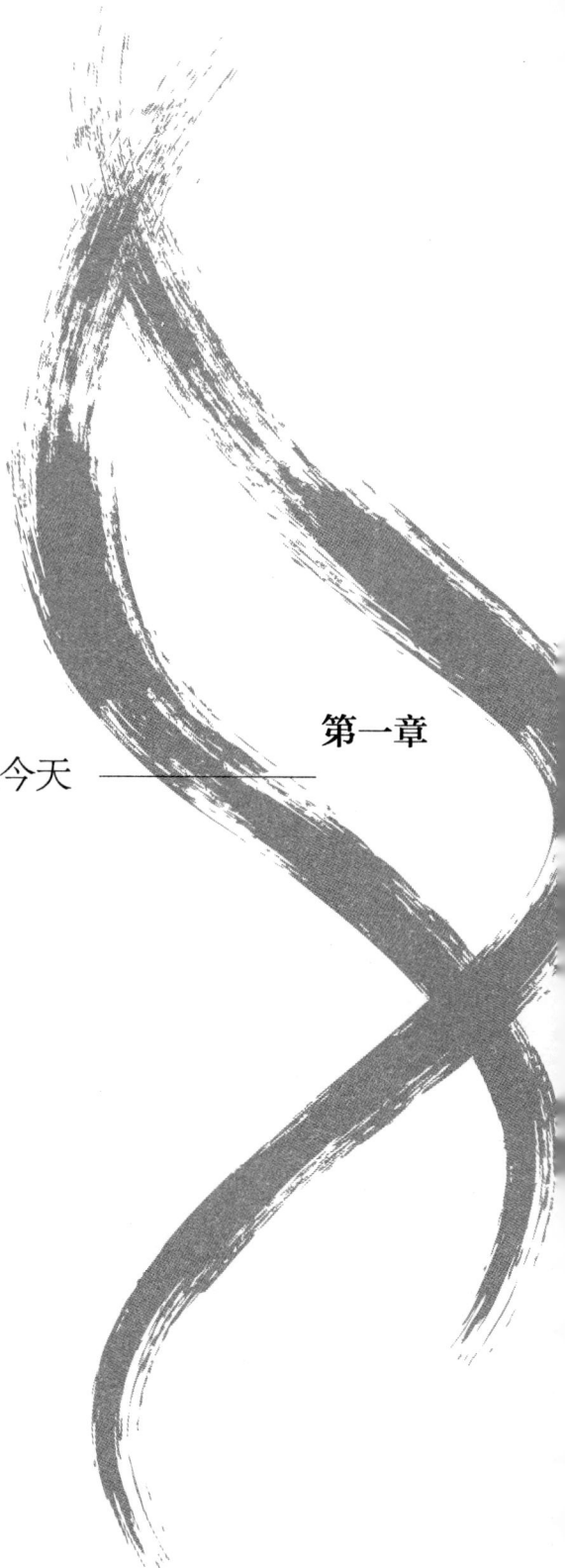

第一章

你的幸运日是今天 ——————

哪吒感觉自己快死了。

他现在感觉仿佛有人敲开自己的脑壳，往里扔了十几只蜜蜂，这些蜜蜂随着马车的颠簸在颅骨内来回撞击，发出"嗡嗡"的声音。即使是喝最难喝的蓖麻药汤，也无法和这种感觉相比。

这是他第一次乘这么长时间的马车。这辆四轮马车相当高级，有两排宽敞的枣木软座，车窗边缘雕刻着精美的牡丹花纹，厚厚的吐蕃绒毯铺在楠木地板上，下面还衬着一层弹簧。而马车奔驰的大路是大唐境内最好的沥青官道，据说这个黑皮肤的昆仑奴马车夫曾经为皇帝驾过御车——但对一个十岁的少年来说，这趟旅途仍旧有些太长了。

"妈妈，我们什么时候能到长安？"哪吒有气无力地第十九次问出这个问题。

母亲正在专心地看一本书。她听到儿子这个问题，把书本合上放回桌上，转过身来，温柔地用两根食指揉了揉他的太阳穴："还有一个时辰，我们就能看到长安的城门了，再坚持一下，好吗？""可是我快要吐了。"哪吒闷闷不乐，他的胃已经开始翻腾。远处的山脉连绵不绝，翠绿色的平原和星星点点的野花丝毫不能让他感到舒服。

"如果实在难受的话，那就扒在车窗上看看天空吧。"母亲建议道。哪吒抿住嘴唇，尽量不让自己呕出来弄脏丝绸桌布。天空他已经看过许多次了，可都没什么用。那是多么枯燥的景色，大部分时间是一成不变的蓝色天空，偶尔有几朵白云飘过，还不如自己的画板色彩丰富。

可哪吒是个听话的孩子，既然母亲这么说了，他就再次把头转到窗口，朝外仰脖望去。从车窗望出去，天空和前几次看并没有什么不同，近处是蓝色，远处还是蓝色，天幕一直延伸到与地平线重合的地方，颜色始终没有什么大的改变，就像是老天爷弄丢了除蓝色以外的所有颜料。

"如果一直待在那样的地方，该是件多么无聊的事情啊。"哪吒一边这么想着，一边漫不经心地扫视着天空。他忽然看到，远处的天空出现了几个小黑点，居然还会动。那应该是大雁吧，哪吒猜测，但大雁不会像它们移动得那么快。

好奇心略微冲淡了一点哪吒的眩晕，他扯住母亲的袖子想让她一起去看。可这时候，辕马突然发出一阵嘶鸣，两侧车轮旁的闸瓦发出刺耳的摩擦声，整辆马车陡然停住，车厢里的人都随着惯性朝前倒去。哪吒一头滚到妈妈的怀里，妈妈伸出手臂撑在隔板上，只见桌面上的书"啪"地掉落在地。

"嘎吱"一声，昆仑奴车夫从车顶掀开了气窗，语气有些惊慌："夫人，请抱紧少爷，我们遭到袭击了。""是什么人？山贼吗？"母亲镇定地问道，表情却显得不可思议，这可是长安城的近畿啊，怎么可能有山贼？"不，比那还可怕。"车夫迅速抄起一张乌黑的劲弩，把弩箭上弦，"是孽龙！"

哪吒在母亲怀里抬起头："什么是孽龙？"母亲摸摸他的头，把他抱得更紧一些："孽龙不是生物，也不是死灵，而是天地之间的戾气聚合而成的邪魔。它们的身体是一团漆黑的烟雾，总是化成龙的样子，喜欢在野外袭击人类。""可我们没有惹它生气呀，为什么会来找我们呢？"哪吒好奇地问，眼睛里闪着光芒。他最喜欢的，就是听这些怪物的故事。母亲正要回答，车夫的声音再度响起："请您坐稳，我试着甩掉它。"车夫说完后，把气窗关起来，再度让马车跑起来。这次的速度比刚才要快许多。

母亲顾不上回答哪吒的话，她迅速从车厢壁上拽下一条棕色的牛皮带，把哪吒勒在座位上，然后用另外一根牛皮带把自己也勒在座位上，右手紧紧地攥住一把小巧的扳手。马车开始沿着"之"字形路线快速移动，四个厚木轮碾过沥青路面，发出尖锐的摩擦声。车厢剧烈晃动起来，车里的人左右摇摆。车厢外除了密如鼓点的马蹄声和车夫的甩鞭声以外，还多了一种如巨蛇吐芯般的咝咝声，阴沉而清晰，让人的皮肤浮起一层鸡皮疙瘩。

说来奇怪，哪吒这时候反而不觉得晕了，倒有一丝兴奋。他瞪大眼睛，朝着窗外望去，看到在马车的侧面半空中飘浮着一缕长长的黑烟。这烟雾凝聚成一条龙的形状，身子有三四辆马车那么长，像是哪吒第一次写毛笔字时歪歪扭扭的"一"字。这条孽龙似乎发现哪吒在望着它，发出凄厉的叫喊，龙头突然朝车窗撞过来。千钧一发之际，马车陡然加速，堪堪避开撞击。"铿"的一声，车夫手里的弩机响起，一支精钢弩箭正好射入孽龙的身躯。

黑雾散了散，随即又凝结成龙形。孽龙看起来比刚才还要愤怒，身体上竖起一根根雾气滚滚的尖刺。它摆动身体，再次撞来。马车还没调整好姿态，这一次撞击看起来避无可避。就在龙头的长吻碰触到车壁的一瞬间，整个车厢哗啦一声突然解体，三面厢壁像被一只看不见的手骤然拔起，一下子从马车底盘上崩开，在半空翻滚了小半圈，重重砸在了孽龙的脑袋上。哪吒只觉得眼前一亮，周围的封闭车厢突然变成了露天，只剩下脚下的地板还在。幸亏母亲和他被牛皮带紧紧束缚在座位上，不然在刚才的撞击中说不定会被甩出去。减轻重量的马车又提升了速度，甩开孽龙一段距离。母亲面色苍白地松开扳手，依旧十分忧虑。这是马车最后的防御，如果孽龙再次追上来，他们就要束手无策了。

这时候，哪吒忽然听到一阵嗡嗡声，他急忙抬起头，看到刚才那几个天空中的小黑点正在迅速接近。他的视力很好，很快就发现那果然不是大雁，而是三架造型威武的飞机。这三架涂成金黄色的飞机都是祥云造型、双层机翼，机头和机翼上分别有三个硕大的螺旋桨高速转动着，发出低沉的嗡嗡声。哪吒注意到，每一架飞机的机身上都画着一只棕羽白翎的雄鹰，雄鹰的嘴里衔着一朵鲜艳的粉牡丹。

"是天策府的空军！"车夫欣喜地叫喊，拼命挥舞手臂。三架飞机注意到了车夫发出的信号，立刻分散开来，降低高度，从不同方向朝马车逼近。三个黑乎乎的牛筋动力副转子从机身上被抛下，这说明他们进入了格斗状态。

这时候孽龙也已经摆脱了那三块厢壁，气势汹汹地朝马车追过来。它已经愤怒到发狂，如雾的身躯在高速运动下变得细长，几乎在一瞬间就接近了马车。

三架飞机已经降到和孽龙同一水平面，机翼下的连珠弩炮也已绷紧了弦。但孽龙距离马车太近了，天策府的战机生怕会误伤到那对没有任何遮蔽的母子，不敢射击。在迟疑了一下之后，其中两架继续低空跟近，第三架飞机忽然拔高，飞到马车与孽龙上空大约二十丈的高度。

这架飞机的底腹突然开了一个口，从里面撒下大量杏黄色的符纸。这些用朱砂描出古怪篆形的符纸被抛成一条长线，哗啦啦如同雨点一般落在马车和孽龙之间。每一张符纸接触到黑色烟雾都发出噬噬的腐蚀声，让雾气的颜色变淡几分——这是白云观的辟邪道符，对于魑魅魍魉有奇效。

在道符的侵蚀之下，孽龙痛苦地翻滚着身躯，速度却丝毫不减。这时，它身后的两架飞机已经接近，它们冒着相撞的危险，一头扎进孽龙的尾巴与小腹。机头螺旋桨的高速转动撕裂了孽龙的雾身，将其剧烈地吹散，孽龙的后半截霎时就残缺不全。可同一时间，孽龙的大嘴已经一口咬住了马车的尾部。螺旋桨对它造成的伤害反而让它狂性大发，猛地摆动脖子。马车被这一股力量牵扯着，一边的车轮被悬空拽起。车里的母子除了紧紧抓住座椅两侧的把手，毫无办法。

混乱中，孽龙头部竖起的一根雾刺突然伸长，在哪吒身前飞快地划过。牛皮带啪地断裂开来。孽龙猛然一仰脖子，马车被高高抛起，失去束缚的哪吒一下子被甩向天空，不由得发出惊恐的叫声。他的身子经历了短暂的上升，然后开始跌落。哪吒闭上眼睛，耳边传来呼呼的风声，他知道自己快要死了，心想如果当初多吃一块西域的水果糖就好了。在恐惧和慌乱的缝隙里，哪吒却有一点莫名的快感。这种在半空的失重感，似乎也是一件有趣的事情，感觉有点像是——飞翔？一个才学会不久的新词莫名其妙地跃入他的脑海。

这时，一阵轰鸣声飞过耳畔，"咚"的一声，哪吒感觉自己落在了什么上面，身子摔得一阵剧痛。他勉强睁开眼睛，首先映入眼帘的是那只衔着牡丹的雄鹰，然后发现自己正躺在一架飞机右侧的机翼上。飞机正极力保持着水平姿态，使他不至于从牛皮机翼上滑落。他认出来这是那架抛撒符纸的飞机，是它在千钧一发之际接住了自己。这个飞行员居然在一瞬间插到孽龙和马车之间，准确地用机翼接住他，胆量和技术都相当惊人。

哪吒顾不上疼痛，俯下身子，用两手抓住机翼上的凸起，强烈的气流吹得他几乎睁不开眼睛。这时驾驶舱的舱门被推开，一个戴着飞行头盔的男子探出头来，他的大半张脸都被两片圆圆的护目镜挡住，领口的白围巾飘得很高。

"喂，接住这个。"飞行员抛出一根绳子。哪吒不知道哪里来的勇气，咬着牙拽住绳子，迎着猛烈的风慢慢从机翼挪向舱门，然后一缩脖子滚进了驾驶舱。"以后如果有女孩子问起，记得告诉她，你的幸运日是今天。"飞行员爽朗地笑着，拍拍他的头，重新关上舱门。驾驶舱很狭窄，所以哪吒只能像只猫一样蜷缩在飞行员的怀里。他好奇地打量了一下仪表盘，上面的指针与数字让他眼花缭乱，机舱里还弥漫着一股刺鼻的蓖麻油味。

"想哭的话记得提前说一声。"飞行员把身体往后挪了挪，尽量腾出点空间。"爸爸说不能哭。"哪吒倔强地扬起头，尽量让泪水蓄积在眼眶里不流出来。刚才的一切发生得太突然了，他没顾上害怕。可现在脱险了，一阵一阵的恐惧才袭上心来。

"很好，男人就该如此！"飞行员一边说着，一边让机身偏了偏，从侧舷朝地面望去。地面上，马车已经跑开很远，车夫和母亲全都安然无恙。没了顾虑的两架飞机开始猛烈地用螺旋桨和弩炮攻击，那条孳龙的身躯被打得残缺不全，眼看就要彻底消散了。确认不会有什么危险后，飞行员一拉操纵杆，机头一下子俯冲下去。哪吒毫无心理准备，身体一下子前倾，眼眶就像是一口突然被翻转的井，把好不容易含住的泪水一下子全都倾倒出来，顿时哭了个稀里哗啦。

"喂！不是说好不哭的吗？"飞行员有些手忙脚乱，他腾出一只手掏出一个酒葫芦，在哪吒面前笨拙地晃动，试图吸引他的注意力。但哪吒视而不见，继续哭着。"怎么办，小孩子真头疼啊……"无计可施的飞行员自言自语，隔着头盔抓了抓头，然后忽然想到了什么，贴在哪吒耳边，神秘兮兮地压低声音说："对了，想去天上看看吗？这可是难得的机会，天策府的飞机，可不是随便什么人都能坐的哟。"

"天上？"哪吒止住了哭泣，"我们不是在天上了吗？"飞行员发出一声不屑的哼声："差远了！才一百多丈的高度，算什么天空！真正的天空，还要再往上飞很高呢！"

"会和现在不一样吗？"哪吒抬起头好奇地望去，可没看出和周围有什么不同，只是一成不变的湛蓝而已。他的狐疑大概让飞行员很是不满，飞行员一踩踏板，让机头翘起，翅膀下的动力机发出巨大的轰鸣声，驱动着飞机朝着更高的地方飞去。

哪吒感觉到一股强大的压力攫住自己，把自己按在机舱里动弹不得，连哭都没法哭。他只得屏住呼吸，咬紧牙关，期待这一切快快结束。可度过最初的不适应以后，一丝难以言喻的兴奋沁入他的心中。舱外的蓝天似乎颜色变得更深了些，像是飞机坠入深邃的大海，这景象似曾相识，似乎在梦里已经期待了很久。

战机一直爬升到很高的高度，金黄色的蒙皮在太阳的照射下熠熠生辉。在高明的飞行员的操控下，飞机穿破云层，时而翻滚，时而俯冲。周围的景色急速变化，阳光从不同角度折射出各种色彩，与形状各异的云彩构成一个硕大而开阔的万花筒，变幻莫测。

哪吒瞪大了眼睛，兴奋地发出呼喊声。在地面上看起来明明很乏味的天空，当自己置身其间时却充满了惊喜，他没想到，天空居然是这么有趣的地方。整个身体感觉要融化在天蓝色的背景里，和风一起吹得到处都是。

"嘿嘿，怎么样？没骗你吧？"飞行员得意地扭开酒葫芦的盖子，自己喝了一口。"好棒啊！"哪吒由衷地发出赞叹，飞机每一次急速上升或下降，他的心都会猛烈颤抖，全身都酥酥麻麻的，好不惬意。他恨不得多长一对翅膀，跳出机舱自由自在地翱翔。"飞行和酒、女人一样，只要碰过一次就忘不了啦。"飞行员拍了拍仪表盘，又感叹道，"可惜这架武德型的老家伙太笨重了，目前的牛筋发动机只能缠上五万六千多转。据说龙才是飞得最高、最快而且飞得最漂亮的生物。"

"龙？是刚才袭击我们马车的孽龙吗？"哪吒好奇地问。

"不是，那个只是最低等的怨灵罢了，我是说真正的龙。"

"在哪里能看到真正的龙啊？"

"你的问题可真多……你是要去长安吧？很快就会知道了。"飞行员正说着，机舱仪表盘前的一个精致的小铜铃响了起来，节奏十分急促。飞行员听完铃声以后，无奈道："那些家伙开始催了，我们回去吧。"他正了正护目镜，开始控制飞机重新降下去，这让哪吒同时产生了生理和心理上的失落。飞行员看出了他的情绪，随口问道："喂，小家伙，你叫什么名字？"

"我叫哪吒。叔叔你呢？"

"叫我哥哥！"飞行员不满地纠正，"我姓沈，叫沈文约，长安天策府第二优秀的飞行校尉。"

"那第一优秀的呢？"

"应该快出生了吧。"飞行员摸了摸下巴，似乎对自己的这个笑话很满意。他歪了歪头，似乎想到什么，语气一下子变得古怪："等一下，你说你叫哪吒？姓什么？"

"我姓李。"

飞机的机翼颤动了一下，差点一头栽到地面上去。沈文约发出一声近乎呻吟的感叹："你是李靖大将军的儿子啊？"

"是的。"

"就是说，我没有接到任何命令，就私自把李大将军的儿子带上天去了？难怪他们催得那么急……"沈文约的声音听起来既自豪又惶恐。

哪吒没理他的喃喃自语，他正恋恋不舍地望着逐渐远去的天空，心里琢磨着什么时候恳求父亲让他再飞一次。这种滋味实在是太美妙了，比荡秋千和骑马好玩一百倍。一会儿，这架武德型战机重新飞回地面。沈文约熟练地控制着飞机在一段笔直的官道上降落，三组起落轮稳稳地轧在地面上，直至整个机身停稳。

此时从长安出发的援军已经赶到现场，几十名威风凛凛的骑兵把那辆残破的马车团团围住，天空中至少有十几架飞机在巡逻。哪吒从飞机上下来，被妈妈扑过来一把紧紧搂在怀里，然后被强行按在一张竹榻上，两名身穿青袍的郎中开始给他检查身体。

沈文约坐在机舱里，两只脚翘在仪表盘上。即使他注意到自己的长官——天策府总管尉迟敬德——走过来，也只是欠起身子，懒洋洋地拱手敬礼。

"沈文约，你好大的胆子。"尉迟敬德的脸色阴沉得如同风暴来临。

"若没有那么大的胆子，那个小家伙就要摔死了。"沈文约回答。

尉迟敬德瞥了机舱一眼，冷哼一声："具体情况我已经得到了汇报。但你未经许可，擅自带着大将军的亲眷进行高风险的高空飞行，执勤期间还饮酒，这些账我会慢慢跟你算的。"

"慢慢算？"沈文约注意到了这个措辞，眼睛一亮。

尉迟敬德对这个惫懒的家伙实在没办法,无奈说道:"现在,李夫人要当面向救她儿子性命的英雄致谢。"

沈文约一下子缩了回去:"这种亲情场合不适合我,您替我去得了。"

"玉环公主也来了。"尉迟敬德淡淡道。

沈文约一听这名字,立刻跳下飞机:"我去,我去,不然太不给大将军面子了。"他把护目镜和头盔都摘下来,还不忘整了整自己的发髻。尉迟敬德微微叹了口气,他实在是拿这个既顽劣又出色的下属没办法。

原野上的队伍忽然起了一阵小小的骚动,从长安方向又有一支骑兵小队飞快地接近这里。这些骑兵个个都是精锐,全身披挂着精金的甲胄,腰间的长剑隐隐泛起锐光。但跟他们所簇拥的那位将军相比,这些骑兵就像是雄狮旁边的狮子狗一样微不足道。这是一位身材极其魁梧的中年男子,脸膛发黑,宽肩方脸,整个人如同一尊威严稳重的宝塔,让人油然生出"即使面对泰山的崩塌,这个人也一定会岿然不动吧"的感叹。整个长安城,只有大将军李靖才有这等气势。

队伍在他面前分开一条路,李靖一直到李夫人和哪吒身前才翻身下马。他没有伸手抱住哪吒,而是低头问道:"有没有哭?"

"没有。"哪吒回答。他心想,这不算撒谎,面对孽龙确实没哭,我是被沈文约哥哥弄哭的。

李靖对这个答复很满意,然后他伸出大手,轻轻地摸了摸儿子的头。哪吒隐隐有些失望，但也没特别失落。在他的记忆里，父亲很少对他做出亲热的举动，大部分时间都是在讲道理，教导他身为男子汉应该做些什么。李靖离开哪吒，走到李夫人面前，把手搭在她的肩上，那一双锋利的丹凤眼似乎变得温柔了些。哪吒看着妈妈和爸爸拥抱在一起，有些开心，这时耳边响起一个温柔的声音。

"你就是哪吒吧？"

哪吒抬起头，看到一位大姐姐正笑眯眯地看着他。这位姐姐很漂亮，穿着一身淡黄色的绣裙，乌黑的长发用银丝束成结髻，额头上的花钿亮晶晶的，却不及她的大眼睛闪亮。

"我是玉环公主，你可以叫我玉环姐姐。"

"玉环姐姐好。"哪吒没有忘记家教。

玉环蹲下身子，把他搂在怀里，一股馨香冲入哪吒的鼻孔："年纪这么小就被孽龙袭击，真是太可怜了，没有受伤吧？"

"没有。"哪吒有些不好意思，挪动身体想挣脱开。

玉环把他放开，笑了起来，她的双眸好像弯月。"那就好，这种危险的事不会再发生了。大将军很忙，所以特意拜托我来照顾你。等回到长安城，我带你到处转转，好玩的地方可多啦。"

哪吒向她道谢，心里却在想，还有什么地方比天上更好玩呢？

"玉环……呃……公主。"

一个有些紧张的声音从旁边传来，哪吒和玉环公主同时转头，看到沈文约把头盔夹在腋下，一脸刻意调整过的微笑。玉环公主站起身来，温煦的笑容一下子消失不见了，取而代之的是愤怒。

"沈校尉，你觉得自己是天才吗？"

"玉环，你听我说……"

"把这么小的孩子弄上天空，这是多危险的事情，你知道吗？万一飞机的动力失灵，或者飞机解体，你怎么对大将军交代？"

"机舱里有降落伞，我会让给他的……"

"让小孩子用降落伞？亏你想得出！你的脑子里能不能装点常识！"

"这不是安全回来了嘛。"

"如果没安全回来呢？！武德型飞机的故障率是零吗？李大将军的家人与他分别了这么多年，好不容易要团聚了，没毁在挈龙嘴下，却差点毁在你的手里！尉迟将军总是说安全第一、万全为上、你都当耳旁风了吗？"

面对玉环公主的咄咄逼人，沈文约没了面对尉迟敬德的惫懒，只是缩起脖子，一脸苦笑地承受着怒火。

.

"你原来拿自己性命胡闹也就算了，这次居然还拽上大将军的儿子，让我说你什么才好啊！沈校尉！"玉环公主瞪大了眼睛，看来是真的生气了。哪吒看到沈文约连连赔不是的窘迫模样，跟在天空时的意气风发相比真是判若两人，不禁有些好笑。远处的尉迟敬德一脸痛快，能制住这位天才飞行校尉的，恐怕只有玉环公主了。

这时李靖离开李夫人，走过来对玉环公主道："玉环，你们的事先等等，我有话要问他。"玉环公主狠狠瞪了沈文约一眼，走到哪吒旁边拽起他的手："我们走吧，下次要离那种人远一些！"

面对长安城的守护者，沈文约恢复了标准的站姿，左手夹头盔，右手冲李靖行了个军礼："大将军，属下知错，甘愿受罚！"李靖似乎无意追究这个责任，他打量了沈文约的飞机一眼，开口道："这是本月第几次在长安附近出现孽龙了？"沈文约保持着笔直的站姿，声音铿锵有力："在我执勤的空域，是第三次。"

"这么多？"李靖的眼睛稍微眯了几分，但眼神更加锐利，"强度如何？"

"今天那条已经有三十丈长了。"沈文约回答，犹豫了一下，又说道，"三架飞机足足消耗了三百张道符，还采用了危险的逼近螺旋战法才把它消灭。"这时尉迟敬德也走了过来："最近一个月以来，长安附近已经发生了十余起孽龙袭击过往客商事件。天策府已经增加了巡逻架次和密度，在附近十六个空域全十二个时辰执勤，暂时可以确保安全。"

"你是说，你觉得孽龙出现的频率和强度，以后还会进一步增强？"李靖问。

"这个不是属下的专业领域，不好置喙。只是这一个多月以来，蛰龙出现的频率确实呈上升趋势。"

"白云观的道长怎么说？"

"白云观已经派人去长安城外调查了，暂时还没结论。不过他们紧急调拨了一批道符给天策府，以备不时之需。"

"我知道了，你们做得不错，保持下去。龙门节快要到了，在这之前不能出任何差错。"

听到大将军做出了指示，尉迟敬德和沈文约同时立正。李靖的眼神从他们的脸上扫过，这个犹如镇天宝塔的将军露出一丝难以捉摸的担忧。

第二章

"长安地下龙—利人市驿"——————

长安城真是太大了。

哪吒从来没见过这么宽阔的街道、这么巍峨的城墙、这么密密麻麻的房屋，站在长安城的任何一个位置朝任何方向看去，都一眼望不到边。如果说碧蓝的天空是一片素净的原野的话，那长安城就是一座眼花缭乱的超大型迷宫，严整规矩的几何线条交错在一起，其中填充着黑、褐、红、青四种颜色的建筑色块，看上去如同一盘正在激烈搏杀的复杂棋局。

"怎么样？这里要比陈塘关大吧？"玉环公主略带自豪地对哪吒说。哪吒趴在栏杆上俯瞰着下面熙熙攘攘的人群，觉得眼睛都快不够用了。

"父亲一直保护的，就是这座城市啊。"哪吒暗想。

这里似乎有无穷无尽的神奇事物，无论是路上疾驰而过的加长羊车、十字路口的红绿灯笼、天空一闪而过的纸鸢，还是街边只消投进一枚铜板就可以得到一盏热茶的人偶机关，都让他感到无比新鲜。让哪吒很奇怪的是，长安城的人似乎对这些事情熟视无睹，大概是因为习惯了吧。他们夹着油伞和包裹，行色匆匆，汇聚成一条似乎永远不会停止的人流，不断在长安城内流动着。

"饿了吧？下去给你买点好吃的！小心脚下台阶，不要摔倒。"玉环公主拽着哪吒走下观景台，朝着一条用青砖和石板铺就的大街走去。

自从哪吒到了长安以后，父亲一直非常忙碌，几乎没时间跟他说话，母亲时常要参加达官贵人的宴会交际，于是只有玉环公主带着哪吒出来玩。玉环公主是个很温柔的人，只是特别谨慎，跟哪吒寸步不离，这让他有些小小的无奈。她在外面一直紧紧攥住哪吒的手，告诫他一定要注意安全，不要被马车撞到，不要随便进入哪条小巷子迷路，如果碰到奇怪的人要立刻告诉最近的穿皂色服装的巡捕，诸如此类，哇啦哇啦说个不停。

他们走出观景台，玉环公主在街边一个胡人的小摊上买了个甜筒递给哪吒。这是一种用江南的蔗糖、突厥的牛奶以及藏在长安城地窖里的冰制成的甜品，上面还缀着星星点点的碎浆果，口感黏稠甘甜，非常好吃。一如既往地，玉环提醒他不要把甜浆沾到衣服上，不然很难洗掉。

哪吒左手攥着甜筒，右手抓着玉环的手，边舔边问："这么大的城市，如果去朋友家玩，一定很麻烦吧？"

"对呀。有人计算过，如果徒步把长安城转一圈的话，得要两三天时间。"玉环公主得意扬扬地说。

　　哪吒差点把甜筒掉在地上，他在陈塘关的时候，只要半个下午就能把城里所有朋友的家都玩一遍："那可怎么办才好？"

　　"你马上就知道了，那可是长安城最值得看的景色呢。"玉环眨了眨眼睛。

　　玉环公主带着哪吒走过两条热闹的街道，在一处枣红色的檀木牌楼前停下脚步。牌楼不算高大，上面画着两条金龙托起一颗宝珠的图画，还写着几个字——"长安地下龙—利人市驿"。哪吒注意到，牌楼的正下方居然是一条向地底伸展的宽阔通道，像是平坦的地面突然裂开一张大嘴。通道入口黑漆漆的，像是总出现在小孩子噩梦里的狼的山洞。哪吒有些畏缩，不过玉环公主宽慰他说不要怕，然后挽起他的手，踏入通道朝下走去。这时候哪吒才发现，在通道里有长长的石质台阶，每走十步墙上就有一盏耀眼的油灯，两侧还贴着许多花花绿绿的告示。一起朝地下走的还有很多长安市民，大家都面色如常，这让哪吒的心情轻松了一点，但仍旧觉得有些胸闷。这种封闭逼仄的地下世界，哪吒不是很喜欢。

　　当哪吒和玉环公主走完最后一级台阶，他们被一排拒马拦住去路。拒马之间只留一个小口，一个身穿绿色长袍、头戴方帽的人站在旁边。人们很自觉地排成一队从这个小口鱼贯而入，每个人都拿出几枚铜钱给那个人，换回一支竹简。玉环公主从腰间掏出一个香囊，从里面掏出铜钱，换回两支竹简，递给哪吒一支，嘱咐他拿好。哪吒把它握在手里，看到狭长的简身上画着一条长龙，背面是一条金色的鲤鱼。

　　穿过拒马以后再往下走，哪吒终于抵达了地下。先是一股微微带着腐臭味的洞穴气息扑面而来，然后一个奇特的景象映入哪吒眼帘：自己正置身于一个拱顶下的宽阔空间内。脚下是一块长长的砖石平台，平台的两侧是两条圆筒状的隧道，隧道底端比平台边缘要矮上五丈，这让平台显得像是一个小小的悬崖。有趣的是，平台上的人不是集中在中间，而是站在两侧小小的悬崖的边缘，他们或者朝左边的隧道口望去，或者望向右边，但隧道的两侧都是深沉的黑色，就像两个不知通往何处的黑漆漆的山洞。

"他们在张望什么？"哪吒问，也好奇地朝着平台边缘靠去。玉环扳住哪吒的肩膀，示意他站在一条白线的内侧，然后指了指隧道的尽头，做了个等待的手势。

大约过去了一炷香的时间，这一边的黑洞里发出一声低沉的啸声。哪吒感觉到平台在微微地震动，风速也陡然增强了，黑洞里隐隐传来金属的铿锵声。他看到两点莹莹的绿光在黑暗中闪现，似乎有什么巨大的怪物在逐渐接近，一种莫名的压力攫住了他的恐惧，让他几乎拔腿就跑。玉环把一只手搭在哪吒的肩膀上，让他安心。

接下来哪吒所看到的情景，即使过了一百年他也不会忘记。

一个硕大无朋的龙头从黑暗的山洞里探出来，不是孽龙那种戾气凝结的妖魔，而是一条真正的、活生生的龙！龙头在平台侧面的圆筒隧道里缓缓前进，龙鳞闪着微微的金光，整条身体摆动着，从黑暗中逐渐游了出来。之所以用"游"，是因为哪吒注意到，这条龙是悬空的，下面的几只爪子悬在离地面一丈左右高的地方。气流变得急促起来，站在平台边缘的人们纷纷压住帽子，免得被吹飞。

当龙头抵达圆筒隧道的另外一端时，它的尾巴恰好从黑暗中完全钻出来。看得出来，这个平台是根据它的长度为它量身打造的，不长不短。龙的鼻子忽然喷出两团微微发腥的热气，身子一沉，龙爪紧紧抓住隧道底部的凸起，整个身躯不再悬空，恰好填满了隧道与平台之间的空隙，与平台上的人近在咫尺。

哪吒所站的位置，是在龙头旁边。那个巨大的龙头快比得上一辆马车大小了，相比起来孽龙简直小得像一根筷子，哪吒的身材更是微不足道。哪吒仰起头来，胆怯而好奇地靠近这个大龙头。他简直不敢相信，这样的大家伙居然就在眼前，让他尽情端详。紫褐色的犄角、龙吻旁那两撇蛇一样的长长的触须，还有双眼之间的紫红色瘤子与下颌的深青色蛇鳞，细节清晰，真切无比。这条龙没有画册上的龙那么威武，也没有孽龙那么暴虐，它只是安详地趴在隧道里，两只灯笼般大小的眼睛望着前方，偶尔眨巴一下，淡漠而悠然，似乎对周围发生的一切都漠不关心。

哪吒伸出手想去摸一下，手还未触及，龙那车轮大小的黄玉瞳孔突然一转，硕大的龙眼一下子瞪向哪吒。哪吒吓得手一软，甜筒脱手而出，扣在了龙头下颌，那里的鳞片上有一个颇为醒目的凹陷伤疤，黏稠的糖浆就顺着这道伤疤坑道流淌下去，将其填满，就好像谁用彩色粉笔画了一道似的。"对不起，对不起。"哪吒一下子着了慌，急忙从兜里掏出手帕，要去给龙擦拭。玉环把他拉住，掩口笑道："你这孩子，也不知你是爱干净还是不爱干净，怎么能用手帕去擦龙鳞呢？不用操心，会有清洁工来给它擦洗的。"

哪吒"哦"了一声，走到龙头前，一本正经地朝它鞠了一躬，大声道："对不起，把你弄脏了！"

他的举动让周围的人都笑起来，觉得这孩子真是乖巧天真。只有龙还保持着淡漠的眼神，似乎完全没听懂他在说什么。玉环公主拉起哪吒的手，催促说："咱们快上去吧，马上就要走了。"哪吒这才注意到，这条龙身躯上的鳞片一片片地竖了起来，像是一栋所有窗户都打开的大楼。玉环熟练地扯住一片龙鳞，让哪吒坐上去。哪吒注意到，鳞片的边缘被刻意磨平，还用棉布包裹住，正适合一个人坐下。他看到其他乘客也都按照顺序，每人扯住一片鳞片坐上去。没抢到的人只好留在平台上。

随着一声龙吟，这些鳞片慢慢收拢起来，把所有乘客都巧妙地嵌在了鳞片和身躯之间，不必担心有掉落之虞。然后，整条龙重新悬空而起，一头扎进隧道，速度由慢变快。哪吒被鳞片夹在龙身上，不敢动弹，只能瞪大了眼睛朝外头看去。鳞片散发出淡淡的黄光，勉强可以照亮附近。他能够看到眼前的隧道砖壁纹路在高速后退，风吹起头发，和坐飞机在天空飞行的心情略像，但总有一种特别压抑的感觉，不够尽兴。他想起沈文约提过，骑龙飞翔才是人生最爽的事情，如今骑上了真正的龙，却没有那种翱翔的快感——毕竟地底隧道根本没法和开阔的天空相比。

"不知道这条龙会不会觉得难过。"哪吒脑子里冒出这么一个念头。

玉环公主在临近的鳞片里探出头来，兴致勃勃地给哪吒介绍道："整个长安城的地下，修建了十几条地下龙线路。真正的龙就在这些隧道里钻行，把市民从一处快速地带到另外一处。"

"那得要多少条龙啊？"

"几百条吧。全靠这些龙日夜在长安城地下穿行，长安城才能维持这么大的规模与活力。我们都叫它们地下龙。"

"它们都是活的吗？"

"当然是活的，死掉的龙怎么会动嘛。"

"那么它们一定也会飞喽？"

"现在它们就是在飞呀，虽然离地面不是很远。"

"可是，总是在这样的地下待着，不觉得难过吗？不憋闷吗？难道不想飞到天上去吗？"哪吒同情地问道。有一次他爬到母亲的书箱子里，一不小心被关在里面好几个时辰。他觉得又黑又窄，几乎不能呼吸，整个人快吓死了。他想，这些龙的心情应该也是一样的吧。

面对哪吒的问题，玉环公主说，长安每年都会有龙门节，届时会有许多鲤鱼在壶口瀑布跳过龙门，化身为龙，然后来到长安城。

"听起来好可怜啊。"

"不是每条鲤鱼都能跳过龙门的。它们费那么大的力气变成龙，不就是为了能来到长安城吗？在这座城市里工作，可是它们最好的梦想。"玉环公主自豪地解释，然后像是想起什么，高兴地说，"今年的龙门节快到了，如果大将军同意的话，你就有机会亲眼看见那个情景。"

"真的呀？是坐沈哥哥的飞机去看吗？"

"哼，那个笨蛋，坐他的飞机，你有几条命都不够。"

"玉环姐姐，你好像很不喜欢沈哥哥啊。"

"谁会喜欢那种轻浮的家伙！"

可在淡淡的龙鳞光的映衬下，哪吒看到玉环公主的脸色变得有些绯红。这个奇妙的景象，和地下龙的心情一样，都是小哪吒无法理解的。

很快，地下龙到站了，鳞片重新舒展开来。玉环公主帮着哪吒站回到平台上，哪吒径直走到龙头前，向它大声道谢，还用小手去摸了摸那条飞舞的龙须。龙须像是受惊的兔子，一下子就飘开了。龙的眼睛依然淡漠，它安静地等待另外一拨乘客上去，然后钻进隧道，继续前行。

这一天哪吒玩得很累，回到家倒头就睡，连衣服都没脱。梦里全都是龙，它们在天空飞着、叫着，然后天幕逐渐压低，直到完全沉入地下，只留出狭窄的空隙让它们钻行。到了第二天，玉环公主有事没来。哪吒跟母亲说要自己出去玩，拍着胸脯说："昨天玉环姐姐已经把所有的事情都告诉我了，不会有问题的。"于是妈妈就答应了，只是叮嘱他要早点回来吃饭。

这是哪吒第一次自己逛长安城，他兴奋得手心都出汗了。之前，很多地方玉环姐姐都不让去，说是危险，这次他自由自在，可以尽情探险了。哪吒换了一身野外探险服。这身衣服是砂黄色，胸口和袖管上一共有六个兜，可以装很多东西。这是当年父亲送给他的生日礼物，希望他能够像在沙漠中战斗的勇士一样坚强。可惜这些兜没用来装武器，反而塞满了一大堆零食，从塞北的奶酥到西域的胡椒麻糖，一应俱全。街上卖零食的摊位鳞次栉比，花样层出不穷，哪吒买得没有节制，直到实在塞不下才罢手。然后他一路走、一路逛、一路吃、一路玩，自由自在，开心得不得了。

不知不觉，哪吒发现远处有个牌楼，牌楼上画着两条金龙托起一颗宝珠，写着"长安地下龙—朱雀站"几个字——那里应该是一处地下龙站。他回忆起昨天的场景，毫不犹豫地走了过去，想再去见识一下巨龙进站的宏伟英姿。

地下龙站和昨天没什么区别，只是人稍微少了点。这个站相对比较偏僻，没有利人市驿那么繁忙。在这里的平台中央有两排绿色的座位，不过大家都在站台边缘等着乘龙，没人去坐。哪吒跑到平台中间，挑了个最舒服的姿势坐好，掏出零食来，一边吃一边等着看巨龙进站。平台两侧有两条隧道，相向而行，平均每两炷香的时间就会有一条巨龙游过来，放下一批乘客，再带上一批乘客。哪吒就这么看着一条条巨龙缓缓进入站台，把身子嵌入隧道，任凭人们抓住它的鳞片，然后摆着尾巴离开。那巨大的身躯在站台浮起的一瞬间，总让哪吒有一种即将腾空飞上九天的错觉。

哪吒注意到，这里每一条龙的眼神都和昨天那条龙一样，淡漠、平静、死气沉沉，对周围的变化毫无反应。虽然玉环姐姐说它们都是活的，可这种眼神只会让哪吒想到家里那些木雕的士兵玩偶。又是一条巨龙即将进站，人们开始在站台边缘做好准备。当巨龙的头探入隧道时，哪吒一下子站了起来，把吃到一半的胡椒饼碰到了地上。这条龙和之前的那些龙没区别，他们在人类眼里长得差不多。但是哪吒眼睛很尖，一眼就看到了这龙下巴鳞片上的彩色糖浆，那是他昨天失手沾上的，颜色淡了许多，但疤痕依然醒目。

　　没想到能够和那条巨龙再次碰面，哪吒很高兴，像是碰到一个老熟人一样。他跑到站台尽头，在龙头前用力挥手："喂，大龙，你还记得我吗？我是昨天把你弄脏的那个人呀，我叫哪吒。"巨龙没反应，黄玉色的瞳孔只是微微地挪动了一下。哪吒以为是自己个子太小，巨龙听不到，就踮起脚，尽量贴近龙的脸。这时巨龙的表情起了变化，它的长吻微抬，眼睑下的肌肉开始颤动。哪吒以为是自己的呼唤起了作用，就把手挥舞得更加起劲。巨龙终于无法忍耐，它眯起双眼，张开足以吞下一头牛的大嘴，脖子陡然向后弯曲，打了一个震耳欲聋的喷嚏。

　　这个喷嚏声音太大了，把整个地下龙站震得微微发颤，拱顶上的大吊灯来回晃动不止。巨龙的身躯也随之扭动翻滚，一下子把正在往龙身上攀爬的乘客都甩了下去，站台上一时间惊呼连连，一片混乱。哪吒也被强大的气流掀翻在地，他倒地的一瞬间想起来了，自己刚吃完胡椒饼，手上全都是胡椒的味道，难怪巨龙会打喷嚏。

　　"糟糕，这回要被玉环姐姐和我爹骂了……"哪吒懊悔地想，可是他又突然觉得很兴奋。巨龙会打喷嚏，一下子让哪吒觉得亲切不少，这说明它还对周围的环境有感觉，还是活生生的。

　　哪吒从地上爬起来，拍干净手里的胡椒粉，无意中看到巨龙高高抬起的下颌有一片鳞片竖了起来。一般，乘客们只会选择巨龙身躯上的鳞片来乘坐，因为那里足够宽大，而且垂直于地面。下颌这个位置很别扭，鳞片小不说，如果完全合拢起来的话，里面的乘客会脸朝下，平行于地面，不适合当成座位。所以在巨龙进站的时候，这一片从来不会竖起来，也不会有人跑到龙头来找座位。哪吒看了几十条龙进站出站，无一例外。但此刻一个小小的例外，正展现在哪吒眼前。估计是巨龙喷嚏打得太强烈，不小心把下颌鳞片给掀开了。看着那个刚好可以容纳自己的小鳞片，一个充满诱惑的想法涌入哪吒的脑海："玉环姐姐说这是它们在长安的工作，那么它们工作结束以后，应该就有时间飞上天空玩了吧？如果我偷偷跟着，岂不就像文约哥哥说的一样，可以乘着龙上天……"

哪吒看看四周的大人都忙成一团，没人注意到自己，一缩脖子，"刺溜"一下钻到巨龙的下颌，用手扒住鳞片边缘攀进去，再悄悄合拢，把身子完全藏在鳞片后面。这下子没人能发现这里藏着一个小孩子了。哪吒把自己的身体蜷缩起来，想着乘龙飞天的美妙感觉，昏昏沉沉地睡着了……

等到哪吒醒来时，他发现巨龙仍旧在高速游动着，没有停歇的迹象。他偷偷掀开鳞片，朝前面望去。从下颌这个角度可以看到巨龙正前方的视野。可是哪吒什么都看不清，只勉强分辨出隧道的轮廓，隧道的拱顶镶嵌着一圈接一圈的铁框，不断在巨龙和哪吒的眼前闪过，隧道的尽头看起来却遥不可及。

这不像是在天空的样子，也不知道现在是什么时间。"应该快下班了吧？"哪吒小小地打了一个哈欠，回身望去，巨龙背上的鳞片都已收拢起来，上面空无一人。巨龙对哪吒的存在似乎全无觉察——或者说觉察到了但是根本不打算理睬——它就这么沉默地在隧道里飞着，速度平稳，姿态优美，而且十分精确，巨大的身躯在腾挪时从来不会碰到顶棚或墙壁。

过了约莫五炷香的工夫，远处的隧道忽然有了一丝光亮。哪吒精神一振，心想，终于走到尽头了。他舔舔嘴唇，两只小手抓紧鳞片边缘，紧紧盯着那逐渐扩大的光亮。当光亮大到已经足以笼罩整个视野时，哪吒感觉巨龙的身子突然微微一沉，随即又飘浮起来。哪吒耳边响起呼呼的风声，身子有一种奇妙的悬空感，这说明巨龙已经飞上了天空。哪吒大喜过望，可当他的眼睛适应了光亮以后才发现，所谓的"天空"只是错觉。此时，他和巨龙正置身于一个硕大无朋的地下洞穴的半空。这个洞穴是一个标准精确的圆筒形，非常大，大到就连这条巨龙也只像是一只苍蝇而已。洞穴的墙壁上镶嵌着无数的夜明珠，比起漆黑的隧道来说已经非常明亮了，就好似夕阳即将落山时那一刹那的亮度。

哪吒看到，洞穴四周的山壁上密密麻麻有好多隧道口，上面标记着壹、贰、叁、肆之类的编号。不时有巨龙从里面钻出来，或者钻进去，十分繁忙。哪吒的眼力很好，他很快就惊愕地发现，每一条巨龙的尾巴上都拴着一条黑色锁链，而这些锁链的尽头，是一根位于洞穴正中央的巨大铜柱。这根柱子顶天立地，柱体是由无数黄澄澄的齿轮构成的，它们大大小小彼此嵌合，让人眼花缭乱。那些巨龙在飞翔的时候，尾巴扯着黑色铁链，带动齿轮转动，发出低沉的"咔咔"声。

铜柱附近飞翔着更多的巨龙，大约有数百条。它们像是一群燕子，聚拢在洞穴正中央的一根顶天立地的黄铜大柱子附近，忽高忽低地飞着。他们尾巴上缀着的几百条锁链密布在整个洞穴空间，纵横交错，好似一张令人窒息的大蜘蛛网。这个洞穴里的蜘蛛网不是静态的，而是随时根据巨龙的进出在变化着。这么多巨龙带着这么多铁链在半空交错，居然不会彼此相撞或纠缠在一起，可真是件不得了的工作。毫无疑问，这里应该是长安城地下的最深处，地下龙线路的调度枢纽。

哪吒连忙低头看去，果然，这条巨龙的尾巴上也拴着一条铁链，这也解释了为什么它们在进站的时候会发出铿锵的金属碰撞声。哪吒很清楚铁链有什么意义。他在陈塘关的时候，家里曾经养过一条大狼狗，它非常凶恶，所以家里人把它用铁链拴在角落里，防止它到处乱跑伤人。难道在长安人的眼里，这些巨龙是和狼狗一样的动物吗？

这时候，巨龙开始下降。它熟练地在空中沿着特定的轨迹游动，不敢擅自盘旋，因为一乱动就会和别的巨龙的锁链纠缠在一起。很快，它接近了大铜柱，柱子上几个齿轮的转速变快，尾巴上的铁索被慢慢绞紧，直到这条巨龙完全降落在柱底。柱子的底部是一个宽阔的广场，密密麻麻地分布了许多凹坑，坑的大小刚好能容纳一条盘起的巨龙。巨龙落下的正是其中的一个坑，坑旁还搁着一个巨大的陶制食盆，里面散发着一股淡淡的肉腥味。

哪吒忽然听到人的说话声，连忙把自己重新藏在鳞片里，只留出一条缝隙朝外望。他看到两个身穿草绿短袍的男子边说边笑地走过来。他们头戴方帽，手持长柄拖布、水桶和一根长长的竹水管，衣服正面还写着一个大大的"龙"字。他们来到坑旁，巨龙自觉地把身躯伏了下去。其中一个人把竹水管接到一个水龙头里，喷出清凉的水洒在巨龙身上。另外那个人则拿起刷子和拖布，就着水为巨龙清洗鳞片。很快，他们刷到了下颌，一人皱起眉头，拿刷子狠狠地蹭了几下，抱怨道："这是谁干的？沾上糖浆了可不好洗。"

"昨天就有了，正好还填在那道伤疤里，蹭都蹭不掉。"另外一人说。

清洁工用刷子仔细地抠进疤痕，费力地一点点抠，顺嘴问道："这伤疤怎么来的？撞到隧道了？"

"不知道，反正打来的那天，它就有这道疤了。"同事回答。

哪吒缩在鳞片里不敢动弹，生怕被发现。好在清洗工作很快就结束了。两个清洁工拍了拍巨龙的长吻，给他在食盆里放了一大块生肉，然后离开了。哪吒听了半天没动静，这才掀开鳞片，跳到地面上。他仰起头，看到巨龙在用爪子撕扯着生肉，却不下嘴，便问道："你不饿吗？还是没胃口？妈妈说玩食物是不对的。"不知道为什么，他感觉巨龙一定听懂了自己在说什么。果然，巨龙的动作稍微停滞了一下，然后又自顾自地撕扯起来。哪吒见它不理自己，只好环顾四周。

此时，夜明珠的亮度已经变暗，进入中央洞穴的巨龙越来越多，出去的越来越少。铜柱的齿轮绞紧一条条锁链，把巨龙们纷纷拉到地面。它们经过短暂的清洗，返回自己的坑内。慢慢地，大部分坑里都趴满了巨龙，看起来蔚为壮观。哪吒好奇地跑到隔壁坑去看。那里趴着一条巨龙，正在呼呼大睡，似是疲惫至极，居然还在轻轻地打着呼噜。而另外一侧的坑里，一条巨龙正抓着生肉大吃大嚼，还不时斜眼偷看其他龙的食盆。它们在隧道里都是千篇一律的淡漠表情，到了这时候，却显露出了不同的个性。哪吒觉得，这才是巨龙们真正的自我。不过他很快发现，即使到了现在，那些锁链仍旧拴在龙尾巴上，让这些巨龙无法离开自己的坑很远。以铜柱为中心，四周密密匝匝地辐射出几百条铁链，几百条龙就摊成一个扇面，围着铜柱趴好。

"真是太可怜了……"哪吒心想。这个中央洞穴虽然巨大，压抑感却很强烈。每天都要被关在这个压抑的地方，连自由活动都不行，哪吒简直不敢想象。这时候，哪吒感觉到脖颈有一股热气喷来。

第三章

蜕去鱼鳞化身为龙 ————————

哪吒连忙回头，看到那条馋嘴的巨龙正饶有兴趣地盯着他，牙齿上还沾着生肉的鲜血，食盆里已经空无一物。

"它不会要吃我吧？"哪吒吓了一跳，这时候他所站的位置，恰好位于这个坑的边缘，是这条龙可以碰到的范围。他连忙转身后退，巨龙歪了歪头，把脖子垂下来，张开了大嘴轻松地一口衔住小男孩的衣领，叼到半空中。

就在这时，从远处传来一声龙啸，这条巨龙的动作一下子停滞了。半空中挣扎的哪吒发现，这声音是从那条沾了糖浆的巨龙口中发出来的。它半抬起身子，冲这边竖起了触须。咬住哪吒的这条巨龙鼻子里喷出一股热气，似乎对它很不满。它又叫了一声，晃动尾巴，把自己食盆里没吃的那一大块生肉啪地甩到这条龙的面前。巨龙立刻不再怒目以对，它高高兴兴地放下哪吒，把肉一口叼回坑里去。

死里逃生的哪吒浑身都是冷汗和龙涎的腥臭味道，他连滚带爬地跑回第一个坑，对巨龙说："谢谢你救了我！"巨龙闭上眼睛，自顾自地睡去。哪吒拽了拽它的龙须："你把肉给了别的龙，那你吃什么？不会饿肚子吗？"巨龙也不理他。哪吒忽然想到，自己的口袋里装满了食物。虽然这些东西恐怕不够巨龙吃一口的，但聊胜于无。他把口袋都翻开，掏出一大堆五颜六色的零食捧在手里，送到龙嘴前面。巨龙突然警惕地睁开眼睛，咧开大嘴，又要开始打喷嚏。哪吒一看，原来这一堆零食里夹杂了几粒胡椒麻糖。看得出，这家伙对带胡椒味的东西异常敏感。他赶紧拿远，生怕自己被喷嚏喷飞。

这时那条连吃两块肉的龙抬起爪子，冲哪吒摆了摆，从喉咙里滚出一段含混的声音。哪吒不明白它想干什么，那龙用一只尖锐的指甲指了指他手里的零食，又指了指自己的嘴巴。

"可是你已经吃得够多的啦！"哪吒大声说。

那龙露出了讨好的表情——虽然实际上看起来挺恐怖的——哪吒想了想，朝它的方向走了几步："我可以给你尝一点，但是你不许吃掉我！"那龙点点头，完全听懂了哪吒的话。哪吒从这堆零食里挑出几块糖，远远地扔给巨龙。没等它们落地，巨龙舌头一卷就吞到肚子里去了，然后它满意地打了一个响鼻，表示还想要。

这时周围的龙也都发现了哪吒的存在，纷纷用好奇的眼神看过来，零食的香气让它们变得活跃。那只贪吃的龙扬起脖子，趾高气扬地吼了一声，这一下附近的巨龙们都骚动起来，看向哪吒的眼神变得贪婪而兴奋。哪吒数了数龙的数量，又数了数手里的零食，为难地抓了抓头，自言自语道："哎呀！这下可麻烦了，这一点根本不够分啊。"他只好大声说道："我今天没有带很多吃的来，你们每人……呃，不，每龙只能分到一点，大家不许抢啊。"然后，他怀抱着零食站在过道当中，一条条地喂过去。两侧的巨龙纷纷低下头，像小狗一样等着被哪吒喂上一两块糖饼或甘蔗圈。转了一圈下来，哪吒两手空空，东西全发光了。这些巨龙舔了舔嘴，意犹未尽，和小孩子差不多。

哪吒还偷偷最后留了一个甜筒在手里，想留给带他进来的那条巨龙。可是那家伙趴在坑里闭着眼睛，对周围的热闹熟视无睹。哪吒说："如果你再不理我的话，最后一块糖也要分给别的龙喽？"巨龙厌恶地摆了摆尾巴。

这时贪吃的巨龙又冲哪吒摆了摆爪子，示意他靠过来。哪吒不太敢，站得远远的大喊："吃的已经发光了，没有了。"巨龙歪歪头，似乎在想什么事情，它忽然挺直了脖子，张开大嘴，发出一阵咕噜咕噜的声音，吐出了一颗闪光的小球。附近的巨龙注意到它的举动，十分惊讶，低沉的吼声此起彼伏，似乎在争论着什么，还有龙拍打着尾巴，发出"啪啪"的声音。巨龙把这颗闪光小球扔过来，哪吒捧起它，不明白是什么意思。巨龙张开嘴，做了一个吞咽的动作。

"是让我吃了它吗？"哪吒问。巨龙十分人性化地点点头。哪吒想了想，虽然玉环姐姐说过不要随便接受陌生人的食物，但她好像没说碰到陌生龙该怎么办。哪吒把它放到唇边，想先尝尝味道，可它像是自己有生命似的，一下子就滚过咽喉，落到肚子里去了。一瞬间，哪吒就像是被人拔掉了耳朵里的耳塞一样，一下子陷入了巨大的喧嚣。无数的声音带着各种语气冲进脑子，好似一锅煮开的水。他惊骇地四下张望，试图寻找声音的来源，结果发现是来自那些巨龙。神奇的是，它们的嘴没有嚅动，可每一条龙分明都在哇啦哇啦地说着话，把中央洞穴变成了一个闹腾的菜市场。在吞下那颗小球之前，这里分明安静得像坟墓。更神奇的是，这些龙说的话，哪吒现在居然能够听懂了。

"喂，现在能听懂我说话了？"贪吃的龙说道。他的声音很清澈，像是个开朗的年轻人。

哪吒惊慌地点了下头，刚要张嘴，可又不知该怎么表达。他注意到，巨龙说话的时候嘴巴根本不动。

"你正常说话就可以，我听得懂。"贪吃龙说。

哪吒调整了一下呼吸："你给我吞下的是什么东西？为什么我突然能听懂你们的话了？"

"按照你们长安城的说法，我们龙族用来交流的声音和人类不同，属于高频声音，所以我们说话的时候，人类根本听不见。你吃了这颗龙珠，耳朵就能接收到龙族的声频，就能理解我们的话了。"

"它不应该把龙珠给你。"一个凶狠的声音在旁边响起，那条甩着尾巴的龙怒气冲冲地对哪吒说，"你知道吗？一条龙一辈子只能产一颗龙珠，用了就再也没有了。"

"你给我的是这么珍贵的东西啊？那你会死吗？"哪吒说，心里有些惊慌。

贪吃龙无所谓地摆了一下龙须："怎么会？最多是传承不便罢了——反正在这种地方待着，我也没指望有什么传承。"

"可是人类会把龙珠拿去做研究，发明更多折腾我们的玩意儿。"反对者抬起爪子。

"他只是个小孩子嘛，谁会知道他能听懂龙语？何况我把龙珠给他，是有重要的事。"贪吃龙说到这里，垂头对哪吒说，"我可从来没想过要吃掉你啊，刚才叼住你的衣领，只是想把你兜里的零食都吃掉罢了。我知道你身上还有一个甜筒，快点给我吧。"

"不行不行，那是给甜筒留的。"哪吒赶紧捂住口袋。

"甜筒？"贪吃龙面露疑惑。

哪吒指了指那条被他洒了糖浆的巨龙："我不知道他的名字，所以就给他起了一个外号。"那条巨龙仍旧趴在坑里，对周围无动于衷，一脸冷漠。

贪吃龙道："我们龙族从来不用名字，脑波一放就知道说的是谁了……嗯，不过有个名字也挺有意思的。那你说我叫什么？"

哪吒想了想："你这么能吃，就叫'饕餮'吧。"贪吃龙觉得这个发音不错，很是满意。可那个反对者咆哮起来："龙族怎么可以用人类的名字！"哪吒摸了摸他的龙须："你快把我的耳朵吵聋了，就叫'大声公'好了。"反对者的怒火一下子停住了，开始认真地思考这个名字好不好听。过了一会儿，它忽然反应过来："不好听！换一个！"

"'雷公'呢？"

反对者这才满意地点点头，然后郑重其事地对哪吒说："你得发誓，绝对不把龙珠的秘密泄露出去，不然我就把你吃掉。"

"我发誓，如果我把这个秘密说给别人听，我就……呃，就被雷公吃掉！"

"是吃掉一半。"饕餮提醒道，"另外一半是我的。"

逼着哪吒发完誓后，雷公得意扬扬地爬回自己的坑里，把自己的名字用龙语四处发射出去炫耀。这一下子，原本吵闹不休的巨龙们都把脖子探过来，纷纷也要名字，不然就吃掉他。哪吒没办法，只得一一给他们起名字。开始的时候，哪吒还算能应付，到后来巨龙越来越多，他就有点词穷了——对一个十岁的孩子来说，给这么多条龙起名字真不是件容易的事。他只好胡乱用自己家的宠物、器具或者玩具的名字，起得乱七八糟。好在这些巨龙也不知道，一个个兴高采烈地接受了，然后互相吆喝。刚才它们吃了哪吒的零食，对他完全没什么敌意，现在又得了名字，态度更是热情。这些巨龙虽然体形庞大，性格各异，但总体来说都比较天真，和人类中那些心思沉重的成年人不能比，只要一些零食和名字就能让他们高兴半天。

哪吒注意到，在这一片热闹的景象中，那条叫甜筒的龙总是无动于衷，似乎这一切都跟它没关系。哪吒问饕餮它是不是生病了，饕餮吹了吹龙须，发出一声感慨："那个家伙啊……性子比较古怪。"

"有多古怪？"

饕餮抬起头，看了看那根巨大的黄铜齿轮柱子："你应该听说过壶口瀑布吧？"哪吒点点头，他听玉环姐姐说过。黄河里的鲤鱼每年都在壶口瀑布跳过龙门，变成龙，然后被带到长安城的地下。

"我们当鲤鱼的时候，都拼命努力，希望能早日跃过龙门，蜕去鱼鳞化身为龙，满心以为可以一步登天。结果一跳过龙门才知道，早有长安城的军队等在那里，把我们捉到这里的地下，每天围着隧道奔跑，别说天了，连光亮都见不到。"饕餮不无失落地感慨道，"可是我们已经被死死拴在这根该死的柱子上，再也没有出去的机会，大部分龙都认了命——只有那个家伙拼命反抗过。"

哪吒听了，心中一惊。这时雷公也凑过来，语气里带着几丝崇敬："那次它可是折腾出了好大的动静，地动山摇，风云变幻，直到白云观的几位道长出手，才把它制服——那道疤痕就是那时候留下来的。"周围的龙纷纷应和，看来那一次事件令它们都记忆深刻。

"然后呢？"

雷公惋惜地叹了口气："然后它就被道士们封住，着实吃了不少苦头。这样的事发生了好几次，它都没办法摆脱这根柱子。要知道，一条龙的反抗精神越强大，它绝望以后心死得就越彻底。像甜筒这样傲气的家伙，当它意识到再怎么反抗也不可能离开地下以后，就变成那副自暴自弃的模样了。"

"你们怎么不去帮它呢？"哪吒略带生气地质问。

饕餮苦笑一声："反抗又有什么用呢？长安城可比我们强大多了。再说了，在这里虽然暗无天日，但毕竟每天都有人来给我们清洁，给我们吃的。钻隧道是辛苦，但总比死了好嘛。"

"龙难道不是天生就该在天空飞翔的吗？"

"那只是个传说。"饕餮的龙爪子漫不经心地敲着地板，"我们一变成龙就被抓来长安城了，从来没飞上过天空，根本不知道那是什么感觉，所以也不关心。"哪吒感觉到不可思议，龙居然不想飞翔？而且这似乎还不只是饕餮的想法，四周许多巨龙都流露出赞同的意思。它们眼里没有渴望，没有追求，只有美食才能引起它们的兴趣。

这时候，雷公伸长脖子望向穹顶，雷声隆隆地说道："甜筒之所以那么激烈地反抗，大概是因为，它是这里唯一尝过在天空飞翔滋味的家伙……"

"这岂不是太可怜了吗？！"

哪吒的小脸蛋因为同情和愤怒而泛起片片红晕。他走到甜筒趴着的大坑边缘，抬起脑袋，大声问它："喂，我现在能听懂你的话了，你可以理我了。"甜筒还是一副漠然的表情，一言不发。"如果你真是不想理我，刚才干吗从饕餮嘴里救我，还把肉让给它呢？"哪吒委屈地质问道，抬手把甜筒递过去。远处的饕餮挠了挠龙头，面露尴尬，对雷公嘀咕道："我根本没打算吃他好不好……"雷公瞪了它一眼，让它闭嘴仔细看着。

哪吒见甜筒还是无动于衷，又踏前一步，来到巨龙的嘴边。他伸出小手，粗暴地推开巨龙肥厚的下嘴唇，露出两颗如门板般大小的白色巨齿，那里的齿缝足可以让一个小孩子穿行。哪吒把甜筒托在手里，毫不客气地从两颗牙齿之间塞进去。对于这种无礼的举动，巨龙居然还是没做任何反抗，任凭甜筒掉进自己的嘴里，慢慢被龙涎润湿融化，化出一道微不足道的甘甜沁入舌尖。

“我最喜欢吃甜筒了，又香又甜，只要吃上一口，这种味道以后就再也忘不掉了。”哪吒说，“你在天空飞过，对吗？是不是也忘不了那种感觉？”甜筒本来耷拉下来的两条龙须，微微颤动了一下。

“你被这根大铜柱拴住，所以没办法飞起来，对不对？”

“……”

“如果铁链解开，你就一定会飞出去，对不对？”

“……”

甜筒的龙须又摆动了一下。哪吒的嘴噘了起来，眼睛里闪出一道坚定的神色。他转身从甜筒身边走开，饕餮和雷公问他去哪里，哪吒指了指那根巨大的黄铜柱：“我去把铁链解开，让甜筒恢复自由。”

饕餮发出呵呵的笑声，觉得这孩子真是天真可爱，可很快他的笑声被雷公的吼声截断了。他们看到，哪吒已经走出巨龙们栖息的坑区，沿着一条凸起的金属脊棱朝着铜柱底部走去。“喂，他不是认真的吧？”饕餮一脸紧张地问。雷公摇摇头，不知是说他不会是认真的，还是说自己不知道。其他巨龙也发现了这个小小的人在做的事情，都惊讶地伸长了脖子，发出高低不一的龙吟。哪吒没有朝后看，他一步步地朝前走去，嘴唇紧紧地抿在一起。如果妈妈看到这样的表情，一定会把手指放在额头叹息道："这个犟孩子。"

　　那条凸起的金属脊棱应该是检修人员用的通道，它的顶端很平，留出了一棱一棱的阶梯，两边每隔几丈还有两个扶手。哪吒一步步迈上去，越靠近铜柱，脚下的路就越陡峭。周围的黑色锁链和管道密密麻麻地盘踞在地面和半空，仿佛一只大蜘蛛的巢穴里塞满了蛇。蒸汽不时从漆着黄色数字的连接阀门中喷出来，像一朵朵稍现即逝的白花。

　　低沉的嗡嗡转动声在哪吒耳边越发响亮，哪吒擦擦额头的汗水，知道自己快接近铜柱了。他极力抬起头朝上面看去，从这个角度看，铜柱高耸入云，如同昆仑山一样巍峨而不可攀。一直到这时候，哪吒才发现，这根巨大的铜柱不是镶嵌着齿轮，它本身其实就是由无数黄澄澄的齿轮构成的。这些齿轮有大有小，小的只有哪吒的手掌尺寸，大的甚至比巨龙的脑袋还要大上几圈，它们彼此以极其复杂的方式啮合在一起，以不同的速度转动着，带动灰色的传送皮带和黑色锁链往复运动，形成一幅流动的金属画卷，多看一眼都会让人晕头转向。

　　这里和龙坑不一样，没有生命气息，连苍蝇和老鼠都没有，只有冷冰冰的金属机器面无表情地发出噪声。就连镶嵌在墙壁上的夜明珠都显得无精打采，整个区域颇为阴沉灰暗。当哪吒最终抵达铜柱底部的时候，看到在铜柱的表面有一排凸起的扶手。扶梯向上延伸了五十多丈，在扶手尽头处的铜柱外壁上挂着一间古怪的镏金小屋，屋子方方正正，大门上镌刻着一条五爪金龙和牡丹花，顶上被无数管线与铜柱连接在一起，还有一大块水晶石镶嵌在侧面，透着高贵的气息。小屋是半敞开式的，可以勉强看清里面——其实里面什么都没有。

　　"这里应该就是开关吧？"哪吒心想，他收藏的玩具里，也有类似这样的东西，只要那么轻轻一拧，就可以让玩具停止。他深深吸了一口气，双臂抓住第一阶的扶手，然后朝上面攀爬而去。初时几级还好，往上爬了大约十几个扶手以后，哪吒开始有些后悔了。这东西看起来并不像想象中那么好爬，他的四肢发酸，头略微有些发晕，甚至能感觉到铜柱在微微晃动。他试着朝下望了一眼，吓得赶紧收回目光。

"如果有一次没抓住的话，就会掉下去摔死吧。"一个迟来的可怕念头攫住了哪吒的神经，他还不能深刻地理解死亡的意义，但与生俱来的恐惧促使他把扶手抓得更紧。他又勉强向上攀爬了几级，泪水在这个孩子的眼眶里汇聚。哪吒勉强控制着不让自己哭出来，还想要继续向上爬去。可过度的紧张让肌肉酸疼不已，脚下的悬空让恐惧更加强烈，他几乎连退下去的勇气都没有了，身体摇摇欲坠。

哪吒咬紧牙关，再一次尝试向上爬去。这次他尽量让自己的脑子放空，不去多想，凭着不知哪里来的力气，一口气爬上了十余级，距离那间小屋更近了。他喘着粗气，伸出手臂去抓下一个扶手，可手还没抓牢，脚下突然踩空，身体骤然失去平衡，猛然朝下坠去。在坠落的过程中，哪吒回想起被蟊龙追逐时的情景。这种感觉何其相似，都是在半空中朝地面坠去，连身体轻飘飘的感觉都差不多。

没容他有更多想法，哪吒的身子猛然一顿，已然落地。可自己并没有像想象中一样四分五裂，反而觉得软绵绵的很舒服，似是落在一大团棉花上。他睁开眼睛，发现自己躺在一条巨龙的脊背上，龙两侧的青绿色鳞片都竖了起来，形成两排围栏，防止他滑下去。这条巨龙正浮在铜柱旁边，龙尾处的几片火焰状的尾鳍不断摇摆，保持着悬浮状态。远处传来巨龙们兴奋的喝彩，其中以雷公的声音最大。

"甜筒？"哪吒认出了这条龙。

"笨蛋。"巨龙第一次开口说话。

"你终于肯对我说话了！"哪吒兴奋地抓住一片鳞片，身子朝前倾去，想靠龙的脑袋再近一些。

"只是不想你给我们添麻烦。"巨龙把头朝另外一侧摆去，身体开始转向。哪吒听到铁链哗啦哗啦的声音，意识到甜筒是带着铁链从龙坑飞出来接住他的，这个动作很危险，很可能会打乱铁链和齿轮的运行规律，变成一团糟。

哪吒从脊背爬到甜筒的脑袋顶，双手分别抓住那两只粗大的龙犄角，双腿跨坐在龙头顶一处肉乎乎的鼓包上。这里既稳当，视野也好。巨龙发出不悦的喷鼻声，但也没阻止。"不要飞回去呀，你再飞得高一点，我就可以直接进到那间屋子把铜柱关掉了。"哪吒说。

"没用的。"巨龙昂起头，冷冷地瞥了一眼那间镏金小屋，"那里是长安地下龙的控制总枢纽，只有皇帝的玉玺才能开启或关闭它，你爬进去也没用。"哪吒在画册上见过皇帝玉玺的样子，确实和小屋里的钥匙孔很匹配。

"那你们……岂不是没办法离开了？"

"本来也只是你多管闲事。"

甜筒摆动着身躯，朝着龙坑游去。它落地以后，忽然发现头顶悄无声息，而饕餮和雷公趴在一旁，幸灾乐祸地看着它。甜筒低头用喝水的铜盆照了照自己，才发现哪吒正趴在犄角之间，盘腿而坐，噘着嘴一动不动，神情愤愤。

"下来吧。"甜筒说。哪吒把脸别到一边去，不理它。"快下来，不然我要晃脑袋了。"哪吒仍是不为所动，嘴巴翘得能挂起一条锁链。甜筒无奈地吹了吹气，在饕餮和雷公催促的眼神下，勉强开口道："谢谢你。"哪吒这才抬了抬下巴，得意扬扬地轻声道："不用谢。"

这时穹顶上挂着的几口绿色青铜钟在齿轮的带动下响了起来，在这个地下空间里发出恢弘的"咣咣"声。这是地下龙系统再度开启的信号。甜筒抬起脖子望了望，对哪吒道："我们马上就要上班了。你还是藏在鳞片里，我把你带出去。"哪吒也怕回家太晚妈妈会着急，不敢继续发脾气，赶紧和饕餮、雷公它们道别，然后钻了进去。

在合拢鳞片前，甜筒说："以后这种地方你还是不要来的好，你没什么能帮我们的。"它在说这句话的时候，眼神里闪过一丝感激以及一丝忧伤。只可惜哪吒已经蜷缩进鳞片，没有看到。甜筒的龙须弹了一弹，朝着隧道入口飞去。

# 第四章

壶口大瀑布 ──────────

哪吒的失踪在将军府引起了一阵骚动，一直到他平安返回，大家才松了一口气。哪吒没敢说自己跑到长安城地下和巨龙们玩耍，只说自己迷了路。闻讯赶来的玉环公主连连自责，说都怪自己太疏忽，才会让哪吒迷路。哪吒趁机向玉环公主提出一个要求：想坐沈哥哥的飞机出去玩。玉环公主先是拒绝，说乘坐飞机终究是一件危险的事情。哪吒拽住她的胳膊，耍赖般地恳求道："如果玉环姐姐你陪着我，那就没关系了嘛。"

　　哪吒不知道这句话到底是怎么奏效的，他只知道，这么说的话，玉环姐姐一定不会拒绝。果然不出他所料，玉环听到后，先愣了一下，随即爽快地答应了，还自言自语道："没错，哪吒年纪还小，需要人陪，所以我才去的。"浑然没发觉自己双颊染了点红晕。

　　第二天一早，沈文约早早地来到了将军府，中气十足地大声喊道："快起床，小伙子，太阳要把屁股晒化喽！"哪吒听见呼唤，一骨碌从床上爬起来，刷牙洗脸，连饭都顾不得吃，揣了两个馒头，三步并作两步跑到大门口。沈文约骑在一匹栗色的高头大马上，正神气地等在门口。他今天身穿笔挺的浅紫色天策军装，头上戴着飞行校尉的圆形头盔，头盔前额一羽孔雀翎高高飘起。不少路过的人都冲这位年轻帅气的校尉指指点点，其中以女子居多。沈文约大为得意，还冲她们抛了几个媚眼，不动声色地调整成更帅气的姿势。可他的耳朵突然一动，轻浮气一下子收敛起来，一脸严肃地目视前方。

玉环公主骑着一匹白马从街角慢慢转了过来。她今天上身穿的是一件月白色短袄，腰间束了一条红色丝带，下面没套裙子，而是穿了一条皮质长裤，裤管紧紧贴在两条长腿上，看上去干净利落，英姿飒爽。

"公主早！"沈文约敬了个标准的军礼，目不转睛地盯着她。

玉环公主有点受不了他炽热的眼神，连忙移开视线，板起脸："我先说清楚，我是为了陪哪吒才来的。"

"明白！公主是为了保护哪吒，不是为了我！"沈文约铿锵有力地大声回答。

玉环公主脸腾地一下红了，这个浑蛋，怎么可以这么说话！她气急败坏地扬起马鞭，作势要抽沈文约。恰好哪吒从沈文约背后的马鞍上探出头来，她悻悻放下鞭子，改用恼恨的口气道："这次不是执行作战任务，是保护将军儿子，所以你给我好好飞，不许做任何危险的事。"

"属下一定将功赎罪！"

　　玉环公主双眸一瞪："油腔滑调！谁是你的上司？谁说你犯罪了？"沈文约这才露出惯常的神情，笑嘻嘻地说道："公主请放心，有我在，一定护得你们周全——以天策府飞行第一名将的名义发誓！"

　　"哼，不要吹牛皮吹破了。"

　　"快走啦！"

　　坐在沈文约背后的哪吒催促着这两个只顾说话的大人，他不明白，他们哪儿来的那么多话。三人两骑离开了将军府，很快就跑出了长安城，来到了天策府设在长安西南郊区的飞行基地。这个基地建在一片开阔的平原之上，有两条笔直的跑道，分别是东西向和南北向。跑道两侧的停机坪上停满了各式造型的飞机，时值旭日初升，阳光照在这一排排铁皮怪物的身上，泛起刺眼的金光，好似一大堆挂在绿色原野上的大唐金质勋章。基地中最醒目的建筑是一座五层高的望楼，望楼上挂满了各式旗语，其中最大的一面是天策府空军的标志——衔着牡丹的雄鹰。

　　哪吒以为自己起的够早了，等到了基地才发现，这里早已苏醒。穿着橙色制服的地勤和身披软甲的飞行校尉们在停机坪上忙碌着、喊叫着，运送弹药的牛车穿梭往来，信号旗忽起忽落，跑道上时不时就有一架飞机起降，在基地上空发出清脆的轰鸣声。整个基地洋溢着一种跃动的活力。

　　"哪吒你看，那就是我们今天要坐的飞机。"沈文约伸直胳膊，指给哪吒看。哪吒循着他的手看去，看到在一处标着"甲贰"的停机坪上，正停着一架大飞机。这架飞机比上次沈文约开的武德型要大得多，机翼分成了三层，机身呈鱼龙流线型，除了前排驾驶舱以外，还有一个并排双座的后舱。机头的金属牡丹标志擦得锃亮，雄鹰昂扬地望向天空。

"这是最新的贞观型飞机，去年才编入天策府。它比旧型号的'武德'飞得更快、更高、更远，三层机翼构造让飞行更平稳，还能挂载更多引擎。贞观型在左右机翼下各挂有两个五万转的牛筋动力引擎，算上机头的一个，一共五个，总转量达到二十五万转……"沈文约滔滔不绝地说着。一提到飞机，他的眼睛就闪闪发亮，甚至连玉环公主都被忽略了。玉环公主不无嫉妒地看了一眼那架飞机，翻身下马。哪吒也下了马，仰起头来注视着这架大家伙，暗暗做着比较。它不如甜筒的身材高大，造型也没那么流畅自然，像是一大堆铁皮、木料和牛皮被粗暴地粘在了一起——不过跟心如死灰的甜筒相比，这一堆没生命的机械反而能让人感受到勃勃生机。

"大概是因为它可以自由地在天空飞翔吧。"这个想法让哪吒心里一阵难过。

几个地勤昆仑奴正在摇动把手，一边喊着号子一边把一圈圈乌黑的牛筋动力绳绞在飞机的动力箱里。沈文约告诉哪吒，这些牛筋都是取自江南最好的水牛，拥有极强的韧性。飞机加动力的时候，地勤昆仑奴会先把盘成匝圈的牛筋从库房搬到飞机旁，然后通过摇臂机械把它们绞紧在转子上。飞行的时候，牛筋会释放动能，带动螺旋桨飞速旋转。所以飞机的动力单位，都是用"转"来表示。

"贞观型飞机一共可容纳二十五万转。如果保持最经济的时速的话，平均一里的距离要消耗五百转，我考考你，这架飞机的最远安全续航距离是多远？"沈文约拍拍哪吒的小脑袋，这么大的数字，对十岁的小孩子来说，算清楚可不是件容易的事情。哪吒掰了半天手指头，才得出答案："五百里！"沈文约哈哈大笑："回程就不算啦？"哪吒脸一红，他把这件事给忘了。玉环公主站出来替他打抱不平："沈文约，你欺负一个十岁的孩子干吗？还不赶紧准备登机！"

沈文约正色道："哪吒早晚是要加入空军的，这些基本的常识越早熟悉越好。"

"李将军公子的前途，什么时候要你来做主了？"

沈文约把食指压在鼻翼，正色道："我感觉得出来，这孩子和我一样，地面对他来说太狭窄了，他天生就是要在天空飞翔的。"

这架编号为"天策—零贰陆"的飞机很快完成了动力加转工作，沈文约坐进前舱，把护目镜戴上，开始进行自检。玉环公主和哪吒进入后舱。地勤人员仔细地为他们检查了安全带，还简单地讲解了一下降落伞的使用。很快，一切准备工作都完成了，"天策—零贰陆"被一辆牛车缓缓拉到跑道尽头。沈文约把右手伸出机舱，比起大拇指。望楼上的信号旗猎猎升起，准许起飞。在沈文约的操作下，这架飞机在经过短暂的助跑之后，漂亮地从跑道上一跃而起，被五个螺旋桨产生的强大升力托起，笔直地飞向湛蓝的天空。

哪吒把小脸贴在机舱玻璃上，几乎压扁了鼻子。他目睹了飞机起飞的全过程，心怦怦地跳着，一种说不上是紧张还是兴奋的情绪从肾上腺分泌出来，流淌到全身每一处神经。沈文约说得没错，他天生就是要在天空飞翔的，那种跃升瞬间的失重感，比最好吃的零食还要美妙。在"天策—零贰陆"身后，还跟随着四架"武德"。毕竟哪吒是李大将军的儿子，天策府的主管尉迟敬德不敢冒险，以求万全。

今天的天气非常好，蓝天上只有几朵白云，而且都躲得远远的，留出一片寥廓空旷的空间给这些人类的造物。从这个高度俯瞰长安城，它就像是一个硕大的棋盘，纵横交错的街道构成无数方块，核心区域的皇城威严而庄重，而城北商业区像是下雨前的蚂蚁窝，一队队蚂蚁大小的黑影在忙碌着、簇拥着。

飞机再飞高一些，哪吒看到长安城附近的翠绿农田、浅黄色的荒野以及一圈黑褐色的外郭，隐约还可以看到灞水上的那座大桥。即使是再会讲故事的人和丹青画手，也难以描摹这些景色的奇妙。"甜筒他们现在应该在城市下方的隧道里忙碌吧？"哪吒心想，一阵遗憾。如果甜筒这时候能飞出来，该是件多么让人高兴的事情啊。

"你想去哪里看看？骊山？华山？还是想俯瞰一圈咸阳城？"沈文约在前面回过头来嚷道。外面的风很大，他必须提高嗓门。

玉环公主对哪吒说："华山很好，不过距离有点远，骊山更有意思一些。"

哪吒毫不犹豫地脱口而出："我想去壶口看看。"

"壶口？"玉环公主和沈文约都是一愣。

"是的，我想去壶口看看。"哪吒坚定地说。他早就做好了打算，这次央求大人坐飞机出来玩，就是想趁机去看看甜筒、饕餮还有雷公它们变化的地方。

"壶口啊……"沈文约看向玉环公主，露出征询的眼神。壶口在黄河的秦晋大峡谷里，位于长安的东北方向，倒是在飞机的续航范围内。黄河鲤鱼跳龙门就是在那里，算是长安的一个重要资源点。

玉环公主犹豫了一下："壶口现在安全吗？"

"过几天就是龙门节了。白云观和天策府都已经派人在布置，附近应该会很安全。我们又是在天上，问题不大。"沈文约回答。

玉环公主问哪吒为什么想要看壶口，哪吒说想看看壶口大瀑布。他在书上查过，壶口那个地方叫秦晋大峡谷，河水至此被猛然收束，然后跌入下游河谷，特别壮观。"好吧，不过只许远远地看一眼，不可以靠近降落。"玉环公主说。得到玉环公主的首肯，沈文约一推操作杆，大啸一声："走吧！来一场痛痛快快的飞行吧！"一根根牛筋啪啪地在动力箱里翻弹，"天策—零贰陆"的螺旋桨转速陡然提升，飞机轻盈地抖动机翼，在半空画出一道复杂的轨迹，时而偏转，时而翻滚，甚至还把机头拉得高高的，几乎和地面垂直。

玉环公主没料到沈文约突然发疯，吓得大叫起来，两只手伸向前紧紧搂住沈文约的脖子。哪吒一点不怕，反而兴奋得不得了，昨天在地下积蓄的压力，被这肆无忌惮的飞行一点点释放出来。那几架"武德"根本无法追上，可怜的飞行员们只得一脸羡慕地远远跟着。直到机舱里的传音铃发出一阵怒吼般的响声，沈文约这才恢复到正常的飞行航线。玉环公主惊魂未安，胸前起伏不定，忽然她发现自己把沈文约的脖子搂得特别紧，触针般地松手，恼恨与羞涩同时浮现在娇颜上。她生怕哪吒看出什么，别过脸去，伸出手狠狠地在沈文约腰间掐了一把。沈文约疼得"哟"了一声，飞机连带着微微一颤，飞行校尉脸上却露出恶作剧得逞的陶醉神情。

没过多久，这一队观光的机队飞临到壶口上方。这里已经有飞机在巡逻，巡逻机与沈文约用灯光简单地交谈了一下，摆动机翼打了个招呼，匆匆离开。飞机开始在壶口上方盘旋，高度逐渐下降。哪吒朝下面看去，首先映入眼帘的就是那壶口瀑布。只见一条黄绸腰带般的黄河自西方蜿蜒至此，水流在这一段狭窄的河道里汇聚成狂流，两侧的石岸让这条水龙很不舒服，水龙不时掀起的滔天巨浪，好似龙族狂怒时竖起的鳞片。河道前方突然下降成一道九十度的河床悬崖，化身为水的巨兽前赴后继地奔流而落，发出绝望的嘶吼，即使在高空也能听到瀑布的哗哗声。

哪吒注意到，在壶口瀑布的上空，横亘着一道散发着淡淡祥光的华丽彩门。门楣上画着龙鳞纹路，造型古朴，它周身云霭缭绕，在瀑布上空形成的彩虹的映衬下，宛若仙界之物。"这就是传说中的龙门。黄河里的鲤鱼每年就是要在这里，逆着水流跃过龙门，化身成龙。"玉环公主给哪吒讲解道。哪吒惊讶不已。壶口瀑布的落差相当大，这龙门的高度也不低。鲤鱼身上又没装着牛筋动力和螺旋桨，要逆着这么强烈的水流跳过去，确实极不容易。

"所以每年来这里跳龙门的鲤鱼有几万条，但只有最强壮、最聪明，还得足够幸运的鲤鱼才能变成龙——有人做过统计，平均每一千条鲤鱼，只有一条能跃过龙门。"

"原来甜筒、饕餮和雷公它们，变成龙之前都是这么辛苦啊……"哪吒心想，更觉得难过。它们在跳过龙门之前一定满怀憧憬吧，付出这么多努力，换来的却是在地下隧道里没日没夜地辛苦工作，实在是太可怜了。

"你看，在龙门两侧的岸上，白云观的道士们已经开始在搭建法阵了。"沈文约让飞机稍微倾斜了一点，指着地上的几处小黑点。那里插着五颜六色的旗子，还有数尊大香炉烟雾缭绕。道士们在来回奔走，一个个阴阳鱼和八卦的图案已经初具雏形，钳制住了壶口瀑布的两岸以及上空。在更远的地方，是一处简易的冶炼场，高炉林立，炽热的暗红色铁水在坩埚中沸腾，飘摇浓厚的黑烟像是谁用炭笔在天空上画了一道。哪吒突然心中一紧，似乎看到了熟悉的东西。他再定睛一看，发现铁匠们正在铸造的，居然是一条条黑色的锁链。这些锁链的样式与拴住甜筒的毫无二致。

玉环公主见哪吒看得仔细，就给他讲解道："他们是在为龙门节做准备。到了那一天，长安城的军队会把壶口围起来。当鲤鱼变成龙以后，先由白云观的道长们作法，把新龙约束在这个法阵里。然后用铁链锁起来，由军队押回长安城去接受训练。"

"它们不会反抗吗？"哪吒小心翼翼地问。

沈文约不以为然地拍了拍操纵杆，大声道："有天策府在，任何人或者任何东西都威胁不了长安。"他话音刚落，地面突然传来一阵剧烈的震动，在天空的"天策一零贰陆"也被这震动波及，小小地颠簸了一下。

"怎么回事？是地震了吗？"玉环公主有些惊惶地问道。

"你们坐好！"沈文约轻松的表情消失了，他把护目镜戴正，飞机朝着天空爬升而去，同时按下一个按钮，"咔嚓"一声，机翼下的两个副动力箱被远远地抛出去，整架"天策一零贰陆"登时一轻。玉环公主了解一点天策府空军的作战习惯，当一架飞机抛下副动力箱时，意味着飞行校尉即将面临复杂的空中格斗局面，需要减轻负载以获得较好的机动性。"怎么了？是遭遇敌人袭击了吗？"玉环公主连声问道。

"马上就知道了。"沈文约沉声道，同时控制飞机在较高的高度进行盘旋。

地面上又是一阵震动传来。哪吒和玉环在天空中惊骇地看到，似是有一只无形的手在摇动着壶口瀑布，黄河两岸的大地开始抖动起来。无论是冶炼场还是法阵，都被晃得东倒西歪。哪吒亲眼看到一尊坩埚倒在地上，铁水流淌出来，把周围堆积的锁链烧熔。

"快看！"哪吒大喊。他看到一缕缕黑气从壶口瀑布附近的山谷与丘陵裂隙中飘出来，会聚成一条条孽龙。这些孽龙和袭击哪吒的那条长度差不多，一出来就立刻四散开，向最近的人类发起袭击。

玉环公主惊呆了："是孽龙，而且还有这么多！这是怎么回事？"

"不知道，咱们得尽快离开壶口，万一孽龙上天，可就麻烦了。"沈文约说道。

"我们不去救他们吗？"哪吒问。

沈文约摇摇头："这架'天策—零贰陆'没装任何武器，何况还有你们在。不过你放心，白云观的道士们虽然讨厌，但都不是废物，他们还能撑一阵——玉环！"沈文约叫着玉环公主的名字，把机舱里的传音铃递给她："马上给天策府的尉迟大人发报，让他们尽快通知李将军，派遣援军过来。"

玉环接过铃铛，手足无措："这该怎么用？"

"按三才韵部摇动，天是长摇，地是短摇，人是急摇。这个铃跟天策府的警钟是贯通的，我们一发报，那边就能收到。"

"可是我没用过三才韵部啊……"玉环委屈地说。她虽然喜欢跟当兵的混在一起，可并不代表自己对军队那一套通信手段很熟悉。

"我会这个！"哪吒举起手，"父亲教我背诵过这个。'天—天—地'是十四缉，'天—地—天—人'是第七个字，那就是'急'字，是这样吧？"

"很好！"

沈文约表扬了一句，重新开始全神贯注地操纵飞机。哪吒深吸一口气，把从前父亲要求自己背诵的内容一一回想起来，再转译成传音铃的摇动方式，时快时慢地摇动起来。这时已经有孽龙注意到了这架飞机，晃晃悠悠飞上天来，试图接近。不是一条，而是三条。沈文约冷哼一声，一踩推力板，来了个干净利落的小角度回旋，堪堪避开两条孽龙的袭击，然后迎头朝着第三条孽龙撞去。孽龙还没来得及施展爪牙，"天策—零贰陆"的所有螺旋桨猛然加速转动，在机头形成一个剧烈的空气旋涡，撕开了孽龙的雾状身体，然后以极高的速度突围而去，留下一道残影。只是机舱内的成员不得不承受很大的压力。玉环公主把哪吒搂在怀里，头低下去。哪吒虽然脸色煞白，手腕却坚定不动，铃铛依然有节奏地响着。

　　沈文约精湛的技术为援军争取了时间，四架护航的"武德"终于赶了过来，毫不犹豫地挡在"天策一零贰陆"前面，连弩和符纸炮从机翼下接连不断地喷射出去，在天空爆出一团团黑色的雾花。"兄弟们，辛苦了！"沈文约用灯光向他们道谢，然后在半空画了一道弧线，迅速朝长安城飞去。与此同时，"壶口孽龙起，急！"的讯息经过哪吒之手，迅速传回了天策府……

　　长安城的正中央是皇城的所在。在皇城西北角有一处偏殿，其貌不扬，既没有铺设精美的琉璃瓦，也没有悬挂任何匾额，而且有一半殿身都埋在地下。但在熟知皇城内情的人眼中，这座宫殿代表了整个长安最高的意志。天子穿着金黄色的便袍，走进这座宫殿，身边只有一名侍卫跟随。他背着手，步子迈得不疾不徐，只有腰间系着的那一枚玉玺晃动的幅度，才透露出他心绪中的一点点不平静。他还是个年轻人，治理这个国家不过几年，还没有充分培养出天威，偶尔还会像普通人一样流露出自己的情绪。

　　这座偏殿内别的什么都没有，只在中央供奉着一座玉石雕成的五爪金龙，雕像足有六丈高，几乎碰到殿顶。天子走到玉龙身前，侍卫用手扳动玉龙的尾巴，传来一阵"嘎吱嘎吱"的机关声，然后玉龙的底座朝两边开启，露出一个小小的房间。天子走进房间，侍卫掏出一半虎符，把它嵌在房间里的另外一半虎符旁边。当两半虎符的裂缝完全弥合，小门慢慢关闭，整个房间开始飞速地朝地下降去。房间内的一个铜制标尺从"零"刻度的位置不断下降，一直到"叁拾"才停住。房间的门再度开启，出现在天子眼前的是一个半圆形的大空间。在空间的正面墙上挂的是一面硕大无朋的铜镜，足有四层楼那么高。铜镜前是一个四层的大理石阶梯平台，在前三层阶梯上坐满了穿着青袍的道士。这些道士面前都竖起一面小铜镜，还有一个算盘和罗盘。他们一边注视着铜镜里变化的数字与符箓，一边急促地用算盘噼里啪啦地计算或转动罗盘，交谈的声音压得很低，气氛却颇为紧张。

　　这里是兵部秘府，长安城出现重大危机时，天子就会在这里进行决策指挥。兵部秘府大概是整个长安城最安全的地方了，即使把库房里所有的轰天雷都投在皇城里，这个地方也不会有任何损伤。天子出现的位置，是在大理石阶梯的最顶层。这里没有任何摆设，只在外围贴了一圈杏黄色的静音符。平台上的设施只有一张桌子和四把石椅，其中三把已经坐上了人。座位上的三个人看到天子来了，都纷纷起身叩拜。天子示意他们平身，然后坐在最中央的石椅上，威严地扫视了一圈这三位臣子。整个长安城有资格在这里出现的人，全都到齐了。掌管神武军的李靖大将军、掌管天策府的尉迟敬德将军，以及须发皆白的白云观清风道长，他们三个代表了禁军、空军以及道门的三股力量。整个长安城的安全，就是由这三根支柱支撑的。

　　"开始吧。"天子没有客套，他看起来心思沉重。

　　清风道长看了一眼两位同僚，拂尘一挥，那一面硕大的铜镜慢慢泛起光亮，镜中显出了壶口瀑布的景象，整个秘府的人都看得一清二楚。在镜中，壶口瀑布两岸一片狼藉，搭建到一半的法阵幡杆被扯倒，铜鼎压断了香案，花花绿绿的符挂与小旗撒了一地；附近的冶炼场状况更是凄惨，坩埚倾倒，高炉倒塌，洒了一地的铁水凝结成了一块古怪的铁疙瘩，其中隐隐还能看到人形。一大批士兵正在现场埋头清理着，天空不时有飞机飞过。

　　尉迟敬德报告道："今天上午辰时三刻，天策府接到壶口空域巡逻机的通报，至少有五十条身长三丈以上的孽龙在壶口瀑布附近生成，袭击了正在布设的法阵和冶炼场。半个时辰后，天策府的第一批三十架武德型战机赶往现场，孽龙在午时前全部被消灭。天策府随即将指挥权转交给赶到现场的神武陆军。"他一边说着，镜子里一边显示出了一些数字和图形，帮助直观了解。

"伤亡呢？"天子问。

这时李靖开口了："根据神武军统计，地面共计有五名道长羽化，十三名冶炼工人殉职，两架天策府战机坠毁。"他停顿了一下，声调稍微高了一些："不过托陛下洪福，龙门法阵并没有损伤。"天子没有被这句恭维打动，他把目光投向清风道长。清风道长会意，一甩拂尘，那巨大的铜镜上的画面发生变换，庞杂的各色符箓按照特定规律飞舞，又重新组合起来，凝聚成一幅壶口瀑布的侧剖图。

"自我大唐在壶口瀑布举行龙门节开始，每次捕到的新龙都会在现场留下一丝戾气渗入地层。如果我们把每一条龙所遗留下来的戾气称为一业的话，那么平均每造十五业，就足以形成一条孽龙，出来祸乱人间。"铜镜里的数缕黑气随着清风道长的讲解，形成一条龙形，张牙舞爪。

"根据白云观历代仙师的不懈观测与研究，我们已经掌握了孽龙的形成规律。普通的孽龙，戾气浓度很低，可以轻易消灭。但平均每过三十年，遗留在壶口瀑布附近的戾气浓度会累计到一个临界值，将会滋生出一条巨大的孽龙。大孽龙苏醒之前会伴随着一系列征兆，诸如地震，或者小孽龙频繁现身，活动范围扩大——"

"李将军，你的家眷似乎也遭到过它们的袭击？"天子忽然偏过头问道。

"正是，有劳陛下挂心，所幸无恙。"李靖欠身回答。

"那是在长安南边，孽龙都跑出去那么远了啊……"天子自言自语。

清风道长继续道："当这些征兆持续一段时间后，巨大的孽龙就会从地底苏醒。它是龙族的怨念所凝，所以本能会驱赶着它向长安城进发，不毁掉长安城誓不罢休。一旦让它进入长安城，将会对城市造成极大的损害。""可是……"年轻的天子指着铜镜上的数字，"道长刚才说三十年，但上一次发生是在二十六年前；再上一次，是二十七年；再往前数，是二十八年。这是不是说，龙灾的爆发频率在逐渐增高？"

清风道长一怔，他没想到天子会如此迅捷地抓住重点。他连忙拱手道："陛下明鉴。三十年只是平均数，近几次龙灾的间隔时间确实在逐渐变短。"

"为什么呢？"

"因为自陛下登基以来，国泰民安，风调雨顺，人民安居乐业，以至城市中的市民数量越来越多，城市范围也在慢慢扩大。地龙运力必须用到更多的龙，才能追上经济发展的步伐。我们在龙门节的捕龙量每年都在增加，戾气浓度自然也呈上升趋势。"

天子听完解说，表情微微露出不安。他登基才五年时间，还没有经历过龙灾。人对未知的灾难总会有种恐惧："那该怎么办才好？"

李靖身子前倾，忧心忡忡："以臣之见，不如暂时取消龙门节，或减少捕龙数量，以遏制戾气上升。"

"不可！"清风道长眼睛一瞪，大声反对，"龙数减少，地下龙势必大受影响，运力不足，长安城必有大乱。"

"可龙灾若是爆发，恐怕会有风险……"尉迟敬德插嘴道。

清风道长起身深深一揖，面向天子，语气傲然："自有长安城以来，这样的龙灾已经发生了数十次。不过每一次都被白云观成功驱散，长安城从未让孽龙进入过一次。先帝在位之时，贫道有幸追随先师参加了两次长安防御战，亲眼见我长安军民众志成城，人定可胜龙。陛下，要对长安有信心！"

李靖的眉毛拧在一起，他可没有清风道长那么乐观。从他的角度来看，一打仗就会有伤亡，能有办法消弭灾难，尽量不动兵戈最好。他身为大将军，求稳是第一位的。清风道长把视线转向李靖，朗声道："每次龙灾爆发时，孽龙的实力都差不多，但长安城的实力与日俱增。这些年来，白云观的研究从未停滞。无论阵法、符咒还是祭炼出的破邪法器，威力都比三十年前高出许多——李将军、尉迟将军，这么多年来，你们神武陆军的火器、天策空军的战机技术上不也取得了长足的进步吗？养兵千日，难不成事到临头，连区区一条孽龙都收拾不了，还要长安城牺牲经济来弥补你们的胆怯吗？"面对清风道长的挑衅，李靖和尉迟敬德只能苦笑着闭上嘴。天子道："那道长的意思是？"

"龙门节照常进行。白云观会全力戒备，就算龙灾提前爆发，贫道也有信心拒龙于城墙之外。"清风道长信心十足地挥了一下拂尘。李靖和尉迟敬德没办法，一并起身，向天子保证神武陆军和天策空军也会全力配合。三位长安城的支柱都做出了保证，天子的情绪逐渐安定下来。他勉励了几句，然后起身离开。

　　临走之前，天子瞥了一眼大铜镜，不知为何，他总觉得镜中幻化出的那条大孽龙正别有深意地盯着他，这让这位九五之尊不太舒服。

第五章

巨龙的愤怒与火气 ——————

哪吒觉得父亲最近有心事。

平时父亲总是很忙，但每次回家，第一件事一定是把哪吒叫到跟前，要么检查功课，要么询问近况。虽然父亲的态度有些生硬和笨拙，但哪吒知道那是关心的表现。但最近几天，哪吒看到父亲进门以后谁都不理睬，总是阴沉着脸走进书房，把门关紧，不知在里面做什么。而且家里的访客数量大增，不分白天黑夜，不停有人来拜访李靖，一谈就是一个多时辰。哪吒经常一觉醒来，看到书房仍旧点着蜡烛。

整个大将军府的空气都因此而变得沉重起来，仆人们放轻脚步，生怕弄出大响动惹怒主人，门里门外卫兵的表情也僵硬了不少。哪吒觉得十分没趣。可是他现在根本出不去。自从在壶口瀑布遇险以后，大将军下了禁足令，不让哪吒外出，尤其是不许再到长安城外去。这可把哪吒闷坏了。家里这么狭窄，哪里有长安城那么好玩；而长安城再大，也没有天空那么开阔。他已经享受过飞行的乐趣，心已经野了，再重新关起来，让他痛苦万分。可这次别说玉环姐姐，就连沈大哥都不帮他，他们都让他安心在家里念书。哪吒百无聊赖地翻了几页图画书，又去逗了逗水缸里的乌龟，把几页白纸叠成飞机扔出二楼的窗外，掉到院子的花丛里。这些游戏本来都是他的爱好，现在却是索然无味，哪吒满脑子都是飞行，这些小打小闹只会让他更加空虚。

"真想去找甜筒、饕餮、雷公他们玩啊。"哪吒趴在窗口，看着熙熙攘攘的街头，开始想念地下的中央大齿轮柱。比起人类来，那些龙可爱多了。想到柱子，他忽然回想起了那次危险的攀爬，那可真是一次惊险的旅程，若不是甜筒及时出手，恐怕他已经摔死了。下次再有机会爬的话，哪吒觉得可以在腰间拴根绳子，这样就安全多了。

绳子？攀爬？一个念头突然出现在哪吒脑海中。他去花匠的储藏室里找出一捆绳子，说要用来玩游戏，然后把自己房间的门关上，谁也不许进来。哪吒把绳子的一端系在床脚，然后身子挂在窗外，抓住绳子一步步地往下滑——这是从一本讲风尘三侠的图画书里学来的——他很快就有惊无险地落到了地面，没人觉察。

哪吒从家里溜出来后，直接跑去附近的利人市地下龙站，他已经打定了主意，从这里随便攀爬上一条龙，让它把自己带去中央大齿轮柱，就能见到它们了。可当哪吒走到地下龙站时，看到牌楼下的入口被三条黄色的绸带封住了，几名士兵站在门口，不让人进去。最奇怪的是，站口附近居然支起了一张香案，案上插着十几根细细的香，都点燃了，袅袅的香烟在牌楼附近升腾。一个和尚捻动着佛珠，喃喃念着经文。一群老头老太太聚在香案旁边，手做祈祷状。

"这是怎么了？地下龙停运了吗？"哪吒问旁边一个卖烧饼的大人。那个烧饼贩子看到发问的是个小孩子，摸摸他的头，和蔼地说："小朋友可别问那么多，不是你该知道的事。"哪吒哪里肯放弃，缠着他问。这个大叔脾气不错，被哪吒缠得没办法了，只好告诉他，这是地下龙升天了。

"升天？是说地下龙会飞了吗？"哪吒问。

大叔挠挠头："所以说小孩子不应该知道嘛……升天，升天就是去世了、过去了……呃，就是死了。"他一口气说出好几个代称。

"龙也会死？"哪吒一下呆住了。

"龙当然会死啦，和人是一样的。"大叔撇撇嘴，到底是个小孩子，居然会有这么天真的想法。他指了指站口的牌楼，"如果有龙在地下龙站里死掉的话，站点都要暂时关闭，等到龙尸被处理走，才会继续运行。你看，那边还有和尚来做法事呢，免得龙死以后怨念不散在附近作祟……咦？"他说完这句话一低头，发现哪吒已经不见了。大叔摇摇头，心想，现在的小孩子实在太没礼貌了，然后继续揉面团。

牌楼附近的垃圾箱后面有一处不起眼的导流渠，它的功能是在下雨时防止雨水倒灌入地下龙站内。这个导流渠是根竹制的长水管，从地下龙站里接出来，通往地面。洞口的大小勉强可以通过一个小孩子。哪吒此时正全身趴在水管里，扭动着身体向深处爬。这里太过狭窄，他施展不开手臂，只能用双肘和膝盖蠕动。有时内槽没刮干净的竹刺会扎到他的身体，但他顾不上疼，咬着牙一刻不停地前进。

哪吒的心里慌乱不已。他虽然知道概率很低，但仍忍不住去想那条死掉的龙会不会是甜筒。他年纪还小，但死亡这个概念还是明白的。甜筒那种枯槁的目光、不愿进食的虚弱身体，都让哪吒有着强烈的不祥的预感。他很快就爬到了水管的尽头，然后毫不犹豫地跳下去。哪吒落地以后发现，这个位置位于地下龙站台的内凹侧面，恰好可以看到地下龙站内的动静。

哪吒悄悄探起头，看到一具巨大的龙躯填满了整条隧道，它身上的鳞片暗淡无光，四只爪子无力地蜷缩在腹部，一直摇摆的龙须也耷拉在长吻两侧，全无活力。一群草绿色服饰的工作人员正在龙尸周围忙碌，用许多粗大的灰绳把它绑起来，它看起来好似落入了蜘蛛的巢穴。哪吒松了一口气，这个显然不是甜筒。甜筒的鳞片要比它长，纹路也不相同。这些细微的差别也许别人看不出来，但哪吒一眼就可以分辨出来。不过他的心情并没有好转，那条去世的巨龙紧闭着双眼，嘴巴痛苦地咧开一半，看起来死前相当痛苦。它的龙皮发皱而松弛，脖颈污渍斑斑，像是一个苍老而疲惫的人类老者。如果有一天甜筒也变成这样该怎么办？哪吒想。

这时候，地下龙站的工作人员拽起绳子，一边喊着号子一边往一个方向拽去。龙尸太大了，即使几十个人用力，也只能挪动一小段路，给隧道腾出一点点空间，不过有这点空间也就够了。工作人员吹了几声哨子，很快从隧道的另外一个方向传来龙啸，然后哪吒看到一条龙尾缓缓伸入站台。原来这条龙是倒着进入隧道的，龙尾正好对准死龙的龙头。工作人员七手八脚地把捆缚龙尸的绳子捋成十几束粗大的牵引索，再把牵引索拴在龙尾巴上。

哪吒一下明白了，他们是打算让那条龙把龙尸拖走。这么重的尸体，除了龙以外确实没人能拖动。他忽然注意到，那条龙尾上有几片鳞甲是圆形的，聚在一起好似一朵梅花。哪吒想起来了，这条龙他那天应该见过，还给它起过一个名字叫梅花斑。哪吒悄悄从藏身之处跑出来，此时大家都把注意力放在龙尾上，没人发现这个小孩子。他弓着腰，屏住呼吸钻进隧道，跑到龙头的位置，轻轻喊了一声"梅花斑"。听到哪吒的声音，梅花斑的眼睛转动了一下，龙须轻轻摆了摆，认出了这个给自己起名字的小家伙。

"你怎么跑到这里来了？"梅花斑问。他们在用龙语交谈，普通人是听不到的。

"你带我去中央大齿轮柱吧，我想去看看大家。"哪吒说，然后举起一个大袋子，"我带了好多好吃的！"

梅花斑迟疑了一下："呃，我无所谓，不过我得先把这具尸体拖走，才能回去。"

"它是你的朋友吗？"哪吒低声问。

"我不认识。不过听说是个老家伙，已经在这里待了十多年了。"梅花斑的声音里无喜无悲，仿佛这事跟它毫无关系。只有十多年寿命吗？哪吒心想，但没有继续问下去，他掀开梅花斑的一片鳞甲，藏身其中，心情变得好沉重。在黑暗和狭窄中度过十多年的疲劳生涯，最终的结局却是死亡，这就是龙的一生吗？

很快，站台里的牵引索都接好了，梅花斑昂起头，发出一声长啸，奋力向前，那具龙尸的鳞片与地面摩擦发出尖厉的声响，两条龙一前一后缓缓驶出站台，工作人员们发出欢呼。梅花斑拖着尸身在隧道里缓慢地飞行着，不时转弯。它走的路不是平常的载客路线，哪吒感觉隧道是微微朝下倾斜的，说明他们一直在向地下飞。大约飞了半个时辰，哪吒陡然觉得身体一轻，他偷偷从鳞片里探出头去，结果吓了一跳。

他们正在一处空洞的正上方飞翔。这个洞穴和中央大齿轮柱的空间很相似，但没那么大，也没那么多精密的机器设备，就是一个普通的岩石洞窟，洞壁上镶嵌的夜明珠很少。在洞穴的底部，是一片白森森的龙骨丛林。这丛林是由龙的骸骨堆积而成的，狭长的脊骨高挑而起，挂满枯黄的趾爪，一排排灌木般的嶙峋肋骨倒立朝天，关节扭曲成团。丛林深处隐藏着无数硕大的巨龙头骨，它们的下颌或开或合，漆黑空洞的眼窝里闪着磷火。这一片骨堆层叠厚实，一望盈野，不知要多少龙尸才能达到这样的规模。

哪吒闻到洞穴里有一股浓浓的尸腐味，让他晕头转向，忍不住捂住了鼻子。梅花斑似乎也不喜欢这里，它飞快地划过洞穴上空，用尖利的后爪割断牵引索。那具老龙的尸体失去支撑，从半空掉落下去，"哗啦"一声砸在龙骨堆中，引发了一连串骨塔的坍塌。梅花斑完成这个动作后，头也不回地朝出口飞去。哪吒问它这是什么地方，梅花斑说这叫龙尸坑，每次龙死以后，都会被丢弃在这个坑里。

"没有墓地和墓碑？只是像垃圾一样堆在一起？"哪吒惊讶地瞪大眼睛。

"不然还能如何？"梅花斑奇怪地反问。

哪吒捂住鼻子再次低头望去，那具龙尸一动不动地躺在坑底，摆出一个滑稽的姿势。过不了多久，它的血肉就会全部腐烂，只剩下一截截骸骨，和周围的骨林融为一体。即使死后，它也没有机会一睹阳光，更没有机会飞翔。不知为何，哪吒的泪水一下子夺眶而出。

梅花斑离开龙尸坑后，把哪吒带回了中央大齿轮柱。那些正在休息的龙看到哪吒来了，都很兴奋。饕餮像小狗一样拼命去闻他手里的零食口袋，哪吒不得不多给它吃了一块甜玉米。哪吒把零食发完后，走到甜筒跟前。甜筒还是那一副老样子，趴在自己的坑里打瞌睡。它听到哪吒走过来，简单地摆动一下龙须："我不是跟你说了不要再来这里吗？"哪吒没回答，一屁股坐到甜筒身旁，垂着头闷闷不乐。这个反应有点出乎甜筒的意料，它本来不想搭理他，可看到这小男孩一脸的郁闷，它无奈地喷了口气，把脖子伸过去问道："你怎么啦？"哪吒遂将在龙尸坑里看到的情景跟甜筒说了，问它去过没有。甜筒淡然道："龙尸坑我去过几次，运过几次同伴的尸体，那个地方的尸臭味道太重了，我不喜欢。"

"那地方多可怕啊！"哪吒激动地说，"看不到天空，也没有阳光，周围除了骨头什么都没有。你们生前在地下隧道里飞行，死后也要在这样的地方待着吗？"

"都死了，还想那么多干吗？"甜筒昂起头，扫视那群争抢零食的龙，"我们都有被人拖走的一天，这里的每一条龙，最终的归宿都是那里——没有例外。"

"你们甚至连墓碑都没有。"

"要墓碑有什么用，在遇到你之前，我们甚至连名字都没有。"甜筒抬起爪子，碰了碰哪吒的小脑袋。

"一次天空都没有飞上去过，这样实在是太可怜了……"哪吒喃喃道。他第一次来的时候只是对龙们怀有同情，这一次却已能感受到那种深不见底的绝望。

"在这种绝境，若不让自己死心的话，希望越大，思考越多，越是一种折磨。你拿零食给它们，给它们起名字，都是很残忍的，现在你明白了吗？"

甜筒平静而严肃地望着哪吒，这还是个小孩子，它不确定他是否真的能理解这番话。哪吒注视着甜筒，眼神很困惑，终于没有继续这个话题，这让甜筒松了一口气。它略带歉疚地把身子俯下，下巴贴到地面："来吧，坐上来，带你去空中转一转。"哪吒顺着脖子爬上龙头，轻车熟路地在两个犄角之间找到鼓包，一屁股坐下去。甜筒身躯一振，缓缓升空。虽然这里的地穴空间有限，甜筒的尾还被锁链拴住，但做一些小范围的腾挪还是可以的。

中央大柱的齿轮依然"嘎吱嘎吱"地转动着，巨龙带着少年在半空拘谨地飞翔。其他的巨龙都识趣地避开他们的路线，免得锁链纠缠在一起。哪吒抓住犄角，用脸贴在它略带腥味的冰凉鳞片上，轻声道："其实，那天我也去壶口瀑布试着飞了一次。"

"哦。"

"可惜不是骑龙，我坐的是飞机。"然后哪吒开始讲他那天在壶口瀑布飞行的事情，看到什么样的鸟，吹着什么味道的风，太阳光从什么角度照射下来，给白云镶出什么样的金边，甚至突然升空时的微微反胃，他把每一个小细节都津津有味地描述出来。甜筒听着听着，猛然醒悟到，哪吒这么细致地描述，是想让它也体会到在天空飞翔的感觉。大概在小孩子看来，只要把香甜的感觉描绘出来，就相当于吃到了奶糖。看到哪吒在头顶笨拙而努力地找着形容词，甜筒微微露出笑意，让身躯飞得更加平稳。但下一个瞬间，他的身躯猛然歪斜了一下，差点把哪吒摔下去，因为一个可怕的词从小孩子的嘴里脱口而出。

"孽龙？"甜筒浅黄色的龙眉一皱。

"是啊，我们碰到了好几条孽龙，差点没回来……"哪吒兴奋地比画着手指。

"详细说给我听听。"于是哪吒把事情一五一十地讲了一遍。甜筒一边听，一边盘旋着落回到大坑里。等到哪吒跳回地面，甜筒严肃地告诉他："你最近不要来这里了，也不要离开长安城。"

"为什么？"

甜筒长长呼出一口气，似乎下了个重大的决心。它抬起前爪，用尖利的指甲指了指自己下巴往下三尺的一道凹陷疤痕："你看到这里没有？"哪吒点点头，他当然看到了。当初他不小心把糖浆涂抹在这块疤痕上，所以才认识了甜筒。"在我们龙族，这里的鳞片叫作逆鳞，巨龙的愤怒与火气都储存于此。谁胆敢触动的话，就会引发巨龙震怒，不死不休。"

"可是这里明明没有鳞片啊？"哪吒问道。

"在这里的每一条龙都没有逆鳞。我们在壶口瀑布变成龙以后，立刻被长安守军捉住。在丧失自由的那一瞬间，每一条龙都会本能地抠出下颌的逆鳞，远远地抛开。这些逆鳞承载着我们最深沉的怒意与仇恨，化为没有灵智只有怨恨的存在。"

"你是说……"

"没错。那些孽龙都是我们的逆鳞所化。"甜筒的声音变得深沉而幽远,充满了忧伤,"越是对未来绝望的龙,抠下去的逆鳞就越是凶残。你在龙尸坑也看到了,这么多年来,有多少龙埋骨于此,这么多怨愤的逆鳞环绕着长安城,迟早会汇聚出大孽龙,酿成大灾。"

哪吒吓得面色惨白,他不甘心地提醒道:"长安城有我爸爸在守护,还有沈大哥他们,一定不会有事的!"

"我知道人类有很多办法可以克制孽龙。但大孽龙和普通孽龙完全是两种不同的东西,它是由纯粹的杀意和愤怒构成,蕴藏的力量可以让天地翻覆。一旦出现,就是长安城的一场浩劫……"甜筒还没说完,整个洞穴突然微微震动起来。所有的巨龙不约而同地昂起头,看向上空。尽管厚厚的岩层遮蔽住了所有的视线,但巨龙们的眼神表明他们看到了什么。震动在逐渐变强,有细微的沙尘从穹顶掉落,横贯半空的铁链剧烈地抖动起来,整个空间只有中央大齿轮柱不为所动,依然固执地转动着硕大的齿轮,试图用嗡嗡声盖过震动。

震动持续了好一会儿才平息下来,整个洞穴恢复了安静。可在吞过龙珠的哪吒耳中,听到的是一阵剧烈的喧嚣。巨龙们似乎找到了共同的话题,用人类听不见的语言纷纷叫嚷起来。有的龙兴奋地发出啸声,有的龙喋喋不休一脸忧虑,还有的龙脾气变得暴躁,甚至与同伴互相撕咬,更多的龙则让躯体悬浮在半空,鳞爪飞扬,一副亢奋的模样。

"这到底是怎么回事？它们是听到什么声音了吗？"哪吒问道。包括饕餮和雷公在内的巨龙们陷入了奇怪的狂热，像是发狂的公牛在街上狂奔，充满了侵略性和危险性。这和哪吒熟悉的巨龙不太一样。

"我感觉到了，我们都感觉到了。"甜筒保持着昂立的姿势，神情严肃，"我们在远方的逆鳞在沸腾，在叫喊，在颤动，它们前所未有地活跃起来。刚才那场地震绝非偶然，那是逆鳞传给我们的消息。"

"什么消息？"

甜筒转动巨大的黄玉色龙眼，居高临下俯视着哪吒小小的身躯："大孽龙即将形成，长安城要陷入大麻烦了。"

此时的秘府里一片忙乱，黄铜制成的地动仪显示刚刚在壶口发生了一场新的地震。操作台的道士们忙碌成一片，他们施展着法力从各种法器中读取数据，然后再互相传递。整个府邸闪耀着五颜六色的光芒，充满活力。清风道长、李靖和尉迟敬德已经赶到秘府，随后天子也过来了。他们四个刚刚落座，面前的大铜镜就亮了起来。在铜镜里，一条黑漆漆的孽龙正在壶口瀑布上空盘旋，菱形鳞片如同墨甲一样密密麻麻地排列周身。它的躯体凝实厚重，比之前那些孽龙的烟状形体更加清晰，通体漆黑，只有一双眼睛是血红色的。这个变化，让所有人的心都是一沉。

"艮位，发现孽龙一条，长度二十八丈，目标……长安城！"台下道士拨弄着罗盘，报出最新汇总的情况。

"浓度呢？"清风道长问道。

"正在计算……"道士满头是汗，来自五六个同僚的算盘飞快汇总到他手里。他急速拨动算盘，大声报出了汇总的数据。

"三百业！"一直到报完数字，道士才惊讶地瞪大了眼睛，被自己的计算结果吓到了。三百业？这是什么概念，之前的那些孽龙可是只有十几业而已。

"验算！"清风道长镇定地下达了指令。

不同的计算小组先后验算了五遍，所有的结果都是一样。事实很清楚了，这是一条前所未有的可怕孽龙。清风道长向天子一拱手："事态紧急，请陛下准许出动白云观剑修。"天子还没做出决断，李靖却开口道："剑修是长安城最后的倚仗，不到万不得已，不可轻动。"清风道长目光一凛："李将军的意思，如今还没到万不得已之时？"李靖迎向他的目光，生硬地答道："天策空军和神武陆军已经做了万全的准备，他们有信心摧毁一切入侵之敌。"

李靖不喜欢清风道长。自从天子登基以来，白云观从户部获得了大量拨款，清风开始用各种手段来强调白云观的存在感，不断推出新的法器和道术，不断研发新的符箓，甚至开始编列专属的剑修，把白云观从一个普通的道家门派变成一支强势的军队，与天策、神武鼎足而立。他一直怀疑，这次龙灾很可能是清风夸大其词，以此来获得更多预算和影响力。所以他必须站出来，阻止清风的如意算盘。他必须让天子明白，谁才是长安城真正的守护者。

清风道长注视李靖良久，最终还是选择了退让。他双手一拱："那么城外就交给将军了。"他谦逊地后退了一步，不再坚持。听他的口气，似乎要接管长安城内的治安。李靖顺利拿到反击权，心情很好，这些小事就无所谓了。既然李靖和清风达成了共识，那么天子也没有什么异议。于是，李靖站起身来，在指挥台上抓起一个传音铃。他的手指肥厚粗大，小小的铜制传音铃捏在这只大手里，随时会被捏得粉碎。李靖清了清嗓子，把铃铛凑到嘴边，简单地说了两个字："攻击。"大将军的命令，瞬间通过传音铃传到了壶口瀑布附近的每一支部队。神武军在上次孽龙袭击后就已经严阵以待。听到命令后，他们开始有条不紊地进入战位，调校炮口。在阵地头顶，几十架涂着牡丹与鹰的天策府战机呼啸而过，掀起强烈的气流。

沈文约位于飞行编队的第一位。这次他开的仍是贞观型飞机，和上次搭载哪吒的是同一款。不过上次是观光，飞机上没有配置武器，这次却大不相同。在两侧的机翼底下，分别挂着三个长方形的箱子，里面装满了轰天雷和朱砂电符，让这架飞机变成一个可怕的杀手。如果需要的话，它可以轻而易举地击溃一艘战船。机舱内的传音铃突然响起，带动一支炭笔在画着方格的圆形宣纸上画了一道黑黑的轨迹。

"兄弟们，上吧！"沈文约摘下护目镜，兴奋地一推摇杆，冲僚机做了一个竖起大拇指的手势。整个编队的前半部分齐刷刷地抛下副转子，开始加速，后半部分分成两路，向左右迂回前进。天策府的雄鹰已经展开翅膀，在他们前方十五里远的地方，黑色孽龙正气势汹汹地扑来……

中央大齿轮柱附近的骚乱愈演愈烈，巨龙们被外部的变化惊扰得烦躁不堪，纷纷发出低吼，还不停猛踏着地面。虽然他们被铁链拴住，不可能真惹出什么乱子，但几百条龙同时做一个动作，这场景着实有些惊人。甜筒忧虑地看了看四周，对哪吒说："现在这里有点不安全，我把你送出去吧。"哪吒这次没有拒绝，事实上他有点被吓到了。当初袭击自己的孽龙已经很可怕了，现在居然还会有更大的孽龙出现，这该是件多么可怕的事情啊。

哪吒跨上甜筒，甜筒迅速浮空，避开那一群喧闹的龙群，朝着穹顶附近的一个出口飞去。铁链在它的拉扯下发出嘎吱嘎吱的声音。牵动的铁链启动了一个小齿轮，齿轮飞快地转动，带动一系列精密杠杆。杠杆在动力的催动下往复运动，很快形成一个信号：新一班地龙进入运行状态。这个信号被自动送去与时刻表对比，两边的齿轮速率不同，这说明出现了时间差异。中央大齿轮柱按照预先设定的规程，先提示了相关的站点，同时给长安地下龙监控室发去一个报备的机械信号。这没什么特别的，毕竟龙不是机械，早一点晚一点都是在可控范围内的。

哪吒对这些复杂的变化浑然不觉，他抓住甜筒的犄角，看着越来越远的地面，担心地问道："你不会被逆鳞影响到吗？"甜筒注视着前方的隧道，简单地答道："逆鳞代表了不甘心，而我已不抱任何希望。"这个回答让气氛冷下来，哪吒一下子又想到了龙尸坑。他心里很难过，却不知该说什么好，只好不停地摩挲着甜筒头顶的凸起。他们钻进隧道，四周完全黑了下来。甜筒轻车熟路地朝前飞去，身躯和周围狭窄的通道墙壁保持着微妙的距离，不远不近，这说明甜筒的飞行技术十分高超。哪吒默不作声，不知在想些什么。

甜筒决定在第一个抵达的站点把哪吒放下，尽快让他回到家里去。它飞了大概一炷香的工夫，前方已能隐隐看到灯光。接下来的事情很简单，它开始减速，并将下颌微微收起，好使头颅在穿过隧道口时下沉，身躯恰好镶嵌进站台旁的轨道。这种动作它做了不知多少次了，绝不会出错。可甜筒很快发现有些不对劲，站台那边的人影闪动，一股浓烈的杀意涌了过来。龙族特有的直觉提醒它危险临近，可狭窄的隧道让它根本无法做出反应。只听到一阵轻微的金属撞击声，数支弩箭迎面飞来。甜筒的第一反应是偏过头去，用额头挡住了哪吒。

"嗖！嗖！嗖！"三支巨大的弩箭毫不留情地射入了甜筒的身躯，它疼得大叫起来，整个身子都在剧烈扭动。可灾难仍未结束，从站台方向又射过来五串符纸。这些符纸都是杏黄颜色，被一根桃木穿成一串。它们一接触到甜筒的皮肤，甜筒立刻感到一阵麻痹，飞行的身子为之一滞。紧接着一张金针大网迎头罩过来，正套在甜筒脑袋上，一罩上去就自动勒紧，网上的细针刺入龙鳞的缝隙，甜筒发出痛苦的嗥叫。巨大的惯性让甜筒继续朝站台冲去。这时候它总算看清楚了，站台上的是一群穿着道袍的道士。这些道士戴着水晶护目镜，青巾裹住面部，围成一个半圆。他们的手里拿着各式法器和弩箭，杀气腾腾地盯着这条受伤的巨龙。在更远处，地下龙站的工作人员与乘客被隔离在一个角落里，惊恐地朝这边望过来。

甜筒大为愤怒，它要昂头反抗。正在这时，插在身躯上的那些小符纸发出金黄色的光芒，侵蚀入它的肌体，疯狂地吸取它的力量。甜筒见势不妙，猛然张开嘴，拼尽全力吼出一声龙啸。龙啸在地下龙站内化为巨大的冲击波，霎时飞沙走石，好几个道士被撞飞到半空，发出惨叫。可这也是甜筒最后的力量了。它的逆鳞已失，身体状况很差，此时又骤受重伤，实力发挥不出十分之一。剩下的道士立刻毫不留情地开火，数不清的弩箭和符纸狂泻而出，还伴随着吟唱法咒的声波。

甜筒在隧道里无法闪避，只能硬生生地苦撑着，弩箭刺处，龙血四溅，而那些符咒看似柔和无害，实际上对它体内造成的伤害更大。甜筒实在挨不住了，它奋力摆动脖子，用硕大的头颅朝站台边缘撞去。道士们迅速闪开，龙头"轰"的一声将月台上的一根大理石柱撞毁，整个站点都晃了晃。这时一阵寒风划过甜筒背脊，它还没来得及分辨是什么，就感觉自己的背脊被什么人踏了上去，紧接着一件锋利的金属物切入血肉，剧痛难忍。身旁的道士们停止了攻击，发出一阵欢呼。

跳到甜筒脊背上的是一名身材高大的道士，他用双手握着一柄又长又大的青刃宝剑。宝剑的前半截已经没入甜筒的身体，在伤口处有龙血涔涔流出。他抓着剑柄用力一旋，一道青色的光顺着剑身导入甜筒的身体里，沿着血管与神经霎时扩散到全身。甜筒全身剧颤，有血从眼睛、鼻孔和嘴角流淌出来，它发出一声悲鸣，跌落在地，一动不动。道士把剑从龙身上拔出来，然后扯下遮挡面部的青巾，擦拭剑身上的鲜血。他的脸棱角分明，犀利如刀，眼神却很平静，似乎刚才这一番争斗根本不算什么。周围的道士一拥而上，又给甜筒的身躯上加了数十道定身符，还刺穿了它的肋骨，用铁链钩住四肢。

"不愧是白云观的剑修啊，对付巨龙也只用一招就够了。"道士们一边忙碌一边窃窃私语，敬畏地朝那边看去。持剑道士从龙躯上走下来，身体立得笔直。四周的封锁终于解禁，地下龙站的站长一脸谄媚地走了过来，恭敬地朝那名剑修道："明月道长，辛苦你了。"他本来正在调度室里喝茶，结果这些道士突然闯进来，说有一条龙未按规定时间运行，实施戒严。说实话，他到现在都认为是小题大做，他很熟悉这些龙，它们都非常温驯，迟些进站早些进站，都属于正常状况。刚才那条龙明明是在做一个进站的标准动作，不可能发狂，道士们不由分说，劈头就打，实在有些武断——不过白云观的势力太大，一个小站长也没什么勇气去反抗。

面对站长的问候，明月道长淡淡道："大蟊龙即将苏醒，这些地下龙一定会发狂作乱。家师早预料到了这一切，所以让白云观接管了城防，吩咐我密切监控地下龙站的动静，一有异常，立即诛杀。"

"杀得好，杀得好。"地下龙站的站长擦擦额头的汗，随口附和。

"它还没死呢。"明月扫了一眼甜筒，继续道，"龙的生命力很强，它只是重伤昏迷，性命还在。请你立刻调几条龙过来，把它拖走。家师吩咐过，留着它还有用。"

站长有些痛惜地看了眼甜筒。他做了好多年站长，每一条龙都很熟悉，就这么死掉，实在是太可惜了。不过明月的冷漠眼神让他浑身一颤，他也不敢多留。他正要离开，忽然听到一阵小孩子的哭声。包括明月在内的道士们纷纷抬起头，四处寻找，看到巨龙脖颈处的一片鳞甲突然自行掀开，从里面掉出一个人类的小孩子。他掉在地上以后，抬头看了眼身旁的巨龙，放声大哭起来。

这个变故让在场的人都大吃一惊，一时间没人敢靠近。明月眼神一凛，走上前去，双手把小孩子抱起，回头对周围大声道："这孽龙不仅发狂，还要吞噬孩童。此等孽畜，绝不姑息！"他这么一说，一片哗然，这下子连附近的乘客都群情激奋起来。居然要捉人类的小孩子来吃，这样的恶龙实在是太可怕了。所有围观者都开始一边倒地支持道士们的这种整肃行动，纷纷痛斥恶龙的危险。明月很满意这几句话的效果，他感觉怀里的孩子在拼命挣扎，还在大喊着"不是不是不是"。他用力一抱，挤得那孩子说不出话来，只有眼泪哗哗地往外流。乘客中的女性看到他害怕成这样，都开始抹眼角，觉得这孩子太可怜了，小小年纪就险遭恶龙吞噬。

这些人里，只有站长将信将疑，他明明看见那孩子是从鳞甲里掉出来的，与其说是巨龙打算吃掉，倒不如说巨龙一直在拼命保护他不被道士们打中。可是他搓了搓手，终究没敢把疑问说出来。站长注视着哪吒，忽然升起一种熟悉的感觉。"这不是李大将军家的公子吗？"站长一下子想起来了。之前，玉环公主曾经带李将军家公子来过利人市驿。玉环公主叮嘱说不得声张要暗中保护，所以他没靠近，但在调度室里一直盯到两人顺利乘龙离开。

明月听站长这么一说，眉头一皱，立刻让身旁的人去联络一下。过不多时，从月台上方传来一阵急促的脚步声以及女性的惶恐尖叫："哪吒！"只见玉环公主惊慌地冲下台阶，花容失色。她顾不得矜持，双手提起长裙，几步跑到明月身前，一把将哪吒抢过来搂在怀里。哪吒一看是她，抓住她的手臂哭泣起来，还指向巨龙匍匐的位置，嘴里喃喃道："他们杀了它，他们杀了它。"玉环公主摸着他的头，让他平静下来，还恶狠狠地瞪了一眼巨龙，对这个险些害死大将军之子的凶徒充满了怨恨。

看来这孩子果然是李靖的儿子。明月对这个巧合颇觉意外，随即浮起微笑。这一切真是恰到好处。

第六章

剑修七星阵 —————————

沈文约不记得自己是第几次起飞了。他因战机耗尽动力而返航了数次，中间只在返回基地补充弹药和动力时，他才趁机吃了两口馒头，喝了一口泉水，随即重新投入战场。即使像他这么精力充沛的人也感觉到了疲惫。他的同僚们更是早已精疲力竭。可目前战场上的局势，实在不容这些飞行王牌有丝毫松懈。

　　神武陆军、天策空军和大蛰龙之间的战斗已经持续了六个时辰，整个壶口瀑布上空的云彩都被螺旋桨、龙啸和不计其数的高射符弹、弩箭搅得粉碎，化成片片破烂棉絮，彰显着战况的激烈。天策空军开始还遵循传统战法，先在远处用弹、弩与雷、符交替攻击，再靠近用螺旋桨强行搅散雾状身躯。但这一条浓度达到三百业的蛰龙实在是太强大了，身躯凝实如固体，除了龙啸和嘴爪以外，还会喷吐雾焰进行远程攻击。这让空军猝不及防，损失惨重。幸亏当时在一线指挥的沈文约及时进行调整，否则天策空军很可能陷入全军覆没的窘境。

　　沈文约与蛰龙周旋发现，只有攻击它身体上的特定部位，才能让它做出痛苦的反应，产生阻滞效果。经过空军机师们奋不顾身的攻击测试，他们发现只有孽龙胸前一处非常小的区域，才能产生这种效果。可孽龙飞行时双爪会护在胸前，而且姿态不断变化，几乎不可能精确瞄准。对此，李靖和尉迟敬德只能采取一种战术：全点覆盖。神武陆军和天策空军将倾尽全力对孽龙身躯进行轰击，用高密度攻击来拼概率。哪怕只有百分之一的命中概率，十万支弩箭也能命中一千次。于是在接下来的战斗中，双方形成了僵持。长安守军不计成本的打击让孽龙无法前进，但长安守军的疲劳度和消耗也直线上升。这种攻击手段效率非常低，却是唯一有效的办法。

沈文约一摆操作杆，"贞观"灵巧地一抖翅膀，堪堪避过孽龙的一次喷吐。它喷出来的是一种强腐蚀性的雾滴，会让缠绕的牛皮筋失去动力，还会让驾驶员窒息。这是天策府付出十几架飞机和七名飞行员才学到的常识。沈文约周围的僚机也纷纷躲闪，孽龙周围的空域暂时变得空旷起来。它摆动身躯，愤怒地吼叫一声，正打算朝着长安城飞去，不料沈文约在天空画了一道弧线，以一个极小的角度从孽龙的右侧方呼啸而过，机翼几乎能擦到孽龙长长的龙吻。

孽龙被这个胆大妄为的家伙惹得大怒，伸出爪子虚空一挥，一道旋风追着沈文约的飞机而去。沈文约连忙抬升高度，却一下子因为迎角过大而造成失速，整个机身开始剧烈抖动。孽龙摆动着尾巴迎上去，张开大嘴要把这只该死的苍蝇咬碎——但这其实是一个精心设置的陷阱，当孽龙即将靠近之时，沈文约一推杆，飞机很快恢复升力，反压着孽龙的头顶逆飞而过。孽龙扑了一空，习惯性地伸爪去抓，却把自己的胸膛朝地面暴露出来。神武军不失时机地猛烈开火。地面上十几个阵地的弩炮兵、弓箭兵和大弹弓高射组时刻不停地发射着弩箭，飞舞的符纸遮蔽了半个天空。一时间孽龙周身被黑影与黄纸团团围住，整个视野里全是爆裂的符纸碎屑与犀利长箭，绚丽无比。这是陆军与空军的分工。空军无法携带太多武备，他们的职责是引导孽龙的姿态，引诱它向下袒露胸膛，好让陆军的密集打击可以对准要害，提升命中率。

沈文约沉着地盘旋在孽龙身旁，仔细地观察这一次全点打击的效果。他注意到，至少有五张五雷正法符和两张三昧真火符击中了孽龙的胸膛。在被击中的一瞬间，孽龙整个动作微微停滞了一下，甚至飞行高度都下降了数尺。他举起望远镜，发现一支粗大的弩箭居然突破了龙鳞甲的防护，插在了胸口，露出半截箭杆在外头。

这是一个好现象，在长安守军不计成本的打击下，孽龙的要害部位已经先后被击中了上百次，现在它终于显出了疲态。沈文约得出这个结论后，立刻用传音铃向附近所有僚机和后方的尉迟敬德发送，建议继续贯彻战术，直到核心崩溃为止。长安守军终于看到一丝胜利的曙光，他们现在需要的只是耐心。他刚把消息发送完，孽龙就已经摇头摆尾地扑向刚才袭击它的地面阵地。沈文约透过舱窗，看到孽龙大嘴一张，一股黑雾喷薄而出。无法移动的神武军炮兵们连惨叫的机会都没有，整个阵地瞬间就被抹平了。

"浑蛋……"沈文约一拳砸在仪表盘上，充满了愤怒和哀伤。可是他心里明白，再怎么愤怒，也只能慢慢地与孽龙周旋，慢慢地消磨掉它可怕的负能量，绝不能冲动。这时候，他忽然觉得眼前一花，七团耀眼的光芒在头顶突兀地亮起来……

天子和三位长官在秘府中一直没有离开，他们通过大铜镜一直密切关注着战局。当铜镜里显示孽龙把神武军的一个炮兵阵地彻底毁灭以后，一直保持沉默的天子终于忍不住开口了。"李将军，到底还要付出多少代价，才能干掉孽龙？"

天子的声音很平静，可这个问题本身就足以让胆小的人为之颤抖。不过，李靖刚毅的面容没有丝毫改变，心志硬逾钢铁，他回答道："陛下，战争必然会有牺牲。"

"可是牺牲应该要有个限度，我军已经快到极限了吧？"天子有些不满。之前持续了半天的狂轰滥炸，几乎把库存弹药消耗一空，就算兵工坊全力生产，也得花上好长时间才能补回来。

这时清风道长抢先一步道："事实证明，光靠天策军和神武军，不足以抵挡孽龙。"李靖盯着这位仙风道骨的道长，看来他是铁了心要扩大自己的影响力。这时尉迟敬德收到一张小字条，他看了一眼，连忙递给李靖。李靖眉头一展，立刻说道："陛下，前线指挥官报告，我们的攻击已经产生了很好的效果。只要贯彻战术，再有两个时辰，便可以将其彻底消灭。""两个时辰？两个时辰还会产生多少死者？还会损失多少技术兵器？"清风道长追问，看上去他根本不相信李靖的说辞，认为他只是在拖延时间。两人正在争论。这时候铜镜的光亮突然增加了数倍，把所有人的注意力都吸引了过去。他们看到，在沈文约的飞机上空，七名青袍道士负手站在各自的飞剑上，拼成北斗七星的站位，衣角飘飞，说不出的潇洒傲然。他们冰冷的目光凝视着空中的恶龙，透着凛凛的杀意。

"白云观的剑修！"尉迟敬德惊叫道。

李靖一看到这七个身影，勃然大怒，捏紧了拳头瞪向清风："未经许可，白云观怎可以向前线派兵？"

清风道长一本正经地回答："派兵？李将军你误会了，他们是我数天之前就安排在壶口瀑布的，为了守护龙门法阵。"他袖子一挥，亮出一本值班名录，证明自己所言非虚。

"你根本就是趁我们刚取得战果，想来摘桃子！"李靖大吼。

"孽龙当前，何分你我。只要能尽快击退邪魔，让长安早日恢复安全，谁出手又有什么分别？"清风道长说得特别诚恳，他看了眼天子，又补充了一句，"若是神武军与天策军占尽优势，贫道自然袖手旁观；可如今围攻已逾六个时辰，寸功未立，师劳兵疲，若我白云观剑修不出手襄助，让大孽龙突破防线进入长安肆虐，这个责任谁来负？"这句话让天子微微动容。清风道长双手揖天，一脸正气："贫道宁负贪功冒进之名，也不愿有一点风险加于长安城上。"

李靖突然意识到自己上当了。这个狡猾的老狐狸早就设好了圈套，他当初故作谦让，让李靖和尉迟敬德顶在前头，就是打算利用孽龙消耗神武、天策二军的实力。等到两败俱伤之时，早就埋伏在附近的剑修才以支援为名出手，来个名利双收。而看天子的表情，恐怕不会再给沈文约两个时辰的时间了。李靖不甘心地后退了两步，知道现在不可能扭转天子的心意。清风道长借机上前，大声传令道："剑修七星阵，诛！"

大铜镜里，白云观的剑修已经出手，七道流星般耀眼的光芒在天空划过轨迹，扑向张牙舞爪的孽龙。七柄锋锐无比的仙剑，在一瞬间就刺破了孽龙胸膛。孽龙痛苦地怒吼一声，摇摆着身躯要去扯碎这些浑蛋。这七道光芒倏然分开，各自占据北斗七星的位置，往复游走，很快便用仙剑画出来的银色轨迹把孽龙紧紧锁住。北斗那奇妙的星座威力，开始在壶口上空弥漫。

沈文约目瞪口呆地看着这一幕，差点忘了操作飞机避开。他正想问问到底是怎么回事，地面却抢先发来消息，让所有飞机立刻返航。"可我们很快就要胜了呀？现在撤退，岂不是让白云观那些家伙占了便宜？"沈文约大为不满。"指挥权已经移交到白云观了。"地面回答。沈文约是个聪明人，立刻隐约猜测出上头的斗争。军人以服从命令为天职，他只得悻悻地掉转机头，朝着基地飞去。在离开作战空域之前，沈文约回头望了一眼，看到半空中剑光四射，吼声大起，那七名剑修正跟大孽龙斗了个旗鼓相当。这些剑修都是白云观花了好长时间培养出来的，果然不令人失望。和依靠机械力量的神武、天策二军不同，白云观主要的方向是神秘的法术修行。

"诛杀！"随着七人断喝，七把仙剑再度出手，将孽龙一举斩为八段。剑仙们趁机双手结印，玄奥的咒语从嘴唇流泻而出，化成一段段金色符箓，朝孽龙的躯体上印去。他们面露痛苦，浑身都在微微颤抖，可见这个咒语对他们的身体也是极大的负担。只要能制住这条孽龙，这些代价都是值得的。被斩得支离破碎的孽龙残躯被烙上金色符箓以后，变得软弱无力。剑修们再度驭使仙剑，刺向孽龙胸膛。这一次，一片乌黑的鳞片从它的躯体里破胸而出，试图逃脱。剑修们团团围住，升起三昧真火将它困在其中。熊熊燃烧的红色火焰让鳞片发出凄厉的喊叫，边缘开始发焦、卷曲，然后化为滴滴熔水，被一丝丝汽化。

"陛下，这鳞片便是大孽龙的核心所在。如今为三昧真火所困，迟早会被净化。贫道可以判定，这一期的龙灾已消，长安高枕无忧。"清风道长喜气洋洋地向天子汇报。天子暗自松了一口气，做了个赞赏的手势："很好，很好。你们白云观果然没辜负朕的信任。"

听到天子开了金口，兵部秘府里响起一阵欣喜的赞叹声，所有的人都如释重负。他们不会去考虑战斗的细节，他们只看到眼前所看到的：这条孽龙的战斗力惊人，集合天策、神武二军都无法动摇，而白云观的仙师们甫一出手，便将其制住。两下比较，果然还是后者更让人放心——别说其他人，就连天子都这么想，这让李靖和尉迟敬德脸色铁青。他们肃立在欢腾的人群中，好似两个小丑。天策、神武赫赫军威，却给抢功的白云观做了垫脚石。可他们能说什么呢？龙灾消弭，这对长安毕竟是一件好事。剑修的表现让人无话可说，可以想见，在未来的日子里，朝廷对白云观的投入会上升到一个可怕的比例。两人无奈地对视了一眼，同时叹了口气。

与此同时，在长安城内的利人市驿内，玉环公主怀里哭泣的哪吒抬起头来，说出了一句令人费解的话："玉环姐姐，甜筒说，这只是开始，真正的大孽龙，还未完全苏醒呢。"

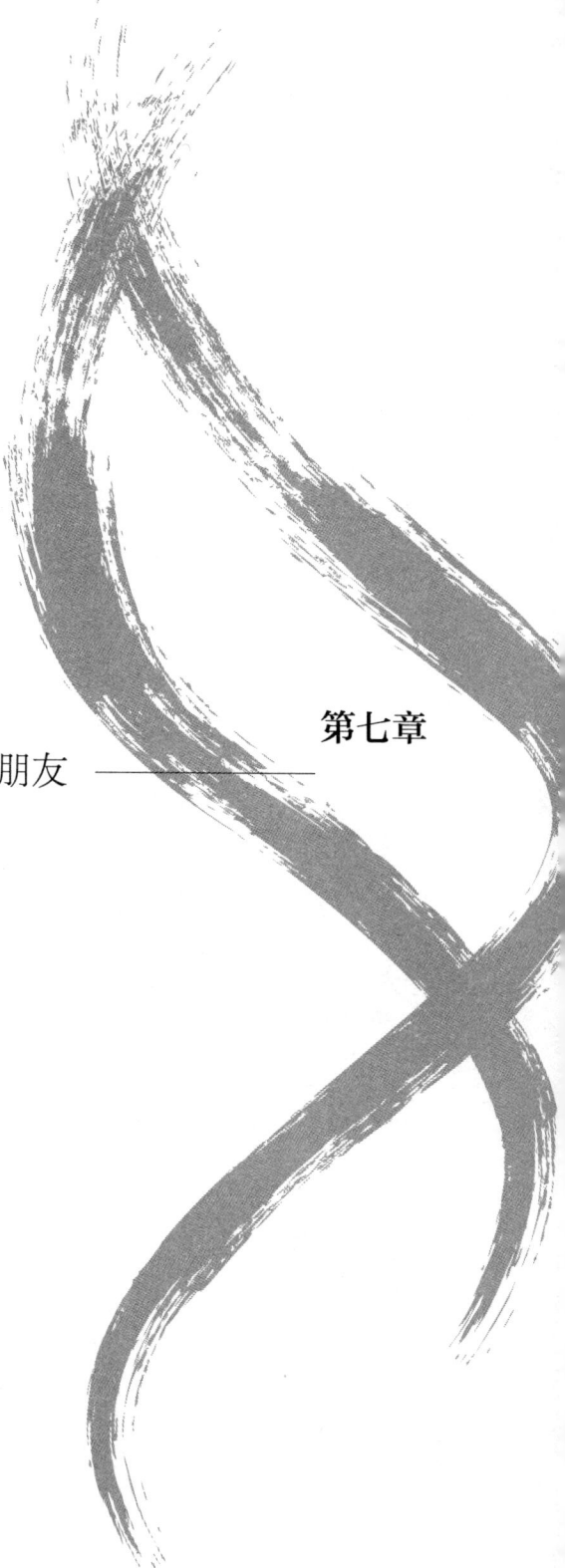

第七章

跟巨龙交朋友 ————————

皇城地下的兵部秘府里，此时正洋溢着一派欢乐的气氛。孽龙已经消失，压在人们心头的阴霾被胜利吹散。操作台前不止一个道士伸起懒腰，打了个长长的哈欠，每个人都露出如释重负的表情——除了李靖和尉迟敬德。

　　清风道长依然是一副云淡风轻的姿态，端坐在原地，宠辱不惊。反而是天子表现出好奇的神色，不住追问白云观剑修的情况。李靖坐在一旁，面沉如水。天策、神武两府与白云观的斗争由来已久，它们代表的是两种不同的发展思路。两府相信机械的力量，信奉效率与规模，而白云观更强调传承与个人修为，秉承精而少的原则。同样的资源，两府会造出几百架飞机和大炮，而白云观会花上十几年来培养七个天才剑修。李靖执掌两府以来，成功地说服朝廷倾向于机械论，白云观一直被压制成战场上的辅助角色。看来清风道长隐忍已久，暗中筹划，到今天才果断出手，一举扭转了天子对白云观的印象。接下来，恐怕大唐的军备预算又要发生变化了。

李靖和尉迟敬德对视一眼，都在对方眼中看到了无奈。这时明月匆匆走进指挥室，俯身对清风道长说了几句。清风道长白眉抖了一抖，挥袖让他退下，然后冲李靖一拱手："大将军，刚得到的消息，我的弟子在长安城地龙驿内刚刚救下一名孩童，名叫哪吒，据称是大将军家的公子。"李靖眉头一皱："怎么回事？"清风道长道："据报是一条地龙受孽龙影响，精神失控，在地龙驿里裹挟公子到处流窜，幸亏我徒明月路过，及时出手相救。现在那条疯龙已被制服，公子无恙。"

"哪吒为什么会跑到地龙驿里去？"李靖问。

清风道长微微一笑："此大将军家事，非贫道所能回答。"他的话外音很明白，这是家教问题。李靖气得脸色发青，却无处发泄。天子打趣道："我记得你家公子是初到长安吧？大概是没见过地龙，觉得好奇，所以自己钻进去了吧？以后可得小心点，那些地龙可没想象中温驯。"李靖无可奈何，只得谢天子关怀之恩。清风道长瞥了一眼李靖，徐徐捋了下胡须，眉宇之间涌出一丝忧色："陛下，在与孽龙的战斗期间，我徒明月巡视了长安城地龙系统，发现许多龙都躁动不安，被孽龙邪气侵袭。这些都是隐患，不可不防。这次只是大将军公子被裹挟，下次说不定就是群龙暴起……"他的声音渐低，语气却严厉起来。天子听了，沉吟不语。清风道长给他勾勒出了一个可怕的画面。那条孽龙的威力给他留下了深刻印象，如果地龙驿里的龙都变成那副模样，只怕整个长安城会有一场极大的劫难，这是他绝对不愿意见到的。

"依道长的意见，该如何处置？"天子开口问。他自己恐怕都没注意到，他直接选择了向清风发问，而不是询问三位长官该如何处置。这个潜意识的小小变化，让在场的另外两人如同服食了一大碗黄连。

清风早就等着天子发问，他不慌不忙地做了个手势："大换龙。"

"大换龙？"

"如今地下龙系统里的龙恐怕已被孽龙的气息所侵蚀，精神不稳，每一条都是定时炸弹。贫道建议提前召开龙门节，增加捕获量，以新龙替换旧龙，对地下龙系统进行一次彻底的更换，可保长安无虞。"

"可是，增加捕获量不会产生更多的业吗？"天子并没忘记孽龙形成的原理。捉的龙越多，业就会积累得越快。

"孽龙刚刚被消灭，未来二十年内绝对不会形成新的孽龙。至于二十年后，陛下可以放心，我们白云观只会比现在更强。"

李靖和尉迟敬德同时叹了口气。清风道长这个建议，可谓是图穷匕见，借助长安地下龙大换龙的机会，一口气扩充白云观的实力，在未来国策中占据有利地位。两府辛苦一场，却给白云观做了嫁衣。可是他们一句反驳的话也说不出来，那样只会惹恼这位年轻的天子。天子对清风道长的意见很感兴趣，又问了几个细节，然后大袖一挥："这事就交给你去办吧。"然后他想了想，又补充了一句："和李将军、尉迟将军商议一下。"三个人躬身应和。

"对了，那条失控的龙，你们打算如何处置？"天子问。

"明正典刑，以安人心。"清风道长回答。李靖的面部肌肉抖动了一下，清风这是要敲钉转脚，把换龙这件事气势做足。

　　玉环从大将军府出来，长长叹了一口气。哪吒这孩子，回家以后一直在哭，泪流满面，嘴里还念叨着"甜筒甜筒"什么的。她还以为是馋嘴，可买来甜筒给他以后，哪吒一看，哭得更厉害了。李家的人包括哪吒妈妈都以为他是被吓坏了，只有玉环知道不是那么回事。她虽然跟这个孩子接触不多，但知道他不是那种胆小如鼠的小家伙。那种哭法更像是失去了一位最亲密的朋友。

　　玉环走在大街上，附近的鼓楼上传来不紧不慢的鼓声，二长一短。这是"警报解除"的意思。长安城一百多个坊市，每一个坊中都有一座鼓楼，当位于皇城的大鼓楼发出信号以后，会由近及远迅速传递到诸楼，让平安的鼓声像涟漪一样扩散到长安城的每个角落。行人听到鼓声，都放缓了脚步，露出如释重负的神色。玉环也松了一口气，以她的身份，比普通人了解的多一些，知道长安此前面临着什么样的危机。现在平安鼓响起，说明孽龙已经被消灭。玉环对打仗什么的没兴趣，她只要长安城的人们都平平安安就够了。

　　"他应该已经平安归来了吧？"玉环心想，同时仰望天空。这个念头让她自己吓了一跳，我怎么会去担心那个家伙？玉环面色微微变红，脚步也变得有些凌乱。她给自己找了一个答案：那个胆大妄为的浑蛋，一定连阴曹地府都不肯收留。有时间去探望一下他也好，不过可不能对他太好，不然那家伙一定会得寸进尺。玉环暗暗盘算着，向前走去，脚步变得轻快起来。她走到街口，远远地看到地龙驿的大红牌坊。此时已近黄昏，西逝的酡红色阳光透过晚霞散射下来，把牌坊上的二龙戏珠造型映衬得栩栩如生，随着光线移动，边缘泛起柔光，仿佛活了一般。

　　突然，玉环秀丽的面容浮现出一丝没来由的惶恐。她想起哪吒在地龙驿里曾经说过一句话："真正的大孽龙，还未完全苏醒呢。"她开始以为是他过于恐惧的呓语，现在一看到那牌坊上二龙戏珠的造型，心中却是一悸。玉环试图驱走这丝不祥的感觉，却徒劳无功。她蹙眉闭嘴，一手掩住胸口，用手扶着旁边的墙壁喘息了一阵，才略微恢复些精神。她再度抬起头，决定去坐一次地龙，也许亲眼看到巨龙正常运行以后，这丝惶恐就会消失。

玉环走进地龙驿，里面人流如织，运转如旧。周围的乘客都在议论纷纷，说着今天的城防危机。他们对孽龙的事多有猜测，但没人特别担心。玉环注意到，在售票口竖着一块大木板，上面画着长安地龙驿的分布图，每一站都钉着一根钉子，上头挂着小木牌，或是"行"，或是"停"，明月擒获失控巨龙的那一站，牌子已经从"停"翻到了"行"，说明已经恢复了运营状态。她买了张票，坐到那一站。一下月台，她就看到站长正指挥工作人员在擦着地板，工匠们在叮叮当当修补着设施。为数不多的乘客三五成群地簇拥在一起，窃窃私语，讲着刚刚发生的八卦。玉环顺着他们指指点点的方向看去，轨道上还残留着淡淡的血迹。

"哎，公主你好。"站长没想到玉环又来了，连忙放下拖布，向她作揖。玉环抬起下巴："我过来看看善后工作。"

"挺好，挺好，您看，剩下的就是些小修补，白云观的道长们也都撤走了。"站长搓着手，胖胖的脸上露出讨好的笑意，"哎，李公子还好吧？"

"身体没事，就是一直哭，估计是被巨龙吓得吧。被巨龙咬着走了那么远，换了哪个小孩子都会吓哭的。"玉环环顾四周，随后答到。

站长听到这句话，神色却变了变，手搓得更快了："怎么说呢……有件事，其实……呃……其实也没什么……唉。"玉环看他吞吞吐吐，凤眼一瞪："什么事？说。"

站长把她叫到月台尽头，离人群远一点，然后说道："其实我觉得，这是个误会。"

"误会？"

站长擦擦额头的汗水，显得特别紧张："我在地龙驿工作已经有好多年了，这里每一条龙我都很熟悉。以我对它们的了解，几乎不可能有伤人的事件发生，所以我想一定有误会。"一提到龙，站长的眼神变得温柔起来，就像是在谈论自己的孩子。

"明月道长不是说了吗？这头巨龙是受到孽龙侵染，所以才狂性大发。"

"怎么说呢？我目睹了整个过程，那条龙进站的时候，一点发狂的样子也没有，当道长们开始发起攻击的时候，它的反应是把头盘回去。它这么做，明显是为了挡住藏在鳞甲里的李公子。所以我觉得，它是在保护李公子才对……"站长挺直了胸膛，嘴唇微微发颤。说出这种公然与白云观作对的话，需要消耗他不少的勇气。

"这条龙是按照正常时刻表运转的吗？"

"不，这是异常状态。所以中央控制塔发来一个信号，提示各个站点。白云观的道长们就是注意到这个异常，才在地龙驿里伏击的。

　　玉环的眼神一凛，让他继续说。于是站长把他看到的情景详细地描述了一遍。玉环越听越心惊，如果站长没撒谎的话，那么这件事就非常蹊跷。听起来巨龙不是凶手，而是保护哪吒的好朋友？玉环想到哪吒哭泣的面孔，难道他居然能跟巨龙交朋友？这听起来可真荒谬。一个是人，一个是兽，怎么可能？他们甚至无法沟通。但只有这个答案，才能完美地解释在这里发生的一切。

　　"真正的大孽龙，还未完全苏醒呢。"

　　若哪吒真的有了一条巨龙朋友，那么这句话的意义可就值得玩味了。玉环一想到这里，立时毛骨悚然，这不是什么呓语，甚至不是预言，而是一句客观描述。玉环知道这如果是真的，对长安城来说将是灭顶之灾。

　　"道长们已经把它拖走了，不知道会怎么处置。"站长嗟叹不已，眼神里充满同情。

　　"拖去哪里了？"玉环问。

　　"自然是白云观。"

　　玉环匆匆告别站长，返回大将军府。她顾不得跟李家的人解释去而复返的原因，直奔哪吒的房间。哪吒躺在床上，正闷闷不乐。玉环嘭地推开房门，双手抓住哪吒的胳膊："哪吒，你一直在说的甜筒，是你朋友的名字？"在哪吒的印象里，玉环姐姐一直很温柔优雅，从来没像现在这样急躁粗鲁，一时有些不知所措。直到玉环问了第二遍，他才点头称是。

"甜筒，就是那条龙？"

"是的。"

"它告诉你，真正的孽龙还没苏醒？"

哪吒听到这个问题，又开始哭了起来："是的。玉环姐姐，请你救救甜筒。它从来没有要伤害我，它只是想救我。""那你要把事情原原本本地告诉我，姐姐才能帮你。"玉环看着他的眼睛。哪吒乖巧地点点头，把在中央控制塔的冒险讲给她听。玉环听完以后，冷汗涔涔，不由得敲了哪吒的脑门一记："你这个孩子，实在是太胡闹了，简直就和某人一样。"哪吒可怜巴巴地拽着玉环的手："玉环姐姐，我们能去救甜筒了吗？它现在一定很害怕。"

玉环在屋子里来回踱着步子，烦躁不已。这件事不光牵连到哪吒，而且有可能会对整个长安城产生重大影响。她陡然停下脚步，无可奈何地点了点自己的太阳穴："我可真是笨蛋。这种大事，我和哪吒急起来又有什么用？这里是大将军府，当然要去找大将军。"想到这里，她叮嘱了哪吒几句，推门离开，想去找李靖。大将军府很大，玉环在走廊之间匆忙地走着，就在快要接近大将军的客厅时，迎面突然出现一个人影。两个人相对而行，行色匆匆，走廊里又没有掌灯，一下子就撞到一起。

随着一声惊呼，玉环娇柔的身躯被撞得朝后面倒去，然后一个坚实的臂弯及时搂住了她的脖子。一股男子的浓郁气息扑鼻而来，让她浑身一颤。玉环睁开眼，发现险些撞到自己的男人居然是沈文约。她不由得又羞又恼，怒气冲冲地挣脱他的怀抱，想要呵斥这个鲁莽无礼的浑蛋。可是训斥的话到嘴边，玉环一下子却怔住了。眼前的沈文约，和平时那个玩世不恭的浪子不太一样。他的脸色疲惫而暗淡，双眼却射出愤懑的怒火。头发凌乱不堪，军装肮脏，前襟与袖肩有许多道裂口，脖子上的白围巾已经变成了灰色，还带着斑斑血迹和一股强烈的硝烟味道。

"你……有没有受伤？"玉环脱口问道。

"还好。"沈文约的嗓子有些沙哑。他的嘴唇干裂，脸膛发黑，这是长时间在空中飞行的症状。今天他足足飞了二十次，已经超过了天策府规定的飞行员的每日极限。玉环一阵心疼，想要用袖子去帮他擦擦额头的烟迹，却不防被沈文约一下抓住手。玉环心慌意乱，想要把手抽出来，沈文约却沉声道："玉环，你帮帮我。"

"嗯？"玉环停止了挣扎。

"帮我再去问问大将军，兄弟们难道就这么白死了？"战斗结束以后，沈文约从壶口直接返回了基地。他连水都顾不得喝一口，直奔大将军府。沈文约心里的愤怒无以复加，他想要当面问问大将军，那七个白云观的剑修到底是怎么回事？天策、神武二府的兄弟们浴血奋战了大半天，为什么白云观会突然冒出来抢走胜利的果实。难道他们的努力和牺牲全都白费了吗？可是李靖没有回答，他下令让沈文约休假，而且下达了极其严厉的命令，禁止跑去白云观捣乱。沈文约气不过，顶撞了几句，结果被赶了出来。"四十多个天策的兄弟，还有神武的战友们。昨天我们还在一起喝酒，一起看胡姬跳旋舞，今天他们再也没回来。军人的宿命就是牺牲，可是这么白白送死，我无法接受……"沈文约像一个老人一样慢慢蹲下，背靠廊柱自言自语，眼窝里没有泪水，却盛满悲伤和疲惫。

玉环望着这个曾经意气风发的男子，心中忽然升起一个念头。这念头实在有些离经叛道，让她自己都为之震惊。但玉环咬了咬嘴唇，第一次把循规蹈矩抛到了一边。"沈校尉，如果我现在要求你去白云观，你会去吗？"

沈文约惊讶地抬起头来："你在说什么？"

"我要你协助我进入白云观，去找一条龙。"玉环美目灼灼。哪吒关于孽龙的预言，玉环目前只是做出了一个推测，没有证据。这件事关乎整个长安的安危，如果只拿推测去找李大将军，对方一定不肯相信。唯一的办法只有去找那条叫甜筒的龙，拿到最直接的证言。能帮她的，只有沈文约。当然，玉环还有那么一点点私心，她希望能通过这种方式，让沈文约重新振作起来。她知道，对一个男人来说，有一个为之奋斗的目标，等于赋予他一次新的生命。

如她所料，沈文约听完玉环的推测，缓缓抬起头来，颓丧的气息从身上一片片脱落，取而代之的是一股临战前的昂扬战意，双眼射出凛然的光芒。他对长安城有着强烈的责任感，对任何能给白云观造成麻烦的事都不介意，何况拜托他的人还是玉环公主。三个动机让他毫不犹豫地答应下来。

"那么，我们接下来做什么？"沈文约问。

"先去找哪吒，只有他能与龙沟通——虽然我不知道为什么。"玉环回答。

"你是说，我们要带着李公子去闯白云观？"

玉环点点头："是的。"

沈文约惊讶地望着她："这可真不像你能想出来的主意。"

"不要以为公主就只会绣花和跳舞，也别以为拯救长安只是你们臭男人的事。"玉环板起脸来。

沈文约忽然想起来，李靖刚才透露出一点口风，清风道长似乎要进行一个不得了的宏伟计划。玉环跟他一合计，越发觉得不安，事不宜迟，必须立刻行动。玉环和沈文约走到哪吒的卧室。一推门，发现房间里居然空无一人。还是沈文约眼尖，看到窗子旁边有一个绳头，他走过去一看，发现一条绳子垂落到地面。两人没惊动旁人，悄悄离开卧室，在府内转了一圈，果然在一处偏僻的花园角落看到了哪吒。这个小家伙穿着砂黄色的探险服，正鬼鬼祟祟地想爬出围墙。

哪吒看到玉环公主和沈文约，惊恐地要转身跑掉。沈文约几步迈过去，一把抓住他的脖领。哪吒在半空中拼命踢腿，一边哭一边嚷嚷："放开我，我要去救我的朋友，不然它会死的，求求你们。"

"嘘！"沈文约把他放下，飞快地捂住他的嘴，"我们也会帮你去救朋友的。"哪吒的哭泣停止了，他瞪大了眼睛，几乎不敢相信："玉环姐姐，你会帮我吗？"

"为什么只问我啊？"玉环有点恼火。

"反正沈哥哥都是听你的嘛。"哪吒擦着眼泪嘟囔。这个童言无忌的回答让玉环一下子脸色涨红，她看到沈文约在一旁还挺得意，狠狠地用锦跟木鞋踩了他一脚。

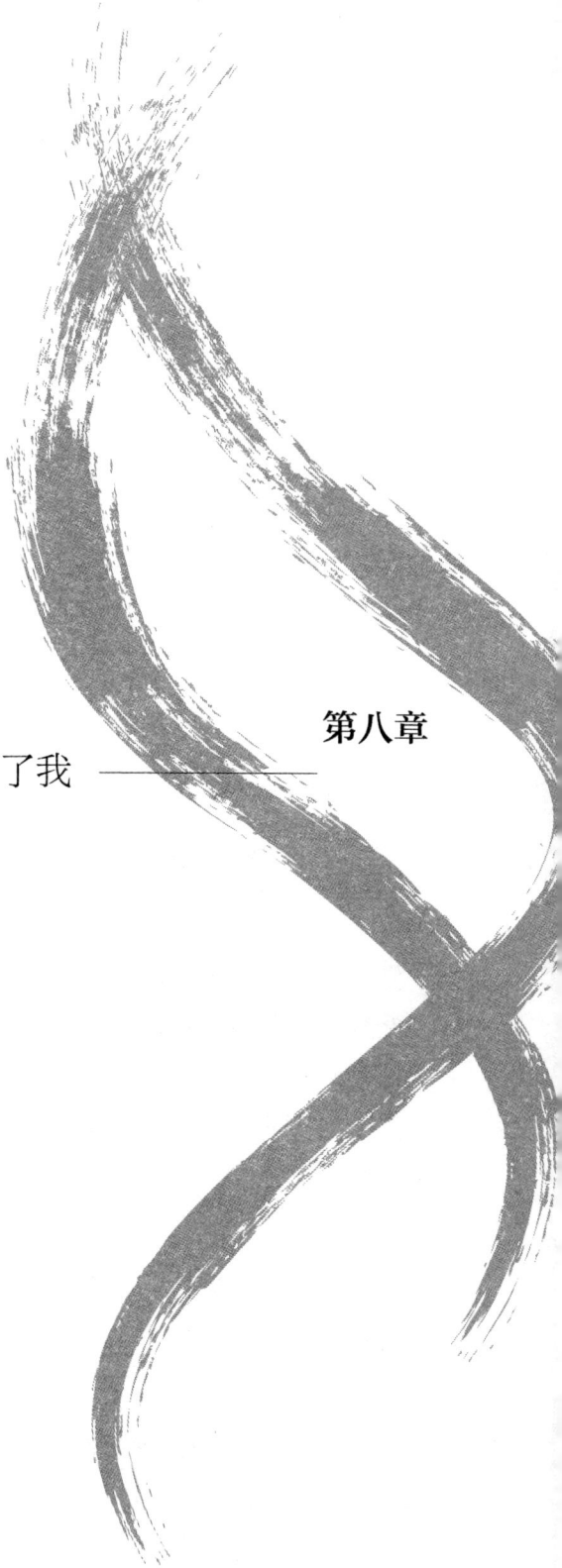

第八章

杀了我 ——————

白云观位于长安城附近的骊山之上，或者准确地说，骊山就是白云观本身。经过清风道长多年经营，整个骊山已经被挖空了。别看骊山表面郁郁葱葱，幽静繁茂，其实白云观的本观就隐藏在巨大的山腹里，长安城很少有人知道里面究竟有多大，到底隐藏着什么东西。到达骊山的途径有两条。一条是走官方的驿道，这是皇帝视察时的路线；还有一条是从长安城的地龙系统分出一条支线，直通山体之内，主要用来补充各类修道物资。不过这条支线是白云观自己管理，长安地龙管理局的人无权插手，俨然就是一个独立王国。

　　明心念了一个法诀，驱赶着几个纸力士把数箱精白米和岭南送来的几袋荔枝挂到地龙的鳞片上。装满最后这一批货，这趟地龙就可以出发前往骊山了。等到货都装完了，明心看了一眼地龙的眼睛，两只圆如荔枝的巨大眼睛空洞地望着前方，没显露出任何不安的迹象，他的心中稍定。长安刚刚闹过龙灾，听说观里的师兄还出手制服了一条发狂的巨龙，所以明心得加倍小心，不要在自己值班的时候出了乱子，被师长训斥。

明心正准备发出出发的信号，忽然听到身后传来脚步声。他回头一看，看到一名高髻青袍的道士走了过来，他腰间佩着一把宝剑，身旁还跟着一名艳丽女子，怀里抱着一个梳着两条小辫的小道童。"我们要赶去观内，要三个位置。"道士淡淡地吩咐道，语气里却带着不容推脱的威势。明心扫了一眼，发现这道士的袖口绣着北斗七星的花纹，而且那花纹还会慢慢地依照北斗的轨迹旋转，不禁心中一惊。这是白云观剑修的标志，数量极少，每一个都是人中龙凤。眼前这人莫非也是一位剑修？可是这人的面目实在有些陌生，何况还带着一个来历不明的女人和小孩。明心连忙想问个究竟，那道士却眉头一皱，开口呵斥道："这是师尊亲自要的，你想知道，自己去问他。"

明心吓得后退了几步，摆了摆手。白云观剑修深入浅出，以他的品级根本接触不到那个圈子。何况他负责这个货运站以来，什么奇怪的货物都运过，修道之人，法门千变万化，需求也五花八门。他连忙作揖道："是弟子唐突了，请师叔上座。"然后让开通道。道士带着那两个人停在了巨龙身旁，却半天没有动静。前往白云观的巨龙和长安地龙不同。长安地龙服务的是普通人，所以鳞片的位置都靠下，乘客可以伸手抓住鳞片，再跳上去。而往返于骊山和长安之间的巨龙，为了方便运输大宗货物，鳞片都特别长大，位于巨龙身躯靠上的位置。普通人如果想乘龙，没梯子根本够不着，但对想乘龙的道士来说，可以用法术解决这个问题。

明心看到他们三个站在巨龙边上，抬头望着高高在上的鳞片，似乎有些茫然，心中升起疑问。这位师叔在等什么？只要一个小小的群体浮空术，就可以上去了呀？这是最低阶的法术了，一个刚入门的道童都会。他想走过去询问，那道士已经转过头来，面色不善："你还在等什么？难道要我亲自动手？""是，是。"明心如梦初醒。白云观剑修是何等身份，怎么会自降身份做这种琐碎小事。明心忙不迭地施了法术，把他们三个轻轻送上去。一直到巨龙缓缓离开站台，钻入隧道，明心才如释重负，擦了擦额头的冷汗。自己怎么这么迟钝，白白浪费了一个巴结的机会，希望补救得不算迟。

　　大约半个时辰之后，巨龙抵达了白云观在骊山深处的站台。明心早就用传音符通知了对面的人，所以早有道士候在站台，用法术将三人接下来。白云观剑修带着女人与小孩离开，没人敢问他们去哪儿。他们沿着一条玉石铺就的路面走上一段高坡，不由得深吸一口气。在巨大的山腹空洞里，各色建筑鳞次栉比，观、舍、塔、坊、庙、堂、殿、阁、亭一应俱全，高高低低占据了绝大部分空间。以骊山之大，居然都显得有些拥挤。白云观的规模已经远远超过了一个观的大小，根本就是一个城市了。冒着青烟的是丹炉房，泛着红光的是制符坊，塔尖偶有雷电，殿内不时传来低沉的轰鸣，还有一些古怪说不上用途的建筑，叮叮当当声音不绝，不时有飞剑道人和纸符力士穿梭其间，比长安城还热闹。在整个山腹的中心还立着一个巨大的鼎炉，鼎壁雕刻着玄奥的花纹，如同一个蹲坐在道观中的巨人。

　　"清风那个老杂毛这几年没闲着啊。"剑修脱口而出一句欺师灭祖的话。

　　"别感慨了，快走吧。"女人催促道。

　　他们三个走下玉石路，进入这座道观都市。都市沿途的道士都行色匆匆，没人理睬他们。这一带非常复杂，他们不知该怎么走，就拦住了一个路过的道士。

　　"运到这里的巨龙，一般会被关在哪里？"剑修问道。

"禀告师叔，当是在缚兽殿内。"道士恭敬地在玉符上用指头画了个简略地图，然后倒退着走远。

"这些道士看着聪明，其实也很蠢嘛。这样就可以把他们骗过去了。"沈文约摸了摸自己的高髻，觉得有些滑稽。剑修的身份非常管用。那些道士一看到袖口的北斗七星，一句话都不敢多问，问什么答什么。

"你以为这是件很容易的事吗？这袖口的金线是特制的，七星会随时辰变动而移走，只有白云观才能做出这样的袍子！没人能仿制！"玉环白了他一眼，觉得这男人根本不知好赖。这件道袍是去年天子寿宴之时，清风道长进献的寿礼之一。她费了一番功夫，才从皇宫的库房里调出来。如果只是普通的假北斗七星，估计很快就会被人发现。哪吒忍不住催促两个人说："我们快走吧，我感觉甜筒还活着。"他担心地朝远处望去，眼睛里闪过焦灼的神色。他的口袋里鼓鼓囊囊，装满了各种零食，打算带给甜筒吃。

他们按照道士给的地图，很轻易就找到了位于一块青色山石之后的缚兽殿。这里叫殿，其实是个很大的土坑，里面堆放着报废的炉顶、烧剩下的丹渣、画错的符纸等研究废料，所以根本没有守卫。甜筒奄奄一息地趴在这一大堆垃圾里，龙皮暗淡至极，几乎要和周围融为一体。龙的生命很强韧，在遭受了这么严重的打击之后，它没有死，可也仅仅是没死而已。唯一证明它还活着的，是从龙喉里不时发出的微弱喘息，那声音好似一个破败的风箱。甜筒对白云观来说，本身的价值并不大，它只是清风用来压制李靖的道具，所以只要活到公开处刑就够了。现在白云观需要它活着，所以简单地在它身上贴了几张疗伤的符咒，还用一根长管往龙嘴里注入一种浓缩的浆液，让它没力气挣扎，但也不会立刻死去。

哪吒从玉环怀里跳到地上，瞪大了眼睛一步步走过去，手指都在颤抖着。等他走到甜筒跟前时，甜筒拼尽力气抬起头，龙眼里闪过一丝惊异的光亮，一声龙语传入哪吒的耳中："杀了我。"哪吒一下子没能理解这句话，愣在了原地。甜筒又重复了一次，哪吒这才注意到它身上的惨状：鳞片已经开始散发出淡淡的腥味，无数拳头大小的伤口密布在身躯上，它们没有愈合，反而随着喘息不停开合，体液被挤出体内，在伤口周围形成一圈黄黄的痕迹。可见甜筒在忍受着多么大的痛苦，它甚至连自杀的力气都没有了。哪吒用手去摸着伤口，急忙从口袋里拿出大把大把的零食，塞到甜筒的嘴里。甜筒无力地摆摆头，它肿胀的喉咙没法吞咽，零食从齿缝里掉落出来。哪吒再也抑制不住悲痛，抱住甜筒的头哇哇大哭起来，巨龙轻轻摆动头颅，怜爱地蹭了蹭他，仿佛有些依依不舍。

"杀了我。"它坚持说。

"我会救你出去的！"哪吒顾不得擦干脸上的眼泪，对甜筒大声说。甜筒摇摇头，只把它当成是小孩子的气话。这里的人类都非常凶狠，他一个小孩子能做什么？哪吒看甜筒不相信，一指身后："真的，今天我不是一个人来的。还有玉环姐姐和沈大哥！他们可以帮你！"甜筒扫了一眼远处的两人，眼神恢复了淡漠。玉环上前一步："你好，我知道你听得懂我说话。我是玉环公主，哪吒的朋友。"甜筒低吟了一声，哪吒回头道："它说，你们也没有力量救它离开，让我们快离开。"

玉环公主壮着胆子走到龙跟前，用微微发颤的声音道："谢谢你照顾哪吒，我们很感谢你。我们也许无法救出你的性命，但是你有机会拯救整个长安城。"甜筒冷哼一声。这次不用翻译，玉环和沈文约也听出它的意思了："长安城的安危，与我有什么关系。"玉环眉头一皱："我知道你对人类心怀怨愤，我没什么可辩解的。即使你不关心人类，也要想想你的同伴们。这件事，可是关系到长安城地下所有龙的性命。"哪吒抬起头，转述甜筒的话道："我的同胞们在长安城地下一直在承受苦难，我们没有自由，没有灵魂，没有可追求的目标和可捍卫的信念。我们本来就是行尸走肉，生与死又有什么区别？死也许是个更好的选择，至少可以得到解脱。"

"那么哪吒呢？"玉环盯着巨龙的眼眸，注意到它本来耷拉下来的龙须在半空翘了翘，"如果长安出了事，哪吒也不会幸免。你能够坐视这种事情发生吗？"玉环的心思很细腻，她知道既然这条龙愿意为保护哪吒而死，那么它一定有自己不惜牺牲生命也要去捍卫的东西。果然，甜筒沉默了一下，这次没有拒绝，示意玉环继续说下去。玉环告诉它，清风道长要增加壶口龙门的捕获量，把长安城下的巨龙统统换掉。讲完以后，玉环问道："我听说你做过预言，说真正的孽龙还没苏醒？这跟壶口龙门有关系吗？"甜筒长长叹息了一声："本来就是一回事。那条被你们消灭的孽龙只是个征兆。它越强大，说明即将苏醒的孽龙越可怕。如果你们还执迷不悟，继续在壶口龙门捕捉龙族的话，那么真正的大孽龙会提前苏醒……"

沈文约在一旁听到哪吒的翻译，脸色变得铁青。他亲身与孽龙战斗过，知道它的力量有多可怕。合天策、神武和白云观精锐之力，也只不过是勉强将它消灭。如果它只是个征兆，那么真正的孽龙会可怕到什么地步，他简直不敢想象。饶他有着天不怕地不怕的个性，也禁不住打了个寒战。

玉环也意识到事情的严重性："那么你有任何证据吗？"

"这是我的感觉，你们可以不信。"甜筒闭上了眼睛。

"甜筒不会说谎的！"哪吒大声喊道。

"可是有些人会。"

一个阴冷的声音从他们的头顶传来。甜筒发出一声愤怒的低吼，沈文约眼神一凛，立刻拔出长剑护在玉环和哪吒身旁，同时循声望去。随着一声长笑，十几名道士的身影从四周的背景里浮现出来，为首的一人正是擒获甜筒的明月道长。那柄可以刺穿巨龙脊背的长剑，正背在他身后。"刚才明心跟我说有位不认识的剑修进入白云观，我还当是谁呢，原来是天策府的废物。"明月得意扬扬地俯瞰着这三个人和一条龙，眼神里带着讥诮。"你这个浑蛋！"沈文约大怒，挥剑就刺。他的剑法非常犀利，并不逊于他的驾驶技术。可明月连身子都没动，只是不耐烦地一挥巴掌，一股劲风凭空涌了出来。沈文约顿时感觉有只无形的大手抓住剑身，用力一掰，硬生生把剑从他手里夺走，扔在地上。"若是开着飞机，我还避一避你。当着我的面用剑？你还真当自己是我们白云观的剑修啊。"明月嘲讽地笑了起来。

玉环公主这时站出来道："你是怎么知道我们在这里的？"明月先向她深深一揖，然后抬起自己的袖子，用修长的指头压着那不断变化的七星花纹："七星道袍除了剑修以外，只有皇宫里有一件。天子把它赐予公主之时，应该告诉过您，它还有指示位置的功能吧？"玉环听到他的话里全是讽刺，气得脸都要白了。明月似乎不肯放过这个肆意嘲弄对手的机会："大将军的公子、天策府的王牌机师、皇家公主，你们三个是奉了李大将军的命令，来把这头让他丢脸的巨龙弄死吧？别费心了，这件事我们会来做的，而且会做得十分漂亮。你们回去转告大将军，让他尽管放心。"

哪吒大怒，跳起来大喊道："你这个要杀死甜筒的坏人！"明月看了眼哪吒，淡淡道："小家伙，你就这么对待你的救命恩人？"

"胡说！你才不是！"

玉环赶紧把哪吒拉住。她已经摸清楚了明月的底线。他们三个人身份特殊，明月也不敢痛下杀手，所以事情还有转圜的余地。她仰头对明月道："我们到这里来，实在是事出有因。如今有一件要紧之事，我们要见清风道长。"

"龙门节在即，家师已经闭关了。你们真有事，跟我说就成。"

玉环犹豫了一下，便把大孽龙的征兆说给明月听，警告说如果今年龙门节捕捉太多龙的话，大孽龙随时可能苏醒。明月听完以后，仰天长笑，似乎听到一个特别有趣的笑话："我知道大将军不希望我们白云观得势，只是你们何必用这种拙劣的借口来哄骗呢？当我们是黄口小娃娃？"他说完，看了一眼哪吒。

"这跟政见无关。"玉环急了，声音也变得尖锐起来，"这事关长安城的安全！"

"长安城的守护由我们来负责，这不是一个公主能妄加评论的。"

"可是，万一大孽龙真的复活了怎么办？"

"那正好，给我们白云观试剑。我这斩龙剑，可还没喝够龙血呢。"明月掏出剑来，趾高气扬地手腕一抖。三人眼前一花，这剑已经冲到甜筒的脖颈处。只要明月稍微一用力，就会割断巨龙的咽喉。

"不要！"哪吒不要命地扑了过去。明月也不想伤到李靖的公子，一下子又把剑收了回来。他一挥手，六名道士飘然落地，不失礼数却坚决地把三个人夹在了中间。

"看在玉环公主的面子上，这次就不治你们的罪了。下次再闯白云观，可就要国法处置了。"明月把沈文约的袍子收了，一招手，示意把三个人押了出去。哪吒被两名道士紧紧抓住胳膊，只能勉强回头朝甜筒望去，看到它已经把眼睛合上，看起来就好似已经死了一样。

突然，一阵剧烈的震动传来，整个骊山山腹都为之动摇，有细碎的小石子从穹顶掉落下来，发出"哗哗"的声音。所有人都站住脚，惶恐不安地左右看去。震动持续了约莫小半炷香工夫就停止了，仿佛什么都没发生过。明月面色如常，指示赶快把他们带走。"长安可很久没这么地震过了。"一名抓住哪吒的道士小声嘀咕道。

第九章

鲤鱼跃龙门 ──────────

明月亲自把沈文约、玉环公主、哪吒三个人押送出骊山，把他们扔在最近的一处地龙驿内，然后扬长而去。哪吒抬起小脸，看看一脸不服气的沈文约，又看看一脸沮丧的玉环公主，抓住他们的手轻轻地摇了摇："我们该怎么办呢？甜筒会不会被杀掉啊？"两个大人都保持着沉默，他们对救出甜筒已经不抱什么希望。哪吒反复地问，看到他们都不回答，眼泪几乎要掉下来。他忽然想到，男子汉不能轻易流泪，于是咬住嘴唇，用力把眼泪憋了回去。

沈文约双拳一砸，恨恨说道："这个明月也太可恨了，居然比我都嚣张！那副嘴脸，就好像他们白云观才是长安的主人似的。"

"我们接下来怎么办？"玉环公主担心地说。

沈文约沉思了一下，眼神闪动："哼，长安城里，至少还有一个人是不怕白云观的。"

"谁？"

"当今天子。"

天子今天的心情很好，孽龙的事已经解决，接下来只要安享和平就可以了。至于天策、神武二府与白云观的争斗，那不过是朝堂制衡之术。天策府已经强势了好多年，是时候稍微把白云观抬起来一段时间了。他坐在龙椅上，手里摩挲着一柄玉如意，心里盘算着要不要欣赏一段歌舞。这时侍卫通报，说玉环公主求见。"玉环？这丫头今天怎么想起来找我了？"天子对这个妹妹还是挺喜欢的，正好今天有喜事，找个人说说也不错。于是他抬起手，吩咐让她进来。过不多时，玉环匆匆走进来，天子看到她表情很严峻，似乎还带着泪痕，颇有些诧异。

"是谁欺负你了吗？"天子问。他知道玉环的性格素来心高气傲，平时不欺负别人就很难得了，现在居然被人欺负，天子实在是有些好奇。

"是啊，哥哥你要为我做主。"玉环说，她不跪不拜，直接拽住天子的袖子。天子乐呵呵地宽慰道："谁敢欺负我家公主？我去罚他做苦工！"

"是白云观的明月！"

天子一愣，随即反应过来："是那个剑修吧？他怎么欺负你了？"

于是玉环把他们如何闯入骊山腹地、如何从甜筒那里获知大孽龙的预言、又是如何被明月赶出来的过程原原本本说了一遍。"妹妹，你过虑了。"天子乐呵呵地摸摸她的头，"你还不知道吧？今天清风道长已经把大孽龙给炼化了，未来二十年内，长安城可以安然无恙。"

玉环一听就急了："白云观弄错了，真正的大孽龙还没彻底复活呢！"

"好啦好啦，回头我带你去壶口瀑布，看鲤鱼跳龙门，可好看啦。"

玉环见天子根本没放在心上，急得一步向前，几乎贴着天子的脸喊了一句："皇帝哥哥，你没感觉到刚才的地震吗？如果孽龙真的被消灭了，根本就不会地震啊！"她吼完这一嗓子，看到天子的脸色由晴转阴，才意识到自己有些僭越了。天子一拍椅背，很不高兴地说："国家大事，你一个小姑娘掺和什么？白云观的道长们都是降妖除魔的高手，知道的不比你多？瞎胡闹！"

玉环不服气地昂起头："事实胜于雄辩！"

天子见她倔脾气又上来了，无奈地挥了挥手道："哎，玉环，我问你，如果这条大孽龙真的存在，我们该怎么办？"

"当然是全力备战啦！让天策、神武和白云观的军队都准备好打仗。"

天子笑了："那和现在不是一样吗？整个长安城的城防，早就处于一级戒备状态。而且清风道长已经着手准备大换龙了。"

"大换龙？"

天子得意道："这是朝廷机密，你可先别告诉别人。现在地龙系统里的龙，恐怕已被孽龙的气息所侵蚀，精神不稳，是安全隐患。这次龙门节，我们会捉一大批龙，把地龙统统替换掉，长安城就安全了。"

"可是那样不是会产生更多的业吗？"玉环反问。

"清风道长说了，大孽龙已死，就算多造了点业也不成气候。没问题，没问题的。"天子信心满满地回答。然后他把头转向另外一侧，因为美貌的舞姬们已经到了。

玉环沮丧地从官殿走出来，等在门口的沈文约问她如何。玉环摇了摇头，叹气道："皇帝哥哥只相信清风道长的话，根本听不进去别的。"沈文约仰头看了一眼巍峨的城墙，用大拇指把护目镜向上顶了顶，咬牙道："看来我只能再去跟大将军谈谈，起码神武、天策二府得提前做好准备才行。"玉环忽然想起来什么，看了一眼日晷，上面的阴影已经悄然移动了两个刻度："来不及了，明月应该已经要对甜筒动手了吧？可怜的哪吒，他如果听说甜筒被杀，不知该有多伤心呢……咦？哪吒呢？"沈文约一愣，两个人左顾右盼了半天，才发现哪吒根本就不在身边。这个小家伙，不知道什么时候跑掉了。

此时哪吒正置身于长安城地下的中央洞穴之内，对于如何进来，他已经是轻车熟路了。没当班的巨龙们还是一如既往地趴在自己的坑里休息，在它们的头顶上，大齿轮柱"嘎吱嘎吱"地运转着，扯动着当班的巨龙们在通道进进出出。不知道是不是因为刚才地震过的缘故，洞穴里的气氛变得特别诡异。那些巨龙的眼珠里，偶尔会有一闪而过的黑雾。

哪吒手脚并用，穿过错综复杂的管线，跑到巨龙之间。他左顾右盼，看到饕餮正趴在坑里美美地吃着东西，就跑过去昂起头对它说："饕餮！甜筒快要死了！"饕餮从鼻子里发出"哦"的一声，嘴里还在不停进食。哪吒大急，抓住他的尾巴拼命摇动。饕餮只得放下食物，把硕大的头颅垂到哪吒面前。

"你身上有好多吃的呢。"饕餮兴奋地说。

哪吒大声道："甜筒被白云观的道士抓走了，它马上就要被杀了！"饕餮就像是没听到一样，围着哪吒，嗅着他的口袋。哪吒十分生气，抓起一把糖果扔出去，饕餮一口吞下去，意犹未尽地舔了舔舌头。"同伴就要被杀了，你还只关心糖果吗？"哪吒攥紧了拳头。

饕餮的眼珠连转都不转，继续张开大嘴，流着口水。哪吒气得要死，他想起自己体内还有一颗龙珠，便扔出一根棉花糖，趁饕餮低头吃的时候攀到他背脊之上，用尽全力向四周发射龙语。龙语的声波在洞穴里来回折射，很快雷公、梅花斑和其他巨龙都聚拢过来。哪吒把甜筒的遭遇讲给它们听，出乎意料的是，这些巨龙表现得都很淡漠。

梅花斑晃了晃尾巴，开口道："那是甜筒的宿命，谁也无法改变。"

"甜筒难道不是你们的同伴吗？你们不关心它的安危吗？"哪吒很激动，他不能理解，好朋友之间如果不能互相帮助，还算什么好朋友？

"关心又如何？每条龙总是要死的，只是早死和晚死的区别而已。大家的归宿只有那个大坑。早点死去还是解脱呢，总好过天天在这里钻行。"梅花斑回答。它的话引起其他巨龙的共鸣，纷纷用低吟表示赞同。雷公这次的声音一点也不大："就算关心，我们也无能为力啊。我们被铁链拴着，根本动弹不了。而且你也说了，甜筒只是比地龙运行表稍微提前了几分钟，就被人类用这么残忍的手段给处理了，我们如果擅自乱动，也是一样的下场。"

哪吒急得小脸都涨红了："你们难道不生气、不着急吗？！"

雷公抬起脖子，给它看自己下颌那一片空白："我们的逆鳞早就被揭去了，那样的情感已经没有了。甜筒不是第一条被人类杀死的龙，也不是最后一条。这就是我们的命。我们不是不关心，而是做与不做，根本没区别。"雷公张开大嘴，想了想，又合上了。它腿上的铁链忽然叮当作响，开始朝中央大齿轮挪动。这是要去当班的信号。雷公转过硕大的身体，蹒跚着离开。留在原地的梅花斑看了眼哪吒："如果你真的是甜筒的朋友，就让它这样死去吧。活着对他来说，是一种折磨。"说完它摇摇头，也朝自己的龙坑走去。巨龙们纷纷垂下龙头，对这个话题不再关心。

哪吒站在饕餮的脊背上，不知所措。他没想到这些巨龙如此冷漠，没有一条肯施以援手。他看到甜筒空荡荡的龙坑，泪水几乎要夺眶而出。他目送巨龙们离开的脊背，通过龙珠声嘶力竭地发出一声尖厉的叫喊。这叫喊声太尖锐了，让所有的巨龙都皱起了眉头："活着才不是折磨！只要甜筒还活着，总有机会飞翔到天空去，死了就什么也做不了了！"

"飞翔……"中央洞穴里所有的巨龙都陷入沉思，仔细咀嚼着这个陌生又奇怪的词，似乎有古老的记忆在复苏。

哪吒的声音在洞穴里继续回荡："我不会放弃我的朋友！就算只有我一个

人，也绝不放弃！我一定会让甜筒在天空自由飞翔！"说完这些，哪吒气势汹汹地跳下饕餮，把口袋里的零食都扔在地上，然后朝外面走去。他走了两步，忽然发现走不动了，一回头，看到饕餮用一只爪子钩住了他的衣领。"干吗？！"哪吒没好气地吼道。

"给你这个。"饕餮伸出爪子，一片青绿色的龙鳞片在半空悬浮，绽放着光芒。这鳞片有三个哪吒那么高，好似一面菱形的大盾牌。

哪吒不知就里："这是什么？"饕餮还没回答，哪吒就惊讶地瞪大了眼睛。他看到，正在离开的雷公和梅花斑的身体上，也浮现出同样的鳞片。其他巨龙，由近及远陆陆续续都让自己的一片鳞片浮在半空，形成一面由龙鳞组成的大墙，整个洞穴几乎都被鳞片绽放出的光芒填满了。哪吒原地不动，几十片巨龙的鳞片飘了过来，它们围着哪吒转了几圈，然后倏然缩小了体积，朝哪吒的身体贴上去。哪吒只觉得身子先是被火烫伤，然后又像是被扔进冰窖里。等到他恢复正常，重新审视自己的身体，发现手臂上贴着一片片鳞甲，好似一件盔甲。

"这是什么？"

"在我们巨龙的身上，龙珠代表着传承，逆鳞承载着怒气与怨念，只有一片。而这些鳞片蕴藏着我们龙的生命力，是我们从鲤鱼变成龙时变化出来的。"

"你们……"

"可惜我们每条龙只能送你一片，如果全剥掉的话，我们就会从龙变回鲤鱼。不过，这些生命力应该够用啦——剩下的事情，就拜托你了。"饕餮说完这些，又忙着低头去舔那些糖果。

哪吒轻轻向上一跳，陡然觉得双腿充满了爆炸性的力量，一下子弹起来老高。他惊喜地落回到地面，左顾右盼，又试着跳了一下，脑袋几乎可以擦到洞穴顶端。一条粗大的铁链向他横扫过来，结果"哐当"一声，在哪吒胸前碰撞出火花。哪吒只是身体晃了晃，却没受到任何伤害。他现在觉得全身充满了力量，就算是白云观剑修也绝不是他的对手。

这时从洞穴里的某一条通道传来一阵龙语，冲入哪吒的耳朵。哪吒分辨出来，那是刚刚离开的雷公在回头呐喊："我刚接到指令，要去牵引一具龙尸去龙尸坑，我想那应该是甜筒。"饕餮催促道："你快走吧，再不走就来不及了。"哪吒顾不上多说，他向俯卧在坑中的龙群鞠了一躬，然后双足一顿，整个人斜斜飞过半空，跌跌撞撞地朝着其中一条地龙通道跑去。饕餮看着他的身影消失，晃了晃脑袋，趴回到龙坑里去。

哪吒在漆黑的通道里快速钻行，龙的力量使他能看穿黑暗，耳边的风呼呼吹过。他身上带着几十片龙鳞的力量，动作迅捷得如同一只成了精的兔子。地龙通道四通八达，又没有路标，根本就是个迷宫。哪吒唯一的向导，是雷公在远处时有时无的龙啸。它是个大嗓门，用的又是龙语，呼喊声在狭窄的通道来回折返，为哪吒提供正确的指引。

当哪吒快接近龙尸坑的入口时，终于看到雷公的身躯缓缓驶来。哪吒大喜，快步向前想去打招呼，却一下子停住了脚步。在他面前，雷公身后是一具巨大的龙尸，在通道里磕磕绊绊地被拖行着。龙眼紧闭，龙头低垂，四只龙爪子无力地垂吊着，浑身的鳞片暗淡无光。在它的咽喉处是一道深深的剑痕，沾染在剑痕旁边的斑斑龙血还向下滴着。看来甜筒是刚刚被明月处决的。几名押送的白云观道士一脸厌恶地站在雷公背上，监视着这具胆大妄为的妖龙，唯恐它再次复活。哪吒站在黑暗里，想放声大哭。可是他不敢，生怕被道士们听见。哪吒只能咬住嘴唇，拼命抑制住自己的悲痛，双肩发抖。他身躯上的鳞片闪着幽光，似乎像是龙群们为同伴送葬的悲鸣。

雷公把甜筒拽进龙尸坑的上空，盘旋了一圈，爪子一松，甜筒的尸体软软地跌落到坑底，"哗啦"一声，溅起了一大片龙骸骨和一阵尸臭。白云观的道士掩住口鼻，迫不及待地驱赶雷公离开这个鬼地方，连最后的确认也不顾了。他们前脚刚离开，哪吒立刻从黑暗中现出身形，钻进龙尸坑的顶端。他向下望去，只看得到偶尔亮起的磷火。哪吒毫不犹豫，纵身一跃，身上的鳞片散发出的力量，让他稳稳落到足有几十丈深的坑底。龙尸坑的底部到处都是龙骨，死亡的气息无处不在。哪吒落地之后，四下扫视，很快闻到一股血腥味道。他鼓起勇气，拨开散落在四周的骸骨，朝着那个方向摸去。这里无比寂静、无比压抑，触目可见的都是密密麻麻的骨头，可以看得出来，这些巨龙生前一定都有过一番挣扎。大概是身附鳞甲的缘故，哪吒甚至可以隐隐感觉到浓郁的怨恨之气，从这些骨头上蒸腾而起，在头顶聚成一层肉眼看不见的迷雾。

哪吒原来最害怕的就是骷髅，他从来没想过，自己有一天会在如此恐怖的地方独行，居然还没哭鼻子。哪吒很快就在一堆碎骨的顶端看到了甜筒的尸体。巨龙的身躯扭曲成奇怪的角度，四爪分摊，龙尾被一具骷髅龙头的眼洞夹住。他攀上骨堆，伸出双手抱住甜筒的头，把脑袋贴在龙吻上，哇哇大哭起来。那个高傲的甜筒，那个温柔的甜筒，那个身上沾了冰淇淋甜筒的甜筒，那个一直希望能有机会在天空飞翔的甜筒，现在却一动不动地趴在那里，不理哪吒。

随着哭声，哪吒身上的龙鳞慢慢一片片脱落下来，飞到已经丧失了生气的龙尸身上，就像是雪花浸入热水一样，一点点融进龙身。每融进去一片，甜筒的尸体就泛起一点光芒。哪吒瞪大了眼睛，想起饕餮的话，这些鳞片代表了龙的生命力。不知是不是错觉，哪吒似乎看到，甜筒的龙须微微地摆动了一下。"快点，再快点。"哪吒恨不得自己把鳞片撕下来……

龙门节终于到来了，这是长安城万众瞩目的节日。壶口瀑布附近人山人海，长安城的老百姓们扶老携幼，都跑过来看热闹。天子喜欢与民同乐，不过围观的人实在是太多了，所以被官方严格限制在四个外围区域。参加的人不用担心视野问题，因为龙门已经被白云观架设在壶口瀑布的正上方。这是一道无比巨大的彩虹状木门，它的门柱上镌刻着金灿灿的玄奥法阵，让它悬浮在半空中。围观者只要略微抬起头来，就能看到它巍峨的身影。据参加过的人说，正式开始以后，黄河里的鲤鱼就会高高跃起在半空，争先恐后地跳过这道门，蜕去鱼皮，披上龙鳞，还会发出一声清啸。整个过程，会有十几条甚至几十条龙接二连三地在半空飞过，非常壮丽。

"这些龙不会逃走吗？"有人发出疑问。

"怎么可能会让它们逃掉！"说话的人指了指天空，四架大型"大唐"运输机正在龙门上空盘旋，它们的机体要比"贞观""武德"大上十几倍，光是牛皮动力舱就有十个，二十个巨大的螺旋桨"嗡嗡"地转动着，八根铁钩和三排符咒炮始终对准龙门。在它们周围，还有成群的飞行编队，耀武扬威地分割着天空。在他们下方的地面，是神武军的炮兵阵地和白云观的法阵，炮兵和道士各自坚守着自己的位置，仰望着龙门。

"看见没？那些龙一变化，这边马上就有飞机往下压，等压得足够低了，神武军就开始轰击，把龙逼到法阵里来，白云观的道爷们一念咒，就给收住了。天罗地网啊，根本跑不掉！"

"好厉害！"听众们发出惊叹。

天子并不知道民众会发出这种议论，此时他正站在壶口瀑布附近视野最佳的小山顶上，手持一个精巧的单筒望远镜朝龙门看去。清风道长和李靖站在天子左右，一个神态自如，一个面色阴沉。"剑修都就位了吗？"天子问。

清风道长连忙一拱手："是，他们就隐伏在壶口附近，万无一失。"

天子乐呵呵地说："有他们在，我就放心了。就算玉环那个疯丫头说还有什么大孽龙，也不怕了。"

"公主也是想为陛下分忧，体国之心，实在钦敬。"清风道长回答。经过上一役，天子对白云观剑修充满了信任，已经把他们当成最值得信赖的武力，这是个很好的兆头。清风想到这里，看了一眼李靖。这位大将军一言未发，只是紧抿着嘴唇。听说他家公子与明月发生过冲突，随后就失踪了，一直到现在都没找到。自己儿子都找不到了，还坚持来参加龙门节，看来他对自己逐渐失去圣眷这件事相当在意啊。清风道长不无恶意地想。

吉时已到，白云观的道士用力敲响一面巨大的锣，锣声嘹亮，扩散到数里之外。围观百姓一齐发出欢呼声，龙门节终于开始了。随着法阵里的道士们念动咒语，龙门开始放射出五彩光芒，有光与电缭绕在四周，说不出的庄严肃穆，甚至还有一股异香散发开来。壶口瀑布下游的水面开始变得沸腾起来，如果此时有人站在河边的话，就能看到无数鱼鳍划开水面，逆流而上。铺天盖地，数量惊人，一时间就连黄河那无比宽阔的河道都显得有些狭窄。当这些鱼鳍接近瀑布底部时，几十朵水花同时炸起，几十尾金黄色的肥美鲤鱼摆动着尾巴，跃起在半空。它们跃起的高度都很高，但距离龙门还有一定的差距。鲤鱼们不甘心地重新落入水中，与此同时，另外几十条同伴已经跃出水面。

鲤鱼跃龙门，确实是一件相当困难的事情。第一拨鲤鱼的冲击持续了半个时辰，只有一条成功跃过龙门，其他鲤鱼精疲力竭，甚至还有因此而死去的。那条幸运的鲤鱼穿过龙门的一瞬间，鱼鳞蜕去，化为龙身，很快就变成一条年青、矫健、强而有力的新龙。它在半空手舞足蹈，发出兴奋的龙啸声。可这龙啸声很快就被"大唐"运输机的嗡嗡声压制，巨大的机体从天而降，泰山压顶，年轻的龙不敢硬顶，只得降低高度。神武军的火炮不失时机地开火，在半空绽放出朵朵黄色火焰。这些特制的炮弹没有杀伤力，但里面含有龙最厌恶的硫黄。年轻的龙环顾四周，发现其他方向都被讨厌的黄烟笼罩，只有一个方向很干净。它摆动尾巴，朝着那里游去。至于地面上那个闪光的奇怪的几何形状，初为龙形的它还没有足够的智慧去思考。

等到它朝那个方向飞了一段之后，突然八道光柱从下至上自法阵射出，把它牢牢地锁在半空。龙很惊慌，想要挣扎，可是光柱就像穿透它的身躯一样，把它钉得死死的。道士们的咒语声越来越大，这些光柱锁着巨龙朝着指定地点移动，在那里，一个贴满黄纸的长条形铁笼已经在等着，入口打开，恰好可容纳一条龙进入。龙这才意识到要发生什么事情，它拼命挣扎，可是徒劳无功。当光柱即将把它推入笼子时，它终于昂起龙头，发出一声凄厉愤怒的长啸，逆鳞被它自己撕下来，高高扬起在半空。随即笼子"哗啦"一声，闸门掉落，将龙关了进去。那片逆鳞在半空飘浮了一会儿，然后落在地上化为一缕黑烟，钻入地缝中，很快这条缝隙重新打开，有比刚才多几倍的黑烟涌出来。不过这个小小的细节没被任何人注意到，因为大家都抻着脖子、张大了嘴，被清风道长的行为震惊。

此时清风道长离开了天子身边，驭剑飞行到了龙门正上空，祭出了一个三足小鼎。这个小鼎应该是什么不得了的法器，一经祭出，立刻涨大了数倍，很快变成一个比"大唐"运输机还要硕大的巨鼎。清风道长拂尘一挥，巨鼎飞到龙门上空，缓慢下降。巨大的压力灌顶而落，竟把龙门向下压了几分。清风道长还嫌不够，又打出几张符咒，巨鼎登时又往下沉了沉，迫使龙门的高度又低了一点。对于鲤鱼们来说，这是一个非常好的消息。那些本来差一点没跃过龙门的鲤鱼，可以从容跃过去了。于是在接下来的一个时辰里，鲤鱼化龙的数量大增，一条接着一条地穿过龙门。天策、神武和白云观的道士们也忙得不亦乐乎，一条条地压制、锁定、擒获，逆鳞也一片片地消融在地缝里……

"什么，居然都抓到三十条了。"天子接到明月的报告，十分意外。

明月谦恭地垂下头，却掩不住一脸得意："经过精密计算。龙门下降一尺，鲤鱼化龙的成功率就能提高二成五。"

"往年能有五六条就不错了，这可真是大丰收呀。"天子很高兴。远处的运输车队排成了长龙。

"这都是陛下圣断之功、师尊玄术之力。"明月说。清风道长亲自驾临龙门，于是指派他来填补天子身旁的空白。这是一个非常鲜明的信号，白云观的下一任观主人选，应该就这么定了。

天子问："不过，捉得太多，不会有什么负面影响吗？"

明月微微一笑："万无一失。"

他的话音刚落，突然一阵剧烈的震动传来。山顶登时乱成一团，所有人都东倒西歪。明月眼疾手快地扶住天子，才没有让他摔倒。天子狼狈地扶了扶王冠，问明月这到底是怎么回事。可是明月没有回答。他手按长剑，剑眉蹙立，愕然望着天空。一道粗壮无比的黑烟突然从地面腾空而起，将壶口瀑布、龙门、巨鼎和清风道长都笼罩在内。无数黑烟从壶口附近的地缝里升腾而出，加入黑烟中。它的体形飞速地生长，逐渐凝聚成一条无比巨大的龙，几乎半个天空都被它遮蔽了。那四架仍旧盘旋的"大唐"运输机跟它相比，简直就是几只蚂蚁。

一声凄厉的龙啸从孽龙口中喷涌而出，震耳欲聋。

三百！

五百！

一千！

一千五！

业力测量仪的数字在一千七百六十停了下来，这让负责测算的道士们面如土色。

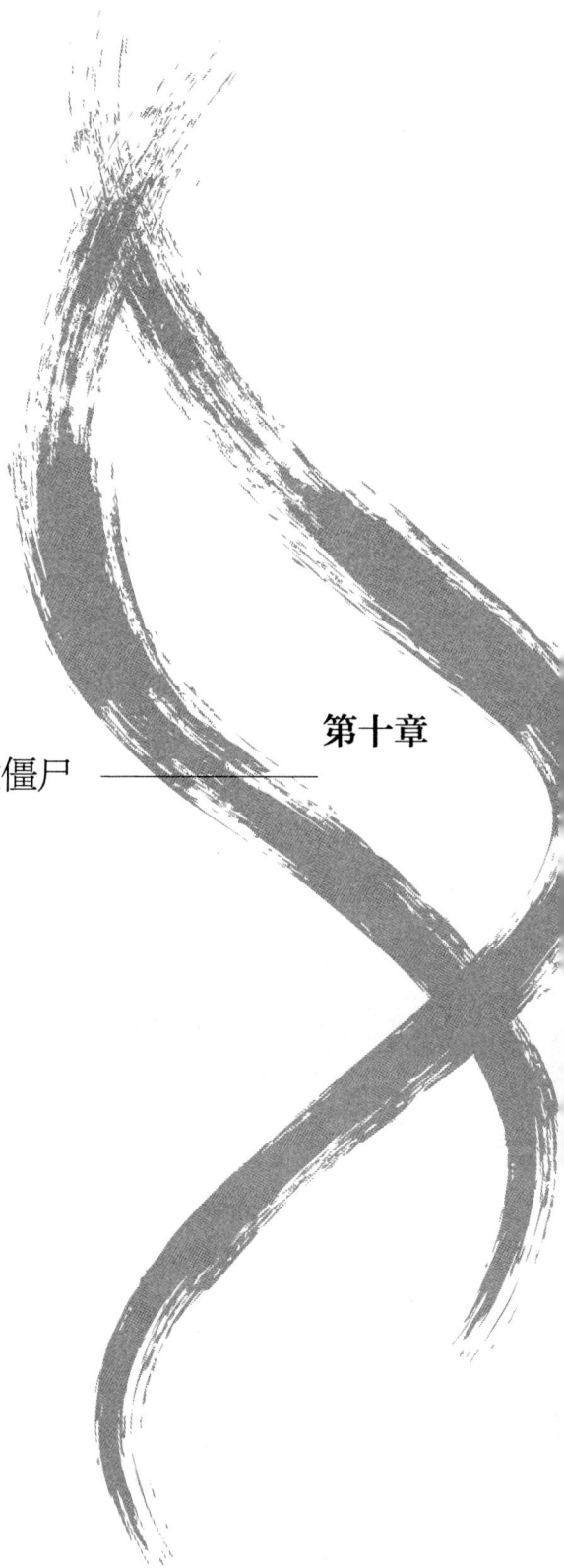

第十章

龙僵尸 —————

一千七百六十业。

前几天那条让天策、神武两府灰头土脸的孽龙不过三百业而已，跟眼前的这条相比，简直就是老鼠和老虎的区别。一名道士颤抖着双手拿起铜镜，试图将这个惊人的数字汇报给上级。可他很快意识到，根本不必如此，在壶口瀑布的人用肉眼就能看到两者之间的巨大差距。

那个道士的感觉没有错。此时，在壶口瀑布的上空，铺天盖地的黑色烟雾正在逐渐凝结，慢慢地，一条恶龙的轮廓变得清晰起来。它的体形无比庞大，头顶的犄角足有六根之多，彼此交错，将龙头衬托得无比狰狞。墨色的鳞甲覆盖着它的全身，鳞片交叠，甚至还泛着光泽——这是黑到极处、凝实到了极点才会有的现象。之前的孽龙介于烟雾与实体之间，形体还忽散忽聚、飘忽不定，而现在这一条已经彻底凝结成了实体，凛冽的威势和压迫感传递到了在场的每一个人心中。

还未等人类做出任何反应，大孽龙抬起脖子，发出一声长啸。它四周的空气被震颤出一圈涟漪，音波以肉眼可见的痕迹向四周急速扩散。无论是天策府护航的飞机还是地面上的民众，都被这一声龙啸震得浑身一颤，动弹不得。地上的人还好，天上的几架护航飞机当场停止了运转，一头朝着地面栽下来。半空中只剩下四架"大唐"运输机，凭借着自己的吨位勉强保持着飞行的姿态。

一直到天策府的小飞机栽到地面发出震耳欲聋的爆炸声，所有人才如梦初醒。它只是发出一声吼叫，就有这样的威力，如果它发起怒来，该有多么可怕？比龙身还巨大的恐怖感压垮了大家的心神，壶口瀑布附近的围观民众发出惊恐的尖叫，纷纷转身朝城里跑去。失去秩序的人群是一盘散沙，整个现场乱成了一锅粥。男人们用肩膀和手臂推开前面的人，女人们则歇斯底里地大声哭泣，还有许多小孩子在混乱中与父母失散，只能仰起头来傻傻地看着半空的巨龙，甚至忘记了号哭。

这时孽龙的龙头一探，一口咬住一架"大唐"运输机的左侧机翼，狠狠一咬，居然生生把它咬了下来。失去翅膀的运输机哀鸣着向地面砸来，飞行员连忙跳伞。黑龙对小东西没兴趣，它又摆动龙尾，把另外一架砸毁。四架"大唐"运输机几乎在一瞬间全数坠毁。火光和爆炸声让壶口瀑布的人群更加惊恐，许多人慌不择路，跑得漫山遍野，甚至冲垮了好几处神武军的炮兵阵地。

皇帝站在山上，脸色铁青地注视着那条孽龙。他忽然开口道："传朕的旨意，全体迎击，至少要掩护那些市民安全撤回长安城去。"

勉强压下惊慌的明月躬身道："陛下勿惊，清风仙师还在呢。"

皇帝这才想起来，清风道长似乎还没出手呢。他连忙抬起头，在天空寻找那位老道的踪迹。在大蟄龙成形之前，清风道长应该一直在龙门上空，用自己手里的法宝三足鼎压低龙门。皇帝扫视了一圈，才勉强在比大蟄龙更高的天空中看到一个小黑点。准确地说，是两个黑点。清风道长已经把三足鼎从龙门上空撤回，悬浮在自己的头顶。他攀升得很高，比大蟄龙还高了足足一百多米。四周的气流形成旋涡，两条宽大的袍袖鼓鼓有风，似乎有无穷的气势在积蓄。

蟄龙感觉到了威胁，抬起龙头，向清风发出愤怒的咆哮。清风面色凝重，把手里的三足鼎砸去。龙啸和三足鼎猛烈地碰撞起来，一时间半空频现火光与空气震动的波纹，附近的云彩被撕扯成一条一条。大蟄龙似乎承受不住这样的打击，稍微退了几米，而清风道长岿然不动。在地面仰望的皇帝稍微松了一口气，看起来清风道长果然法力高深，比大蟄龙更胜一筹。

不料大蟄龙把身子一屈，再次朝着清风道长弹去。清风道长猛然直起腰来，双手十指伸开，有一连串光束从掌心炸出来，劈向蟄龙的墨黑色鳞甲。光束是紫色的，看起来威力十分巨大，那一片片墨鳞在紫雷的轰炸下终于承受不住，出现了龟裂的缝隙，然后彻底剥落。大蟄龙对这些损失根本不在意，它只是简单地扭动身躯，立刻从地底又吸收上几缕黑雾，重新凝结成龙鳞。它向清风扑击的速度丝毫未减。清风道长面色一变，连忙把三足鼎挡在身前。三足鼎绽放出七彩霞光，形成一面华丽的光盾。

大蟄龙狠狠地撞在了光盾之上，巨大的冲击力迫使清风道长的身形晃了晃，突然喷出一口血来。受此影响，那面七彩光盾变得暗淡起来。大蟄龙又一次撞了上去，这一次光盾终于承受不住压力，光彩熄灭，消失在半空中。蟄龙没容清风做出什么反应，张开大口，一下子就将三足鼎吞进肚子里，然后龙尾一摆，

"啪"的一声把失去了法宝的清风狠狠地抽飞。清风好似一只破败漏气的皮球，在半空画出一条弧线，远远朝着南方坠落。孽龙并没有趁势追杀，而是抬起脑袋，朝着清风坠落的地方望去，那里，是长安城。

看到自己的师尊败北，明月脸色终于变了。他回头对天子说道："陛下，请您速速还驾长安城，等一下微臣无法保证您在壶口的安全。"天子对这个有些粗鲁的请求感到有些惊讶，他想问明月到底打算干什么。可明月一跺脚，径直飞到半空，厉声喝道："白云观剑修，就位！"他的声音不大，但传得非常远。只是短短的几个呼吸，七点流星从长安城升起，飞临壶口瀑布上空。那正是七名驭剑飞行的剑修，他们双手负后，面无表情，围绕在明月周围，结成了一个北斗七星的阵势。

明月站在北斗大阵的中央，谨慎地擎出手中的长剑，遥遥指向正在肆虐的孽龙。强大的气势从他们八个人身上升腾而起，八把长剑都颤抖着鸣叫起来。一股来自浩瀚星海的威严，让孽龙也为之一颤。"七为北斗，八为周天。今天这北斗周天剑阵，就用你这孽畜第一个试剑吧。"明月喝道。

"哪吒，哪吒。"

哪吒从梦里醒过来，似乎听到什么声音。

"哪吒，哪吒。"

这声音十分熟悉，有一种说不出来的亲切感。哪吒揉揉眼睛，闻到四周的腐臭气味，才想起来自己是在阴森的龙尸坑里。

"哪吒，哪吒。"

声音第三次响起来，哪吒这才恢复意识，回想起自己为什么来到这里。他抬起头，看到一对黄玉色的瞳孔正看着自己，巨大的身躯几乎遮挡了一半的视线。"甜筒！你复活了！"哪吒兴奋地叫起来，一把抱住它的龙首，高兴得不得了。那些巨龙送的鳞片果然发挥了作用。原本已经失去了生命的甜筒，居然就这么活了过来。他左摸摸，右摸摸，简直不敢相信这是真的。顽童的笑声在阴森的洞穴里响了起来。

"哪吒，你先别高兴得太早。"复活后的甜筒还是那种冷淡的口气，它用嘴把哪吒叼起来，甩到头顶，开始环顾左右。

"怎么了？"

"你看看周围。"

哪吒抓住龙犄角，朝四周看去。之前他把心思都放在甜筒身上，根本没留意过，现在他才注意到，这个龙尸坑里发生了极其诡异的变化。原本是一片死寂，现在却响起古怪的"嘎吱嘎吱"声，似乎是尸骨相撞的声音。

甜筒抬起脖子，让哪吒看得更远，哪吒顿时倒吸了一口凉气。白骨中的绿色幽火似乎比之前更多了，把整个尸坑照得一片惨绿。周围堆积如山的龙骨全都无缘无故地蠕动起来，这种蠕动不是普通的震动，似乎有一只看不见的大手在背后牵动，不断有龙骨聚合在一起，拼接成各种怪物的形状。有的勉强还能看出是龙的形体，有的则纯粹是胡拼一气，哪吒甚至看到有三个巨龙的骷髅头接在了同一根脊椎骨上，然后那脊椎骨承受不住重量，"咔吧"一下折断，整个骨架立刻散落下去，零件被其他怪物吸收进去。这些白骨怪物的身体在不断完善，笨拙地摇头摆尾，就像是长安街头那些被艺人用丝线牵引的木偶。它们的骷髅眼窝里，多了一丝幽冥的绿火。

"这是什么？"哪吒惊讶地问道。

甜筒神色严肃地说："我不知道是什么原因，但是这些龙的尸骨似乎都有复活的趋势。"

"和你一样会活过来吗？是不是受了鳞片的影响？"

"不，不能说是复活，而是被什么负面的力量影响到了。它们的生命已经消失了，剩下的只是附在骨头上的那股怨念。这些怨念被那种力量感召，驱动着尸骨活动——如果我没复活的话，也会变得和它们一样，无智无识，成为龙僵尸。"

"那是什么力量？"

甜筒看向龙尸坑的出口，丝丝的怨气和死气正以肉眼可见的速度聚集："那应该是孽龙的力量，而且是比从前更强大的孽龙。我能感觉得到，好浓郁的怨恨……"甜筒把爪子搁在胸口，表情有些感慨和迷茫。还没等哪吒继续发问，甜筒垂下头道："恐怕你们的长安会有大麻烦了。我从来没感受到如此强烈的业力。如果拥有这等业力的孽龙降临长安，整个城市都会变成和这个龙尸坑一样，死气弥漫，每个人都将成为行尸走肉。"

哪吒大惊："怎么会这样？！"甜筒露出一丝嘲讽的笑容："这就要问问你们人类了。如果他们不在壶口瀑布捕捞那么多龙的话，恐怕就不会有现在的局面。"哪吒陷入沉默，这些话对一个孩子来说，实在是有些艰涩。甜筒稍微晃了晃头，让哪吒坐得更安稳一点："在考虑长安之前，咱们得先解决自己的麻烦。坐好了。"在他们四周，那些白骨怪物形体拼接完成后，都朝着甜筒和哪吒冲过来。在这个死气弥漫的洞穴里，"唯二"的两个活物就像是黑暗中的蜡烛那么醒目。

甜筒的龙足一弹，整个身躯猛地撞上最先扑来的白骨怪物。它刚刚复活还有点虚弱，但坚实的躯体不是那些脆弱腐朽的骨头能抵挡的。那只怪物在猛烈的撞击下被撞成一地碎片。甜筒兴奋地发出一声嗥叫，继续朝前冲去。这条凶猛的地龙在龙尸坑里杀出一条大路，无数白骨碎片撒落在路的两旁。可是那些被撞碎的怪物碎片很快又重新聚合起来，变成另外一个形状的怪物，继续追赶着甜筒，撞之不尽。甜筒在龙尸坑里左冲右突了半天，干掉了几十头怪物，但怪物的数量变得更多。它们伸展着骨翅和骨爪，刺入甜筒的身躯，钩住它的龙腿，甚至有几次还差点把哪吒抓走。

刚刚复活的甜筒终于显露出疲态，动作变慢，甩开白骨怪物的力气也大不如前了。一头长着三只爪子和五排肋骨的怪物咆哮着冲上来，甜筒勉强摆起尾巴把它打散，却不防另外一头怪物从另外一个方向冲上来，一口咬住甜筒的脖子。甜筒愤怒地摇动脖颈，哪吒拼命抓住犄角，生怕被甩出去。甜筒见无法摆脱，怒极张口，一口把它咬得粉碎。可这两个动作耽搁了太多时间，更多怪物扑了上来，把甜筒缠住使其不能脱身。

在这个危急时刻，哪吒紧紧握住犄角大喊道："飞啊！甜筒！你是龙啊！

你会飞的！"甜筒听到这个声音，在挣扎中仰天长啸，全身的新生鳞片都翘立起来，微黄的光芒从它全身绽放开来，怪物们的动作都为之一顿。就在这个瞬间，甜筒龙爪飞扬，慢慢腾空而起。白骨怪物们愤怒了，它们咆哮着、嘶鸣着，纷纷把爪子和尖嘴朝甜筒伸去，不甘心地试图把它抓回来，可这一切都是徒劳。它们只能在龙尸坑里徘徊，却永远无法离开地面。

一龙一人，在这深邃的尸坑冉冉升起，很快就回到了位于坑顶的出口。"我大概是第一条从坑底飞回出口的龙吧。"甜筒望着漆黑的出口大洞，感慨万分。

"我们逃出来了。"哪吒心有余悸地朝下面望去，那里已经变成了一口沸腾着白骨怪物的汤锅。

甜筒道："没有带着锁链的飞翔，我已经快忘了是什么感觉了。"

"我们快走吧。"哪吒催促道。

"去哪里？"

哪吒看了甜筒一眼，觉得这个问题很不可思议："当然是天空了。这里是地下，在这里飞根本不算是飞。你是龙，当然要在天空中飞啊。"哪吒没注意到，他说出这句话来，甜筒的两个黄玉色瞳孔陡然收缩，透出复杂的神色。

此时因为大孽龙的出现，长安地龙管理部门生怕地下龙会趁机闹事，已经宣布中止运输，所有的龙都回到地下中枢，地下隧道里格外空旷。甜筒对于这里十分熟悉，它载着哪吒轻车熟路地来回穿行，很快就抵达了一处地下龙站。这里是长安城唯一半露天式的地下龙站。这里附近盛产温泉，不宜在地下施工，所以隧道到了这一站，会突然抬升到地面，经过一个露天站台。因为这个特点，该站点的布局和其他站点的不同，上行和下行轨道并排在中间，站台放在两侧，上空被一个巨大的竹棚遮挡，用来避暑避雨。这里是地下巨龙们唯一有机会看到一角天空的地方。

现在整个地下站都空了，没有龙，也没有管理人员和乘客。甜筒飞入这一站，身躯一下子挺直，双眼直勾勾盯着外面的世界。从前它每次到这里，都只是匆匆地瞥上一眼，就被铁链牵引着离开。如今没有了任何束缚，甜筒发出一声说不上是悲愤还是欣喜的嗥叫，一下腾空而去，把站台顶上那片大竹棚撞破，扶摇直上九天。灿烂的阳光、清新的柔风、无拘无束的自由，这些陌生的东西让甜筒有些不知所措。它尽情地在天空盘旋、翱翔，拼命舞动着身体，好似一个第一次在池塘玩水的小孩子。这种久违的感觉让它的龙血沸腾起来，全身的鳞片都舒张开来。直到哪吒高呼抓不住快要掉下去了，甜筒才如梦初醒，放慢了舞动的速度。

"谢谢你。"甜筒对哪吒说，两道泪水不由自主地流了出来。

"很开心吧？"哪吒反问道。

"我几乎都已经想不起来飞翔是什么感觉了。"甜筒望向太阳，喃喃说道。

这时一阵低沉的嗡嗡声传来，甜筒还没反应过来，哪吒眉头却是一皱："这是飞机的声音！"他已经坐过好几次飞机了，对这种噪声很敏感。不用哪吒说，甜筒身躯一摆，灵巧地钻入云层，朝低空飞去。甜筒把自己藏在白云里，只露出一点点龙头。哪吒抓住犄角，把头探了出来。他看到，低空之下，密密麻麻足有一两百架飞机，摆成数十个方阵朝着壶口瀑布飞去。什么型号都有，"贞观""武德"，还有哪吒叫不出来的其他型号。这些飞机上挂满了炸弹，因此只能保持很慢的速度。每一架飞机上，都画着一只嘴衔牡丹的巨鹰。

"天策府空军？"哪吒喊道。

"看来人类是真急了，他们是去支援壶口瀑布的吧？"甜筒的声音里带着嘲讽。在远处，半空中不断有光闪烁，还有黑烟弥漫，在晴朗的天空下非常醒目。看来人类仍旧在试图顽强抗击大孽龙。

"不过他们撑不了太久，那么庞大的孽龙几乎是不可能打赢的。"甜筒冷淡地评论道。

"几乎不可能？这么说还是有机会喽？"哪吒问。

甜筒看了一眼哪吒："孽龙是由我们龙族的逆鳞和怨念形成，唯一击败它的办法，就是设法毁掉它体内的逆鳞之丹。"说到这里，甜筒发出一声轻啸，这啸声中有欣慰，有忧虑，还有一丝幸灾乐祸。"大孽龙是龙族解放的希望，我不会去阻止它。"

第十一章

把自由还给我们 —————————

"你说什么？"哪吒简直不敢相信自己的耳朵。

"大孽龙是龙族解放的希望，我不会去阻止它。"甜筒重复了一遍自己的话。

哪吒情绪变得激动起来："可是它会毁掉整个长安城啊！"甜筒抬起下巴，俯瞰着天空下那一片繁华的城区，淡淡地说："是的，它会毁掉那个将我们龙族禁锢了许多年的长安城。"

甜筒骤然感觉到哪吒抓住龙角的双手力道变大了，看来他在试图用这种幼稚的手段动摇自己的心意。甜筒没有晃动头颅，那是人类在表达无奈时才用的动作，它可没兴趣去模仿人类。它伸直了脖子，在天空继续飞翔，连看也不看地面一眼——在过去的十几年里，它在大地上待得够久了。

"这样一来，长安城里的人都会死的啊。"哪吒不安地扭动着身躯。

"就和那些被杀死的龙一样。"甜筒立刻回答,然后又纠正了自己的说法,"和我们这些被杀死的龙一样。"甜筒对长安城的人类可是一点好感也没有。那些人禁锢它、奴役它,像对待蝼蚁一样使唤它,最后干脆把它一剑杀死,丢进像垃圾堆一样的尸骨坑里。除了哪吒以外,所有的人类在甜筒眼里都是仇怨深积的仇人。对自己的仇敌,甜筒没有主动去攻击他们已经是无比大度了,难道还指望有什么怜悯之情吗?

龙头上的小孩子没有继续说话,他大概也意识到这点了吧。尴尬的沉默弥散在碧蓝的天空中,无论多么清澈的风都吹不散。甜筒忽然有些歉疚,哪吒毕竟只是个小孩子,长安城里有他的家人,有他的朋友,作为人类中的一员,看到自己的城市被毁灭,任谁也不会好受。

"也许我可以把你的家人都带……"甜筒字斟句酌地说,可它话没说完,突然觉得头上一轻,然后哪吒的身影在它双眸前画过一条弧线,朝着地面落去。甜筒的黄玉瞳孔陡然收紧,整条身躯僵直在了半空。这可不是什么无意的滑落,而是哪吒主动纵身跃起。它没料到那个爱哭鼻子的小鬼居然做出这么决绝的举动。甜筒只愣了一下,哪吒已经跌得变成一个小黑点。甜筒连忙抑住自己的惊骇,划动四肢,以极快的速度朝地面冲去。可是甜筒太久没有——或者说几乎没有——在天空飞翔过了,它的飞行技术还很生疏,还无法精确地驾驭风和浮力。而追上高空坠落的物体并安全接住,可以说是最高难度的飞行动作。甜筒试图比哪吒落得更快,但每次它一加速,就知道自己快过头了,只会比哪吒更早摔到地上,它又不得不又急忙减速。这一快一慢,耽误了不少时间,哪吒小小的身躯已经离地面越来越近了。

甜筒眼看就要赶不及了,一咬牙,它张开大嘴,发出一声震耳欲聋的龙啸。

这声龙啸凝聚了甜筒全身的力量，巨大的压力在空中形成一道锥状波。这道波纹从侧面震荡过来，让哪吒坠落的角度稍微偏了那么一点。与此同时，甜筒疯狂地提升速度，几乎像一支离弦的飞箭，笔直地朝哪吒冲去。就在哪吒的身躯将与地面碰撞的一瞬间，甜筒一口叼住了小家伙的衣角，脖子一甩，把他重新朝天空抛去，而身体因为速度过快重重地撞在地上，砸出一个扭曲的大坑。即使是龙那么结实的身体，来这么一下也是极大的打击。可甜筒丝毫没敢耽搁，它忍着剧痛迅速起身，重新浮空，把二次坠落的哪吒牢牢地抓在龙爪里。

一人一龙轻轻地落回到地面。甜筒把哪吒放下，身子一晃，差点跌倒在地，脑袋一阵眩晕，刚才那一下实在是太重了。哪吒直勾勾地盯着旁边那个大坑，突然蹲在地上大哭起来。甜筒用舌头把嘴边流出的血舔干净，无言地站在哪吒身边。

"我想要回长安城。我的爸爸妈妈都在那里，玉环姐姐和沈哥哥也在那里。我知道甜筒你不喜欢人类，可我就是人类啊，我就住在长安城。长安如果没了，我就没家了，就没地方去了。所以我一定得回去，怎么都得回去！"哪吒一边抽泣一边说话。甜筒无奈地看着他，这个小家伙的脾气倔强得很，上一次他为了帮自己解开锁链，居然只身去爬中央大齿轮塔。从那个时候开始，甜筒就知道哪吒不是个可以轻易改变主意的小家伙。

如果不是他这么倔，恐怕我现在还躺在龙尸坑里呢。甜筒心想，不由得露出一丝笑容，旋即叹了口气，对哪吒说道："好吧，你不要哭了，我这次会帮你，就当是回报你的恩情。"

"真的吗？"

"只限这次。"

哪吒擦擦眼泪，欣喜地抱住甜筒的腿。他突然意识到自己的态度转变得太快了，不好意思地看了一眼甜筒："刚才真的吓死我了，还以为我会死掉呢。"

"下次不要再做这么危险的事了。"甜筒用指甲的尖端在哪吒头上擦了擦，跟这个小家伙混久了，自己的行动也变得开始像人类了。

哪吒抬起头："那么，你会告诉我们消灭大孽龙的办法吗？"

甜筒的神情重新变得严肃起来："在担心大孽龙之前，你们人类还是先担心另外一件事吧。"

"什么事？"

"龙尸坑。"

天子从壶口瀑布安全地返回了长安城。虽然壶口瀑布现在已经乱成了一团，但天子有自己的紧急撤离通道。在白云观道士和御林军的严密保护之下，天子銮驾有惊无险地进入长安城的皇城。天子记得撤离前的最后一幕，是白云观的剑修发动了北斗周天剑阵，即将与大孽龙展开正面对决。

皇城里此时也已经陷入惶恐不安。四边的大门全部紧闭，城墙上到处有手持弩机和长剑的士兵。内侍和文官们怀抱着各种文书在宽阔的广场上来回奔跑，不时有人跌倒，被卫队长和武官匆忙扶起来。还有一些妃子和皇亲国戚聚集在一起，面带惊恐地交谈着，他们认为皇宫是最安全的地方，但现在看起来也不是那么保险了。

天子坐在晃晃悠悠的銮驾里，沮丧地闭上眼睛，绝望的情绪在心中滋生。他可没想到局面会变得如此糟糕，不由得对清风道长多了一丝怨恨。之前是他信誓旦旦地拍着胸脯说绝对不会有孽龙，现在反而出了一条最大的。长安城建立起来之后，还从来没碰到过这么大个的妖物，这对天子来说，实在是一种巨大的嘲讽。可是天子不能在公众场合露出任何动摇的情绪。他是一国之君，他的胆怯、他的惊慌和恐惧，会被臣民放大十倍，让整个长安城陷入极度的动荡。天子记得他登基前的最后一夜，父皇是如此训诫他的："长安是天子的意志，天子是长安的命运，你们两者共为一体。这是你的权柄，也是你的责任。"

天子想到这里，松开几乎被咬破的嘴唇，把手伸进怀里，握紧与自己形影不离的玉玺。它是长安城和自己的纽带，时时提醒着自己。"我一定要镇定，镇定。"天子对着马车里的镜子说。这时銮驾突然停住了，先是护卫的大声怒斥，然后是急促的脚步声。一名内侍在马车外大声道："启禀陛下，尉迟敬德求见。"

"尉迟敬德？他是天策府的指挥官，这时候难道不该在壶口和长安城之间布防吗？他怎么敢擅离职守，跑回城里来？"天子有些不满地想，可还是一挥手，让内侍打开马车的门。尉迟敬德半跪在马车旁，他身披重甲，脸色严峻。

"尉迟将军，你是来向我汇报前线战况的吗？"天子借这个问题淡淡地表达着自己的不满。

尉迟敬德摘下自己的头盔："不，陛下，是关于长安城内的。"

"哦？"天子眉毛一抬。

"现在长安城面临着巨大的威胁，请陛下尽快下诏疏散百姓。"

天子从銮驾上直起身来，他脸上的怒气愈盛："是谁要趁火打劫？"

"不，不是人类。"尉迟敬德急忙纠正，他的额头开始有汗水沁出来。"是龙。"

"龙？你是说在地下的那些龙？"天子现在对这个名字非常敏感。

"准确地说，是它们的尸体。"

听取了尉迟敬德的简短汇报，天子才大体搞清楚长安城出了什么事情。一直用来弃置龙尸体的龙尸坑，不知什么原因，里面的龙骸骨都复活了。这些可怕的东西拼接成形态各异的怪物，从坑底攀上弃置口。最先发现这个异状的是附近的一个地下龙的管理人员，他们派了保安去调查，结果全军覆没。等到管理局的人觉察到事情不妙通知城防部队时，这些龙形的僵尸已经彻底失去控制，顺着四通八达的通道朝着长安城蔓延，数条龙和几百名居民遭到攻击，管理局不得不下令封锁各个站点。

"我军主力全都布置在壶口瀑布和长安一线，留在城里的部队很少。那些龙骸骨突破地龙驿爬到地面，相信只是时间问题。"尉迟敬德毫不隐讳地把最糟糕的情况说出来。

天子铁青着脸："这一切都和大孽龙有关？"

"臣以为可能性很大。"

"龙僵尸到底有多少？"

"根据阻击部队的报告，这些龙僵尸很难被杀死。每次被打散之后，骸骨都会重新组装，可以说是源源不断。"

"那我换个问法，龙尸坑里有多少尸体？"

"自有地下龙体系以来，每次死去的龙都会运到那里去。我查过地下龙管理局的资料，少说也有几百条。"

天子"扑通"一下坐回到銮驾上——其实说是摔回到銮驾上更为准确——全身软绵绵地没有一丝力气。长安城的部队都在拼命阻击巨龙，根本没有足够的人手来应付这种事。他觉得自己没有别的选择，只能宣布放弃长安城。可是长安城里有那么多百姓，仓促中根本无法全部疏散。难道长安城只能在被孽龙毁掉和变成僵尸之国两者之间做一选择吗？天子心想。

"还请陛下尽快离开长安，晚了可就无法出去了。"尉迟敬德说。

天子艰难地转过头，他还没做出决定，突然听到一阵急促的钟声。钟声来自西边的城头，这说明有敌人从那个方向入侵皇城了。尉迟敬德听到钟声，眉头一皱，抽出佩刀护卫在天子身旁，大声对身旁的卫兵说："护驾！绝对不能让龙骸骨这么快就攻过来！"可他立刻就知道自己错了，城头的士兵高喊着，声音通过一个特殊装置响彻整个皇城："天空，敌人来自天空！"所有人都抬起头，他们看到一个巨大的黑影从天空盘旋而至，俨然是一条龙的形状。"是大孽龙！"有人惊叫起来。

可是这黑影没有大孽龙那么大，只是普通地下龙的大小。尉迟敬德在经过短暂的惊慌后，很快就恢复了镇定："弓弩手集合，朝天连射！快把皇宫里那几门防空炮调过来！只是一条龙僵尸而已！"御林军毕竟是训练有素的军队。他们按照尉迟敬德的吩咐，有条不紊地开始布防。一条龙还不足以让他们乱了阵脚。天子被几名内侍推着缩回马车里，他可不能冒这个风险。

龙的黑影越来越近，眼看就要进入射程了。一个小孩子的声音从半空传来："不要打！不要打！是我！我是哪吒！"

哪吒？尉迟敬德的神色有些疑惑，很快他就否定了自己的想法。这一定是那些龙僵尸的诡计！他举起手来，大声道："听我的命令，准备——"龙仿佛觉察到人类的敌意，一下子提升高度，飞到弓箭够不到的天空，不停地围着皇宫盘旋。

"可恶……如果天策府不是全体出动的话，只要一架飞机就够了。"

"尉迟将军，等一下！"一个女声从旁边传来。尉迟敬德不满地转过头去，想把那个干扰自己指挥的人抓出来。他看到玉环公主从那一群皇亲国戚里站出来，她穿着一身短装，扎着马尾辫，腰间还挂着一把宝剑，那双被誉为长安最漂亮的大眼睛正瞪着自己。

"玉环公主，请你不要打扰我护驾。"尉迟敬德怒气冲冲地说。玉环毫不示弱："您没听到吗？那是哪吒的声音啊，李靖大将军家的公子！"尉迟敬德面无表情地回敬道："我看到是一条巨龙试图闯进皇城。"

"那条龙是地下龙，名字叫甜筒。我见过它，它很温驯，对人类是无害的！"

尉迟敬德摇摇头："天子在侧，我可不能冒这个险。"今天出乎意料的事情太多了，他可不想再多一件。那条龙到底有什么意图，哪吒到底在不在，这些事情都不重要，他要做的就是把一切可能危及天子的风险都降到最低。尉迟敬德相信，如果李大将军在场，也会和他做出同样的决定。

玉环见尉迟敬德不为所动，情急之下跑到銮驾前，对着天子叫喊道："陛下，请你下令不要射击！他们现在要进入皇城，一定是有重要的事！"天子掀开帘子，疑惑地看着她。玉环想要靠近，却被侍卫死死拦住。

"这么说，这条叫甜筒的巨龙，就是你之前跟我提及的那条？"

这时隆隆的声音传来，三个梯形铁台从临时铺设的轨道上被士兵推到广场上来，每个铁台上都竖着三根狭长的炮管，炮管被涂着黑色，在阳光下闪着恐怖的光芒。这是保卫皇宫用的防空炮塔，每次可以把十五张符咒或弩箭送上一百丈的高空。三个炮塔齐射，足以把皇宫上空的任何生物都送到地府。因为太平日子过得太久了，这些武器都被锁在仓库里，要不是尉迟敬德，都没人想起还有这种防守的利器。士兵们跳进炮塔，开始调校角度。炮筒来回摆动，缺乏润滑的齿轮发出可怕的声音。天空的巨龙还在一圈一圈盘旋，它的高度足以避开弓弩，却在炮塔的射程内。只要炮塔设置好，它就要为自己的无知付出代价了。

玉环突然眼神闪过一丝厉芒，身形一转，突然出手。侍卫没料到她居然真的动手，被打了个猝不及防，三个人几乎在一瞬间倒在地上。玉环趁机从缺口冲进去，靠近銮驾。

"玉环，不要胡闹，冲撞銮驾是大罪。"天子拍着窗边，训斥道。

"陛下！您忘了我之前的警告了吗？"玉环喊道。

天子一愣，随即想了起来。玉环之前特意进宫劝过他，警告他还有大孽龙没消灭。当时天子不以为然，可现在回想起来，玉环还真没说错，她早就预言到了这种情况。不，不是她的预言，是她讲了一个故事，好像是和李靖家的公子，还有一条地下龙有关，那条龙叫什么名字来着？"甜筒。"玉环脱口而出。天子点点头，他想起来了。甜筒，那条警告说大孽龙仍旧存在的龙。玉环趁热打铁："现在天上飞的那条，就是甜筒。他很温驯，不会伤害人类。他和哪吒这么急切地跑来皇宫，一定有重要的事情。"

"我记得它已经被明月抓住处死了，对吧？"天子关于甜筒的记忆变得清晰起来。这条龙在第一条孽龙出现的时候，狂性大发，被白云观的明月抓住，判处死刑。

"是的，就是它！"玉环满怀希望地回答。

"可它现在还在天上飞得好好的。"

玉环不知道哪吒后来跑去哪里了，她对甜筒的复活同样感到不可思议。天子的脸色一板："无论它原来有多温驯，既然死而复生，说明它和地下肆虐的龙僵尸是同一种怪物，怎么能让它进入皇城呢？"玉环没想到自己的解释起到了反作用，一时语塞，不知道该怎么说了。这时尉迟敬德已经调试好了防空炮塔，准备对天空发射。玉环抓紧胸口，绝望地闭上了眼睛。

"快看！"一名宫女指着天空尖叫道。碧空之上，一个小黑点离开了龙背，朝着地面坠落下来。看这黑点的形状，似乎是一个人形，而且年纪不大。"哪吒？"玉环无比惊骇，这么高的地方，他跳下来就只有死！"不要射击，不要射击！"尉迟敬德也被眼前的局势迷惑了。只有哪吒跳下来的话，他可不敢随便开火。黑影滑落了一半的高度，突然在半空悬停住了。玉环再仔细一看，看到哪吒双脚各踏着一片龙鳞。龙鳞即使脱离了本体，也能听从使唤，何况哪吒体内还有一颗龙珠。

哪吒在所有人惊讶的注视下，足踏龙鳞缓慢地降落到地上，毫发无伤。他顾不得跟玉环打招呼，一溜小跑跑到天子的銮驾前，卫兵们没法对这么小的孩子动手，纷纷把探询的目光投向天子。天子挥挥手，表示并不在意。"陛下，我带来了解决龙僵尸和孽龙的办法，但是我需要您的配合。"哪吒仰起脸，一本正经地对至高无上的君王说道。

"哦？"天子眉毛一抬，很久没人这么直截了当地跟他说话了。

"长安城里还有一支大军，可以阻挡龙僵尸。"

天子急忙问道："在哪里？"

"那些地下龙。"哪吒信心十足地说。

"地下龙？"天子的目光一凛。

"是的，没人比它们更熟悉长安的地下通道，也没人比它们更熟悉同类的尸体和弱点。如果天子准许它们出击的话，龙僵尸们便可以很快被肃清。"

天子眯起眼睛："可这是有条件的吧？"

"是的，我需要陛下您的玉玺，去解开中央大齿轮柱上的锁链，把自由给予所有的龙。然后承诺再也不奴役它们，给它们永远的自由。这样，它们就会为我们而战。"

周围的人同时倒吸一口凉气，心想童言无忌，这小家伙还真敢说啊。旁边的尉迟敬德忍不住说道："陛下，不可啊！玉玺是长安城的中枢钥匙，中央大齿轮柱是长安地龙的运作核心，这都关系到长安城的安全啊！"天子微微露出苦笑，转头看向壶口瀑布的方向："尉迟将军，你觉得现在长安城还有安全吗？"尉迟敬德一时语塞，半天才嗫嚅道："可这毕竟是几百条龙，松开锁链，万一狂性大发的话……"

"不会的，它们都是我的朋友！"哪吒用清脆的声音反驳道，然后朝天空一指，"甜筒是我的朋友，其他的龙也是我的朋友，朋友不会害朋友的。它们想要的，只是自由而已！只是希望像甜筒一样，能自由自在地在天空飞翔！"

"你一个小孩子，懂什么！"尉迟敬德想开口训斥，却被天子拦住了。

"尉迟将军，如果我们不放开这几百条龙，能够阻止龙僵尸向城内蔓延吗？"

"呃……我会尽力。"

"我问能，还是不能？"

"……不能。"尉迟敬德的脸都涨红了。

"那么，多这几百条龙闹事，对我们来说又有什么区别呢？如果朕答应了，如果这个孩子没有撒谎，那么我们还有机会翻盘，这个险朕还是能冒的。"

"可是……！"

"不必再说了，这是朕的决定。"天子说到这里，仰天叹了一口气，"万一真的出了事，朕会亲自去地府向列祖列宗解释。"天子的眼神表明这是最终的决定，尉迟敬德只得弯腰表示遵从。天子从怀里拿出玉玺来，递给哪吒。他看到哪吒亮闪闪的眼神，不禁想到自己年少时。那时候的他，也对许多事情怀有信心。后来当了太子，每一个人都告诉他，你是未来的天子，行事要谨慎，说话要慎重，一定思虑周全。自那以后，这种鲁莽大胆的决定，他再也没碰到过。

"你可要小心保管，用完还给我。"天子叮嘱道。哪吒小心翼翼地接过玉玺，一拍胸脯，表示绝对不会把它弄丢。"把你的朋友叫下来吧，我也想见识一下。"天子抬起头，冲尉迟敬德做了一个手势。尉迟敬德还想劝劝，可还是放弃了，吩咐把炮塔的炮筒垂下来。甜筒谨慎地降落在皇宫前的广场上，傲然地睥睨着眼前的人类。天子不习惯被居高临下的眼神看着，他开口道："我会给予你们自由，你会帮我们，对吗？"

"你说错了，是把自由还给我们。"甜筒纠正他的说法。

天子没有生气："大孽龙的诞生，就是你们被禁锢、被奴役的怨念凝结而成的，对吧？"

"没错。你们人类的贪婪，才是这次劫难的根源。"甜筒可没兴趣讨好人类的君主。

天子沉思片刻，双手向甜筒恭敬地一拱："朕知道了。恳请……呃，甜筒先生能够不吝援手，拯救长安百姓，击退孽龙。一切罪责，皆由朕一人承担。"这个出乎意料的举动让甜筒也颇为吃惊。它摆动尾巴，避让开天子的施礼。

"我们不打算找任何人的麻烦，只要自由就够了。"

天子露出微笑："哪吒会带着玉玺去解开大齿轮柱的铁链，希望为时未晚。"

"你能做出这种决定，我很钦佩。"甜筒垂下头颅，学着人类鞠躬的模样。天子忍不住笑起来，虽然长安城里有几百条龙，但让一条龙心甘情愿地鞠躬，这让天子的虚荣心满足了不少。谁也没注意到，在皇城一处不起眼的角落里，一双愤怒的眼睛正盯着这一切。

第十二章

大孽龙 ————————

"甜筒，你是不是疯了？"趴在龙坑里的这群巨龙全都瞪大了眼睛，昂起硕大的头颅，用怀疑的眼神望着飘浮在半空中的甜筒。

得到皇帝的准许后，甜筒和怀揣玉玺的哪吒重新潜入地下通道，利用对地形的熟悉绕开肆虐的龙僵尸，来到中央大齿轮柱下的龙坑。那些巨龙正在惶恐不安地议论着地面发生的事情，甜筒和哪吒把它们召集到一起，把和人类合作的计划说给每一条龙听，这在龙群里掀起轩然大波。

"人类真的值得信赖吗？"雷公第一个发出质疑。

"也许又是一个什么奴役我们的新花样。"另外一条龙说。

"没错，我听说龙复活以后，脑子会变得不一样。"第三条龙附和道。

"再怎么说，孽龙也是我们龙族的产物，它和人类厮杀，跟我们有什么关系啊？"

饕餮做出了最后的结论："甜筒，你一定是在复活的时候，脑子还没完全恢复。"

甜筒对同胞们的这种反应并不意外，他完全能够理解它们的心情。等到大家都发表完意见了，甜筒转动着黄玉色的眼睛，平静地回答："我很正常，而且我也不是为了长安城的人类，而是为了哪吒。"大家把目光会聚到甜筒头顶上的哪吒。哪吒直起身子，用力地晃了晃拳头，什么都没说。巨龙们都知道，如果人类只有一个人可以相信的话，那么就是这个小家伙了。如果没有他冒死闯入龙尸坑，那么甜筒现在已经变成龙僵尸了。饕餮还情不自禁地舔了一下嘴唇，似乎在回味哪吒带来的零食的味道。

龙坑里陷入了暂时的沉默。雷公忽然喊道："就算你们说的是对的，我们也无能为力啊。"它用爪子钩了钩束缚在身上的铁链，发出哗啦哗啦的声音。这些粗大的铁链将巨龙与中央大齿轮柱紧紧地连接在一起，一刻都没有松开。哪吒从怀里取出那方华丽的玉玺，展示给所有的巨龙看："我已经和皇帝谈过了。他允诺把自由还给你们，来换取你们清除龙僵尸的帮助。我把玉玺带来了，马上就可以为你们松开锁链。"

巨龙们没有一起欢呼，它们疑惑地互相对视，眼神茫然。他们几乎从成龙那一刻开始，就与锁链为伍，难以想象脱离锁链是什么样的感觉。甜筒略带哀伤地看着自己的同胞，在半空盘旋了一圈，低沉的声音响彻整个洞穴："这意味着什么？你们还不知道吗？从此可以任意在天空飞翔，不必再被任何东西束缚。你们可以离开这个阴暗狭窄的地穴了！我们，自由了！"巨龙们这才意识到其中蕴藏的意义，不由自主地大声吼叫起来，吼一次不够，还要昂起脖子，挺起胸膛，痛痛快快地吼上好多次。有的龙泪流满面，有的龙双目放着异彩，它们心中差不多已完全磨灭的对自由的向往又重新燃烧起来。几百条龙一起昂首长啸，这场景何等惊人，整个穹顶都被震得簌簌抖动。

"我们开始吧。"甜筒对哪吒说。哪吒"嗯"了一声，把玉玺平托在手上。甜筒摆动着身躯，朝着中央大齿轮柱飞去。

中央大齿轮柱仍旧默默地转动着，无论外界局势如何变化，都无法影响到它的运作。铰链"咔咔"作响，金属阀门铿锵碰撞，不时有蒸汽从某一根管道喷泻而出，化为幽暗地下的一朵白云。

哪吒很快就看到了那间屋子。他曾经来过这里一次，还差点摔死。那个房间方方正正，镏金的大门上镌刻着一条五爪金龙和一朵牡丹花，通过密密麻麻的管线和机关与大齿轮柱相连。在大门的左侧，镶嵌着一块巨大的水晶石。水晶石暗淡无光，上面有一个矩形凹槽。哪吒从甜筒身上跳下来，把玉玺抱在手里，走到水晶石前比了一下，发现玉玺恰好可以放进凹槽里去。他回过头对甜筒兴奋地说："接下来，只要把玉玺放进这个凹槽，锁链就会解开，大家就可以自由了。"甜筒的表情看起来非常惊愕，哪吒不知道它看到了什么。这时，身旁一个冷冷的声音传来："无知的娃娃，你以为我会允许你做这种蠢事吗？"

哪吒悚然一惊，连忙转过头来，看到一个人挡在了水晶槽前。是清风道长！但这个清风道长，已经不是那个仙风道骨、从容镇定的清风道长了。他的发髻已散，雪白的头发乱糟糟地披在肩上，道袍被撕扯成一条条的破布，脸上黑一道、白一道，看起来异常狼狈。

哪吒和甜筒不知道，清风道长是被大孽龙从壶口瀑布上空硬生生打飞到长安城里来的。如果换作普通人，早就已经尸骨无存了，幸亏清风道长的功力深厚，居然奇迹般地活了下来。清风道长坠落的地方，正好是皇宫广场附近的一个角落。他受伤极重，根本无法出声求救，只能躺在那里让自己的真元慢慢恢复。清风道长修炼了这么多年，还是第一次败得如此狼狈，愧疚、恼怒、惊骇的复杂情绪流淌过他的脑海，但最终占据上风的是责任感。他是白云观的观主，整个长安城法力最为高深之人，如果他躺在这里萎靡不振，整个城市就会完蛋。

"浑蛋，我可不能这么待下去了！"清风道长感觉自己差不多恢复了两成实力，强行要求自己站起来，朝广场上望去。在那里，他恰好听见天子在广场上和哪吒、甜筒的谈话。谈话的内容让清风道长非常震惊，放开所有的巨龙？让它们协助保卫长安城？这简直太乱来了！简直是胡闹！清风道长怒气攻心，顾不得去找天子，勉强支撑起身体，尾随哪吒钻进地龙驿，来到中央大齿轮柱前。

"你知道你在做什么吗？"清风道长的双目都快燃烧起来了，"中央大齿轮柱是整个长安城的基石，把它的铁链松开，地龙系统就全毁了。"

"这是天子的命令！"哪吒大喊，他手执玉玺，朝前逼近。

"天子也是个糊涂虫！真正珍惜这座城市的，只有我们白云观——把玉玺给我！"清风道长毫不避讳地喝道，他把手里几乎掉光了毛的拂尘挥了一挥，一股强大的力量涌现出来，像是暴风一样吹过平台，哪吒差点摔下去。哪吒不明白这个固执的老头到底是怎么想的，现在龙僵尸在长安城肆虐，明明松开锁链是唯一的解决办法。他口口声声说珍惜长安，怎么连这点道理都看不透？清风道长看透了哪吒的心思，他冷笑道："非我族类，其心必异！这些龙都是畜生，是工具，人和畜生怎么可以同流合污！白云观开观几百年，可不会容许被这些孽畜玷污了仙名。"哪吒听到这句话，也生起气来。他抱紧玉玺，气势汹汹地大叫道："不许你这么说我的朋友！"

"李家的子弟，都是这么没教养……"清风道长话音未落，身子突然朝右边闪了一下，堪堪避过甜筒横扫过来的龙尾。原来是甜筒趁哪吒与他对话，想抓住机会偷袭。甜筒一击未得手，又张开大嘴，吐出一串高速压缩的音波。哪吒身怀龙珠，不会受影响，如果是普通人，就会被龙啸当场震慑，僵在原地不动。哪吒见甜筒发出龙啸，一猫腰，抱着玉玺就朝凹槽跑去。可惜他跑到一半，一根凭空出现的树藤突然缠住了他的脚踝，让他摔了个大跟斗。玉玺落在地上，翻了几个滚，然后被一只苍老的手捡了起来。甜筒急忙扑了过来，却一下子被两团火球击中，身子骤然扭曲。

清风道长把高抬的右臂重新放下，掌心还有青烟袅袅。他虽然受伤极重，但法力深不可测，不是这一条龙和一个小娃娃能抗衡的。他怀抱玉玺，冷冷地扫视着对面的两个生物："你错了，天子也错了，你们都错了。你们根本不听我的，长安城只有我是对的，只有我能拯救他们！"说完这句话，清风拂尘一挥，跳上一把飞剑，很快就消失在洞穴的黑暗中。

甜筒惭愧地垂下头："对不起，我没保住玉玺。"哪吒摇摇头："清风道长太强大了，不是我们能够对付的。"

"那么现在我们怎么办？"甜筒问。玉玺不在，就无法开启这间屋子。不打开这间屋子，就没办法替那些巨龙松绑，巨龙不恢复自由，就无法驱逐龙僵尸，整个长安城只能坐以待毙。哪吒意外地没哭鼻子，他皱着眉头，眼睛盯着脚尖，一句话也不说。甜筒在他身边无言地盘旋着，担心他被这件事打击太大。哪吒突然抬起头，眼睛里闪动着异样的神色。

"甜筒，我想到一个好办法。"

"嗯？"

"我以前经常跟父亲出去打猎，看到他们捉鸟是用一张巨大的网罩，从天而降，一下子把一大群鸟都笼罩住。那些鸟很惊慌，四散而逃，可谁也逃不出去。可有一次，我看到一群鸟被大网笼罩住以后，它们一起朝着一个方向飞去，那张大网很快就被撕扯开来，大家都跑掉了。"

"你是说……"甜筒在这方面有点迟钝。

哪吒一下子跳到甜筒背上，兴奋地挥舞着手臂："这里有几百条龙，如果大家齐心协力，一起拉扯，肯定能把中央大齿轮柱拽倒，那不就等于是松绑了吗？"甜筒眼睛一亮，这确实是一个好计策。龙族我行我素惯了，像这种整齐划一、高度组织化的行动，只有哪吒这样的人类才能想得出来。它不由得垂眼重新端详了一下这个小家伙："你真是个与众不同的人。"

"你也是呀。"哪吒微笑着回答。

他们飞快地飞回龙穴，把事情的原委说给巨龙们听。巨龙们对清风道长的行为纷纷表示愤怒，饕餮大声咆哮，威胁说以后有机会一定要尝尝白云观道士的味道。紧接着，甜筒把哪吒的计划向所有巨龙做了说明。巨龙们听了以后，觉得很新奇。雷公忧心忡忡地问道："这样能行吗？中央大齿轮柱是多么坚固的东西啊，光凭我们的力量，有办法把它扯倒吗？"

"不试试怎么知道？我们没有别的选择。"甜筒停顿了一下，又把声音提高，"其实这对我们来说，是一件好事。"巨龙们迷惑不解地看着它。"不是吗？我们被束缚得太久了，已经忘了我们可以飞翔，也忘了我们其实是无比强大的。我们是龙族啊，是这世界上最强大的生物，是最骄傲的生物。用玉玺松开铁链，那是人类皇帝赐给我们的自由。而我们如果亲自动手，自由则是我们自己争取来的。我们拥有如此强大的力量，难道还用等着别人来赏赐我们自由吗？"甜筒的一席话，让巨龙们都兴奋地吼叫起来，纷纷表示听它的。

这时，梅花斑提出了一个疑问："可锁链的伸缩都是按照班次排列的，有长有短，次序不一，我们很难在同一时间一起发力啊。"这个技术上的障碍，让巨龙们沉默了。地龙系统的运作，完全是依靠大齿轮柱的铁链伸缩来完成的，铁链伸出，巨龙开始发车，铁链锁回，巨龙开始回库。依照班次不同，每一条巨龙的铁链伸缩规律都是不一样的。于是这就陷入一个悖论，巨龙如果不松开锁链，就无法拉倒大齿轮柱，如果不拉倒大齿轮柱，就无法松开锁链。对于这个问题，哪吒也没什么好办法。他拼命地想啊想啊，但这对一个小孩子来说，难度实在是太大了。哪吒很着急，因为每耽误一刻，就会有更多的龙僵尸涌出地面，对长安造成更大伤害。

这时一个女声从旁边传来："这个问题就交给我们吧！"甜筒和哪吒一看，说话的居然是玉环公主。她站在龙穴的维修通道口，双手叉腰。玉环公主换了一身蓝色短装，看起来英姿飒爽。而且她不是一个人，身后还站着黑压压一大群人。哪吒注意到，站在最前头的是利人市驿的站长，其他还有十来个同样装束的人，估计也是其他站点的负责人。人数最多的，是一群头戴方帽、身穿绿衣的工人。哪吒记不清了，可每一条巨龙都知道，这些工人是负责照顾它们的清洁工，每天都会给它们清洁鳞片、提供肉食。这样一群人凑到一起，巨龙们觉得很新奇。他们平时与它们的交集只限于工作期间，也没什么交谈的机会。但如果说熟悉的话，他们大概是巨龙们每天接触次数最多的人类了。

"我奉天子的命令来协助你们。"玉环公主走到哪吒身边，一指身后的人群，"这些人也表示想要尽一份力。"

甜筒居高临下地问道："你们不怕我们吗？"

哪吒把甜筒的话翻译过去，利人市驿的站长走出来，矮胖的身子有点畏缩，脖子却很笔直："我们都是自愿过来帮忙的，我每天都注视你路过利人市驿至少五次，你是所有龙里最准时的一条。你被白云观的道士袭击时，我就在旁边看着，我相信你没有任何危害人类的心思，可惜我人微言轻……"说到这里他有些惭愧地抓了抓头发，"……所以希望能够亲自向你道歉。"

甜筒的目光从他头顶划过，落到那群清洁工身上："你们也不怕给我们恢复自由吗？"

清洁工们发出豪放、放肆的笑声："我们每天都为你们清洁身体，怎么会害怕呢？说实在的，在这个危急时刻，还是你们这些朝夕相处的伙伴更值得信任啊。"

巨龙们发出沉沉的低吼，不用翻译，所有人都能听懂，那是一种得到认同的感动。哪吒看看时间，急忙道："玉环姐姐，那你们打算怎么办？"玉环指了指站长："让专业人士来说明吧。"利人市驿的站长擦擦额头的汗水，开口道："中央大齿轮柱有一个总调度室，它无法打开铁链，但可以对铁链的运行进行微调。每年春节，地龙系统都会重新制订运行表，就是用总调度室进行调整。这是件很难的事情。"

"有办法总比没办法好！"哪吒催促道。

"事情没那么简单。"站长说，"这里有几百条巨龙，铁链的分布交错极其复杂，角度随时在变化，动一条就要牵动几十条，需要大量的计算，才能让所有铁链保持向同一方向产生拉力的角度。但是，这种状态只能持续半炷香，而且无法重现第二次——换句话说，能够让所有巨龙一起发力产生效果的机会，只有半炷香的时间。如果我们失败，将不会再有调整的机会。"周围无论是人还是龙都陷入了沉默。这种动作让天策府的飞行机师们来做，轻而易举。但巨龙们都是些懒散、欠缺组织性的生物，让它们在这么短的时间内一起发力，动作整齐划一，不能有任何误差，这可太难为它们了。

玉环公主说："我有一个办法，只是要看巨龙们的态度了……"哪吒一下子跳起来，兴奋地晃动拳头，催促玉环说下去。玉环指着清洁工们说："如果巨龙们肯让他们爬到头上去，每一条龙都配上一个人。这样我们只要指挥人类，就可以迅速把指令传给每一条龙。"

"就像飞行员和飞机一样，对吗？"

玉环点了点头。

"好棒！居然可以想到这样的办法，不愧是沈大哥的知己！"哪吒欢呼起来，周围的人纷纷把目光投向玉环，心里在想那个幸运的沈大哥到底是谁。玉环脸红得几乎被烧透，只得恨恨地踢了哪吒一脚。甜筒问了巨龙们，大家都没表示什么反对意见。背上爬人对骄傲的龙族来说，是不可接受的，但在这里的巨龙每天都要被几千人次的长安市民攀到身上，早就麻木了，所以对于背清洁工丝毫不觉得为难——何况人家是为了自己的自由而战。

计划确定以后，那些站长一起跑进中央大齿轮柱另外一个侧面的总调度室。没过多久，总调度室上方的蒸汽计算器开始发出巨大的轰鸣，大量蒸汽喷涌而出，还伴随着"呼哧呼哧"的杠杆和阀门声。看来计算量相当大，隐约有红光从锅炉里闪过。随着总调度室的计算器轰鸣，巨龙们感觉到铁链也开始变化，有些伸长，有些缩短，有些还间歇抖动。在哪吒眼中，这就像是一只看不见的手在玩一个极其复杂的大魔方，不断转动。

当然，清洁工们也没闲着。他们在玉环公主的指挥下，一一爬上巨龙的头顶，找一个既方便跟巨龙交流，又方便看到信号的位置。雷公很挑剔，选了半天都没选中合适的操作者，最后还是饕餮强行把一个胖胖的家伙叼过去，它才勉强地接受，还不忘警告那个胖清洁员不许放屁。疯狂的计算持续了半个时辰，原本盘结纠缠的锁链居然慢慢分开了，就好像蜘蛛网被一丝丝解开的样子。锁链发出"当啷"的声音，有的伸，有的缩。很快，所有巨龙都感觉到锁链的长度在趋同。随着一声巨大的"咔"声响起，所有的锁链都凌空挺直，如同无数黑色的平行线集中在中央大齿轮柱朝向龙穴的一侧。站长满头大汗地从总调度室里跑出来，双手做出一个确定的手势，同时举起一块木牌，上面写着"壹佰"两个字，意思是从现在开始倒数，如果木牌上的数字数到零之前，还不能拽倒中央大齿轮柱，那么他们就一点机会也没有了。玉环公主毫不犹豫地敲响手里的一口小铜钟，大喊一声："起！"

　　一个无比壮丽的景象在哪吒面前显现，许多年后，哪吒仍旧记得当时的样子。几百条巨龙，背负着几百个人同时腾空而起，掀起强烈的气流。辽阔的地下空间一下子变得狭窄无比，哪吒眼前密密麻麻都是巨龙的身躯和绷直的铁链，活力与焦虑的情绪在穹顶来回碰撞。即使是在外面的天空，恐怕也不曾有过这么多龙同时齐飞的奇景。骑在龙头上的清洁工仔细地观察眼前的铁链，确保巨龙拉动铁链的角度和力度没有错误。当牌子翻到"捌拾壹"的时候，最后一名清洁工点起火把，表明自己已经就位。整个过程有条不紊，全亏了玉环公主的调度和指挥。玉环公主没有丝毫犹豫，连续两次敲响铜钟。钟声在一瞬间传遍整个地下空间，清洁工们俯在巨龙耳边发出指令，巨龙们齐声发出咆哮，身躯整齐划一地朝后飞去。它们与大齿轮柱之间的铁链骤然绷紧，被拉扯得笔直，铁链的环扣之间发出低沉的金属摩擦声。

　　中央大齿轮柱从来没有在同一方向遭受过如此大的拉力，柱上原本转动如飞的齿轮霎时停顿了一拍，粗大的精铜柱体发生了肉眼可见的轻微晃动，仿佛是被吓到了。可是，晃动了几下之后，中央大齿轮柱决定继续运转，刚才的拉力没有造成什么特别的影响。玉环公主眉头一皱，再度举起铜钟，示意大家再试一次。几百条巨龙又一次向后飞去，拉扯着铁链，抱着把大齿轮柱拽倒的决心。这一次的拉力比上一次还要强，中央大齿轮柱的晃动幅度更强烈了，但它实在太大太重了，几百条巨龙的决心和力量仍旧不足以把它扳倒。先是一条龙，然后是十几条、几十条龙相继泄了气，力道一弱，便再难聚合起来。第二次尝试又失败了，巨龙和人类的叹息布满穹顶。

木牌的数字已经倒数到了"贰拾"，站长焦虑地挥动着手臂，剩下的时间只够再做一次尝试了，可巨龙们已经灰心丧气。太久的地下生涯把它们身体内的激情全都磨灭了，很容易失望，却很难奋起，突然要求它们重新燃起对生活的希望，鼓起抗争的勇气，实在是勉为其难。玉环公主急了，可是她对此束手无策。哪吒情急之下，踏上甜筒的身躯，催促它飞上半空。哪吒的脸色涌起一片绯红，紧接着一束耀眼的圆球状光芒从他胸前绽放。甜筒惊道："哪吒，你要做什么？"它知道这光芒从何而来，那是哪吒体内的龙珠突然爆裂。龙珠是巨龙的精华，拥有者可以与龙在心灵上直接沟通。哪吒选择让它在体内爆裂，便可以在一瞬间让自己的声音直接传到每一条龙的脑海中。这个时间不长，只有短短一瞬，只够说出一句话："飞翔，明明就是你们的命运啊！"

这一句话，如同赤红色的凶猛电流，瞬间让所有巨龙的神经都颤抖起来。童稚的声音，激起来的是巨龙们猛然的咆哮。这疾风怒涛般的怒吼，从几百条龙口中发出，会聚成了一股剧烈的气流，风起云涌，就像是真龙降生时的天地异变，整个洞穴为之颤抖，仿佛无法承受这沛然莫御的浩荡龙威。与此同时，巨龙们做出了第三次努力，每一条龙都瞪大了眼睛，让生命燃烧起来，拼命拉扯着铁链。有的巨龙被勒得发出痛苦的呻吟，有的巨龙甚至被勒出血，但没有一条龙退缩。站长们和清洁工不约而同地齐声呐喊，为巨龙们加油，他们现在也只能这么做了。数字牌慢慢地倒数着，数字已经显示到了"伍"。

中央大齿轮柱的金属躯体终于开始倾斜。

"肆"。大齿轮柱的基座发出尖厉的摩擦声，似乎心有未甘。

"叁"。铁链都绷紧到了极致，巨龙们的力量也已经发挥到了极点。"锵"

的一声，中央大齿轮柱躯体上一个不起眼的小齿轮弹了出来，叮叮当当地落在地上。

"贰"。小齿轮的空缺让四周的齿轮发生了空转，也相继噼里啪啦地弹离柱子。就像是瘟疫一样，无数齿轮飞散开来，像是放了一个金属烟花。

"壹"。失去了大量齿轮的中央大齿轮柱变得薄弱，它在巨大的外力拉扯下，终于朝着一侧不可逆转地倾倒而去。

"零"。大齿轮柱的机能在最后时刻仍在发挥作用，铁链们按照预估的时间开始收紧，自动调节。可这只持续了不到半秒。已无法挽回局势。巨大的金属柱体已经被几百条铁链拽离基座，以磅礴而无奈的气势轰然倒地。整个洞穴为之震颤。

成功了！支撑着整个长安城的大齿轮柱，束缚巨龙们的核心象征，再没了睥睨天下的气魄。巨龙们仰天长啸，人类把帽子高高抛起，两个种族齐声欢呼起来。

哪吒从昏迷中醒过来。他幼小的身体还不足以承受龙珠的爆炸，受创不浅，一直到现在浑身都软绵绵的，一点力气都提不起来。哪吒勉强抬起头，看到曾经喧闹无比的地下洞穴居然空荡荡的，只剩下一根中央大齿轮柱横躺在地上，不时还有齿轮弹出来。哪吒一骨碌爬起来，发现自己正躺在玉环公主怀里，甜筒则趴在旁边，满是关怀地望着自己。哪吒一低头，发现自己身体里居然还有一颗龙珠。

"饕餮的那颗龙珠被你爆掉了，他大概会很生气吧。我把我的龙珠补了进去，不然你可没这么快就能醒过来。"甜筒说。

"谢谢你。"

"该说谢谢的是我。我们第一次相遇的时候，我可没想到你能为龙族做到这个地步。"甜筒望着倒塌的大齿轮柱，感慨地说。

"对了，其他人呢？"哪吒环顾四周。

玉环公主指了指穹顶上那些地龙通道："就像我们约定的那样，巨龙们都前往长安城的地下通道网络，去消灭那些龙僵尸了。这些巨龙的力量很大，对地形也特别熟悉。它们每一条都带着一位站长或清洁工，组织龙群分别进行合击。"

"玉环姐姐，你真像个将军。"

玉环公主得意地抬起下巴，这可比夸她美貌更开心。可她的表情突然一下子变得古怪起来，不由得捂住心口，眉头微蹙。哪吒问她怎么了，玉环摇摇头，说不知道，可不知为什么总觉得心慌，仿佛有什么不祥的预兆刺进胸口。

"是大孽龙。"在一旁的甜筒沉声道。哪吒一下子想起来了，那个家伙才是对长安城真正的威胁。现在长安城的守军大概还在拼命阻止吧？一想到这里，哪吒一下子变得口干舌燥。他惊慌地望向玉环公主，她也以同样惊慌的眼神望向他，一个可怕的猜想，两个人都不愿意说出口。甜筒通过龙珠，轻易地感觉到了哪吒的内心。它叼起哪吒放在头顶，然后飞离洞穴，朝着长安城外飞去。

第十三章

向着怨恨的源头飞去 —————————

明月悬浮在半空，振起一身法力，他的佩剑发出铮铮声响。在他身旁，七位白云观剑修已经各自踏在北斗七星之位，他们周身浮现起星光，意味着北斗周天剑阵已经完成。这个剑阵是白云观最强大的剑阵，位于中央之人会吸收北斗七星的力量，破坏力会放大数十倍，即使是清风道长也无法抵御这个剑阵的威力。只有这条孽龙，才配做北斗周天剑阵的第一个猎物。明月不无自豪地想着，掐动法诀，准备动手。这时一位剑修提醒他说："离位，有飞机接近。"明月不满地"嗯"了一声，好像一位被不速之客打扰了婚礼的新郎。他略微转过头去，看到远处的天空密密麻麻地出现无数黑点，还伴随着低沉的嗡嗡声。不用细看他也能猜得出，这是天策府空军。数量可真不少，目测大约有几百架。"看来他们慌了手脚，倾巢出动了。"明月冷笑一声，"可惜他们注定是徒劳无功的——传我命令，发动剑阵！"

　　"不用等空军配合吗？"

"白云观什么时候需要仰仗别人的帮助？"明月淡淡扔下一句话，开始操控飞剑朝前飞去。其他七位剑修不敢怠慢，也祭出自己的飞剑，吟诵法诀。八道流星的轨迹会聚成勺子的形状，整个北斗剑阵倏然发出璀璨的星光，又会聚到中央，让明月幻化成一把巨大无比的灵剑。灵剑的进击犀利无比，一下子就斩入了大孽龙的脖颈。明月眼神一凛，咬破舌尖喷出鲜血，拼尽全力大喝一声。灵剑再接再厉，一口气把大孽龙的头颅斩了下来。就在明月以为大功告成之时，无头的龙身和龙头却重新化回无数道黑色孽气，在天空四散而逃，灵剑登时失去目标。很快这些孽气再度会聚，重新凝结成龙身。

还没等明月进行第二次攻击，被激怒的孽龙猛地弹起身子，撞向剑阵。刚刚还缥缈如烟的身躯，此时却坚硬如攻城锤一般。北斗周天剑阵胜在法力充沛，却无法抵御强大的物理冲击。明月只觉被一股巨大的力量正面冲撞，眼前一黑，身子朝着空中远远地飞去。明月勉强睁开眼睛，看到漫天都是飞剑的碎片，他的七位师兄弟如同被人丢弃的人偶娃娃一样，朝地面直挺挺地坠落。白云观最引以为豪的北斗周天剑阵，居然连大孽龙的一次冲撞都没顶住。

"该死……"明月闭上眼睛，喃喃说道。他本以为自己也会从半空跌落，摔死在地上，突然背部撞到了什么东西，虽然撞得生疼，却阻住了他的落势。明月重新睁开眼睛，看到自己落在一架飞机的宽大翅膀上——准确地说，是被飞机接在自己的翅膀上。明月向驾驶舱望去，戴着护目镜的沈文约向他比了个手势。沈文约这回带来的是天策府全部的空中力量。正如明月所说，他们是倾巢出动了。这是天策府最强大的也是最后一批战机，他们个个都是王牌飞行员，经验丰富。机师们看到了北斗周天剑阵被大孽龙击溃的全部过程，却没有一个人后退。

当机群进入大孽龙攻击范围的一瞬间，天策府的空军机师们同时摆动右侧机翼，然后释放出一阵金黄色的烟雾。这是天策府飞行信号中最重要的一个：绝不后退，至死方休。天策府的空军开始了无比强势的突击，宛如一群马蜂扑向偷蜜的狗熊，拼命要守护自己的家园。可是大孽龙实在是太强悍了，符咒和弩箭打在它身上，仿佛挠痒痒似的。充满斗志的空军缺乏有效的攻击手段，只能不停地骚扰，不停地盘旋。这是一场必败的战斗，不断有飞机被孽龙的爪子拍下天空，有的飞机索性迎头朝着孽龙撞去，在漆黑的龙鳞外撞出一团绚烂的火花。也就半个时辰的光景，几乎所有飞机都被击落了。

现在在壶口瀑布与长安城之间，触目皆是滚滚硝烟，大路两侧遍布着飞机的残骸和曾经是火炮阵地的废墟。天空上只有寥寥无几的黑点在盘旋着，与之相对的，一条黑色的大孽龙在半空飞行着，它的体形非但没有减小，反而变得更大了，几乎遮住了半边天。它就像是一片乌云，黑压压地朝长安城压去。沈文约紧握住操纵杆，操纵着残破不堪的座机挡在孽龙面前。在他身边，是同样狼狈不堪的明月，他失去了一条手臂和飞剑，所以只能勉强站在沈文约的机翼上，脸色奇差。这就是在大孽龙和长安城之间的全部战力。

"哎，没想到最后居然是和你并肩作战。"沈文约大发感慨。

"害怕的话还是快滚吧。"明月表情仍旧阴冷。

沈文约一推操纵杆，遗憾地咂了咂嘴："作为临终遗言，本该更帅气一点才对，可惜没时间想了——你有什么好主意吗？"

"少啰唆。"

"这个不错！"

在对话进行的同时，一架飞机和一位剑修，朝着大孽龙义无反顾地冲去。无论之前有多大的分歧，此刻也都不重要了。在长安城和大孽龙之间，他们是仅存的保护者，每个人都在尽自己的职责。沈文约和明月不约而同地闭上了眼睛，他们清楚，这将是一次必死的攻击。

"快停下来！"一个焦急的童声突然冲入沈文约和明月的耳中，两个人同时一怔，随即分辨出来这是哪吒的声音。"你们快停下来！"哪吒焦急地催促道。

沈文约急忙一拉操纵杆，飞机在大孽龙前画了一道漂亮的弧线，掉转了方向，顺便把失去飞剑的明月再度接住。他们看到，远处有一条龙从长安城的方向朝着壶口瀑布急速飞来。当龙飞近以后，沈文约和明月都看清楚了，这条龙是甜筒，而站在龙头上的小家伙，正是哪吒。哪吒的胸口闪着光芒，显然刚才是用龙珠在跟他们通话。

"哪吒？你怎么会……"沈文约惊讶地问道。

哪吒急切地喊道："你们快退后一点，不要让玉环姐姐担心。大孽龙就交给我和甜筒吧。"沈文约一怔，明月却是嘴角微撇，两人异口同声地说道："你们两个能做什么？"

"当然是干掉大孽龙啦！"哪吒信心十足地回答，然后又迅速低下身子，对甜筒道："我说的对吧？你一定有办法的，对不对？"

"嗯……"甜筒望着翻腾的大孽龙，眼神有些复杂。

沈文约还想多问一句，明月却眉头一皱，沉声道："它又开始移动了。"众人都朝大孽龙看去，只见它身子伸平，再度朝着长安城的方向开始移动。刚才那些捣乱的小苍蝇耽搁了不少时间，现在周围已经清静下来，孽龙凭着本能的怨恨，向着怨恨的源头飞去。这一次，再也没有什么力量能挡住它了。

"甜筒！我们要怎样做？"哪吒摸着龙角，催促道。

"它连我一剑都受不住，指望它去干掉孽龙，别开玩笑了！"明月怒喝道。哪吒想要呵斥他，但看到他的断臂和苍白脸色，又不忍开口。这时甜筒缓缓道："这个人说得不错。我的力量根本敌不过正常的大孽龙。" 哪吒立刻翻译给其他人。沈文约一边努力控制着飞机的姿态，一边探出脖子去问道："那你们打算怎么干？"

甜筒道："这一条大孽龙，和普通的孽龙相比有一点特别之处。你们都知道，孽龙是怨念的集合体，是我们这些龙被擒获之前撕下的逆鳞组成的。所以大孽龙没有器官，它的身体里充盈着逆鳞散发出的怨气。"沈文约和明月回想起来，大孽龙全身覆盖的墨色鳞片，确实和寻常的龙不一样，鳞片披挂的方向都是相反的。换句话说，这是一条全身都是逆鳞的龙。两个人脑海里同时浮起惊叹，得要多少条龙的怨念逆鳞，才能拼凑出这么一头怪物！甜筒继续道："孽龙的形成都是从一片逆鳞开始，通过吸引周围的逆鳞和怨气，逐渐成长的。所以每一条孽龙都有一片核心，那就是它最初的逆鳞。"

哪吒听出了一点端倪，眼睛瞪得滴溜圆。甜筒点点头："不错。这条孽龙的核心逆鳞，正是当初我被你们人类抓起来时撕下的那一片。某种意义上来说，我就是那条孽龙，那条孽龙就是我。这就是为什么我对它的感应最为强烈。一看到它，我当初的记忆就全回来了，那时候为了反抗人类，我把自己的逆鳞撕扯下来，可真是疼啊……"

甜筒的表情发生了古怪的变化，仿佛陷入了回忆。"然后呢？"明月问。他对这个悲惨的故事没有兴趣，他只想知道如何消灭孽龙。"只要把这片逆鳞从孽龙身上剥离，它就会消散，这很简单。"甜筒停顿了一下，又补充道，"不过能分辨出哪片逆鳞是核心的，只有我——即使是我，也只能飞近它经过仔细观察，才能找出来。"半空中一阵沉默。大孽龙身躯庞大，身上的逆鳞何止千片，而且又通体漆黑。想从它身上找到那片核心，难度相当于从一车稻草里找出一粒麦子。更何况大孽龙无比狂暴，怎么会容忍甜筒凑近它的身体，一片片慢条斯理地寻找？甜筒看到人类都沉默了，神情越发淡漠："所以，人类，如果你们不想让长安毁灭的话，只需要做一件事，就是钳制住大孽龙，别让它乱动。"

这是一件很简单的事，但同时也是一件极难的事。如果北斗周天剑阵或者天策府空军主力还在的话，勉强还能做到。但现在长安的守备力量损失殆尽，这已经成了一个不可能完成的任务。

"非我族类，其心必异。我怎么知道你不会和大孽龙同流合污，合为一体来为害长安？"明月质问道。甜筒轻蔑地摇摇头："我不与它合体，只要袖手旁观，你觉得结局会有什么不同吗？"明月被一条龙说得哑口无言，沈文约哈哈大笑起来："说得好！不过甜筒啊，刚才你有一点可说错了。"

"什么？"

"你是一条龙啊，只有爪子呀，怎么能做出'袖手旁观'的动作呢？"沈文约的话，让甜筒和负责翻译的哪吒都哈哈大笑起来，紧张的气氛稍微缓和了一点，只有明月铁青着脸不吭声。沈文约拿起酒壶一饮而尽，然后把酒壶丢下天空："这个任务就交给我吧。我最近跟孽龙可着实打了好多场，发现比起弩箭和符纸，螺旋桨对孽龙的伤害更大一点。而且根据我的观察，孽龙的腹部似乎是最敏感的区域，之前针对那里进行的攻击，孽龙的反应都会迟钝一下，虽然时间很短，但确实是迟钝了。"

哪吒道："沈大哥，你要做什么？"

沈文约挥了挥手："凭着我出神入化的驾驶技术，只要设法让飞机撞到它的腹部，多少就能拖延一会儿。未必够用，但总比没有好。"

"那你岂不是也要死吗？这不行！玉环姐姐会伤心的！"

沈文约摘下护目镜，哪吒这时才发现，他的双眼和脸上都是干涸的泪痕。"我的战友全都战死了，如果我还能飞却没有继续战斗，怎么对得起他们，怎么配得上我大唐第一机师的名号？"哪吒急得不知该如何劝解才好，他不希望沈大哥去送死，可是也明白这些飞行员的骄傲和悲伤。甜筒对此则保持着淡漠的神情，看着大孽龙在空中缓慢而坚定的移动。它只是为了哪吒才来的，对其他人可没有任何照顾的义务。这时明月的声音再度响起："让丧失了战斗力的废物去执行计划，那是一种浪费。"

"阁下有什么高见？"沈文约斜眼。他并不生气，经过刚才的事情，他知道对方在保护长安方面，哪怕牺牲性命也毫不含糊，对明月的臭嘴也就宽容以待了。

明月从脖子上取出一串项链，项链的中心是一块大雁形状的晶莹玉片："这是只有白云观高阶弟子才有资格佩戴的雁佩。我的师尊清风道长可以通过这个，得知佩戴者身边的情况。"

"你还指望那个糟老头啊？他不是被孽龙一尾巴砸飞了吗？"沈文约说。哪吒和甜筒却对视一眼，清风还活着，而且还跑到地下抢走了玉玺。明月难道还指望这个疯老头子来帮忙？明月把玉佩拿近耳边，仔细倾听。鸿雁玉佩闪耀起一道光芒，然后暗淡下去。明月抬起头，对甜筒高傲地说："清风师尊会给你创造足够的时间，你不要笨手笨脚把事情搞砸，辜负了他的心意。"

沈文约抢在哪吒前头问："那么，他要怎么阻止呢？再组一个剑阵吗？"

"白云观内，北斗周天剑阵是最强大的武器……"明月慢慢说道。

沈文约嘴一撇，心想，这玩意儿刚刚被孽龙打散，还有什么好吹嘘的？可他还没开口，就听到远处的长安城发出一阵震耳欲聋的震动。大家看看方向，发出震动的是骊山方向，那里是白云观的所在。明月继续道："可它仍旧比不过白云观本身。"说到这里，明月勉强在机翼上站起来，遥向山门单臂稽首。

随着明月这一拜，整个骊山"哗啦"一声从中间裂开，像巨人张开了大嘴，露出一个火山口一样的垂直大洞。山上白云观的诸多建筑群开始发出"嘎吱嘎吱"的声音，大殿偏移，山墙翻动，地面的一排排垂松缩入地洞，石级一层层地折叠起来，露出里面黑黢黢的齿轮和杠杆。数百处矗立在骊山各处的黄铜香炉，同时喷出灼热的蒸汽，立刻让整座山变得烟雾缭绕。没过多久，蒸汽散去，一个顶天立地的巨大力士矗立在长安城边。白云观的主殿化为躯干；真武殿、三清殿、昊天殿、玉皇殿组成了它的四肢；头部是一尊巨大的铜鼎，铜鼎顶部架起高耸的山门，远远望去形状如同天子的平天冠。

　　所有人都看傻眼了，就连甜筒都为之动容。谁能想到，一贯崇尚道法自然的白云观，居然在风光秀丽的骊山之下，藏了这么一个东西——不，准确地说，不是藏，而是分解。整个白云观，根本就是由这个力士的身体组成的！只不过平时当成了建筑使用，没人看出端倪。"这个老杂毛……"沈文约只剩下这句感叹了。

第十四章

我们一定会再见面的 ————————

白云观力士笨拙地动了动手脚，然后身体里的诸多大殿突然变得流光溢彩，平时悬挂在殿内的各种灵宝、法器和神像都发出各色光芒，丰沛的紫色法力扶摇直上，贯入头部的大鼎。大鼎陡然放出金黄色的光芒，高力士发出一声尖啸，缓缓腾空而起，在半空略微调整了一下姿态，朝着壶口瀑布飞来。这些东西平时都是作为镇殿之宝而存在的，这时候才真相大白，原来它们只是力士的驱动器。贯入法力之后，力士的飞行速度可比大孽龙快多了，转瞬就飞临瀑布上空。到了这时候，沈文约、哪吒和甜筒才亲身感受到这家伙到底有多巨大，压迫感有多强。要知道，那可是整整一座骊山黑压压地飞临自己的头顶。

　　"喂，你们白云观藏着这么好的东西，怎么开始不拿出来？"沈文约仰起头，长大了嘴巴。

　　明月难得地露出苦笑："这东西叫作高力士，是一次性的超大型法器，激活它的代价相当大。白云观这几百年吸纳的天地灵气，只能支撑它活动半个时辰。

然后白云观所有的灵宝与法器就会变成废品，所有的建筑都会坍塌。换句话说，高力士活动半个时辰的代价，是整个白云观的消失。"说完他叹了口气。清风道长一直处心积虑谋求白云观在长安的地位，这次激活了高力士，之前的努力全部付诸东流。可若不出动，长安城只怕不保。在长安城和白云观之间，清风道长还是毫不犹豫地选择了前者。

沈文约沉默不语，这代价可谓是相当巨大。明月又道："高力士是长安城最后的防线，想要启动它，非得要我师尊本人和天子的玉玺。若不是大孽龙实在太凶暴，师尊恐怕也不会下这么大的决心。"哪吒听到"玉玺"两个字，面露恍然之色。原来清风道长潜入地下去抢夺玉玺，并不只是为了阻止哪吒放开巨龙，还要拿到玉玺，驱动长安城的终极力量。他抬起头，发现清风道长正站在位于高力士头顶的巍峨山门之前，迎风而立，袍角飘飞，全无方才的狼狈之相。

明月迎上前去，对师尊言简意赅地讲述了当前情形。清风道长也注意到了哪吒，但他只是略微低下头，冷冷地"哼"了一声，声音通过高力士胸口的扩音器在众人头顶响起："明月，你觉得他们所言逆鳞之事属实？"明月轻蔑地瞥了哪吒一眼，拱手道："师尊，他们是一群笨蛋——不过笨蛋不会撒谎，此事应该是真的。"

哪吒恼怒地大声道："甜筒不会骗人的！"

清风道长露出不屑的神情，袍袖一挥："它与孽龙系出同种，所言未必属实。不过老夫为长安生灵考虑，只好做此一赌。等下老夫会制住孽龙片刻，尔等务必尽快找到那片逆鳞。若耍半点花样，老夫绝不轻饶。"他说完以后，高力士忽地又提升了几分速度，朝着大孽龙而去。明月转过脸，面色有点古怪："这是师尊在以他的方式道歉。"

沈文约看了一下仪表盘，飞机的动力不多了。他开口道："别耽误时间了。我把哪吒和明月送去安全的地方；甜筒，你趁高力士缠住孽龙的时候，去找逆鳞。"

"不行，哪吒必须跟着我。"甜筒道。

"难道你想拿他做人质吗？"明月狐疑地质问道。沈文约也帮腔道："他只是一个小孩子，能有什么用？"哪吒从龙头上跳起来："沈大哥、明月道长，你们不要说了，我愿意跟甜筒去！"沈文约急忙道："我知道你跟甜筒的感情。可是那里太危险了，若是伤到你的性命怎么办？你又发挥不了什么作用。"这时，哪吒表现出了前所未有的倔强，他抓紧龙角，紧抿嘴唇："我就是要去！"沈文约和明月还要阻拦，这时另外一个声音在地面上响起："哪吒，你去吧。"

他们同时低头，看到大将军李靖站在地面的高地上，手持宝剑，全副武装，一动不动地望着天空。他身边还有一部分神武炮兵，调校好了炮口，严阵以待。李靖的头盔不知掉到哪里了，但神情仍是那么坚毅："我们李家的子弟，没有贪生怕死的。哪吒，我准许你去把胜利带回来。我会在这里指挥剩下的神武炮兵，为你和清风道长做掩护。"

哪吒的父亲都准许了，其他人无话可说。沈文约默默把头上的护目镜摘下来，戴在哪吒脑袋上。明月迟疑了一下，取出鸿雁玉佩，挂在哪吒脖子上："这东西有浮空之用，好生使用，回来还我。"

　　远处的空中传来巨响，高力士应该是和孽龙缠斗起来了。已经不能再耽搁了，于是沈文约载着明月朝后方飞去，而甜筒驮着哪吒义无反顾地朝大孽龙的方向冲过去。甜筒从来没飞得这么快过，风压让哪吒几乎抓不住龙角。幸亏有沈文约的护目镜，他才勉强能看清前面的情况。

　　前方的壮观景色，让哪吒这一辈子都忘不了。一个闪烁着金光的巨人和一条巨大的黑龙正在舍生忘死地搏斗着。黑龙咆哮着缠在巨人身上，试图用黑色躯体碾碎对手。巨人伸出沉重的手掌，抓住黑龙的头和肢体，要把它们从躯干上撕扯下来。黑色与金色交错着搅起一片可怕的旋涡，连周围的云彩都被压迫、被撕裂。他们即将飞近战斗空域时，风变得非常大。哪吒趴在甜筒耳边大声喊道："等消灭了孽龙，我去买一百个甜筒给你。"甜筒微微摆动龙头，引吭一吼，一人一龙露出默契的微笑。比起那两个庞然大物，甜筒只算是一只小苍蝇。它一进入战斗空域，就立刻被狂风吹得东摇西摆。哪吒不得不藏在他的鳞片内才没被吹走。地面上的神武火炮突然喷射出火舌，这些仅存的火炮在李靖的亲自指挥下，表现出了极高的精确度，没有一发炮弹击中甜筒，全部都命中孽龙翻滚的身躯，让紊乱的气流为之一顿。

　　清风道长抓住这个机会，操纵高力士伸开双臂，把大孽龙紧紧搂住。大孽龙愤怒至极，拼命挣扎，可高力士此时全力开动，头顶巨鼎拼命吸收身体各殿的法力，以最高功率不管不顾地疯狂运转。即使是大孽龙，一时半会儿也挣脱不开。"看你们的了！"扩音器里的清风道长仿佛老了几十岁，连声音都没那么洪亮了。甜筒双目骤然亮了起来，如同两只火把，在黑雾中拼命寻找。它能感应到，自己的逆鳞就在附近，可要精确定位可不是件容易的事。大孽龙的身体虽被钳制住，仍旧能够张牙舞爪。甜筒数次被大孽龙的龙爪砸中，留下几道漆黑的伤痕，险象环生。甚至有一次，甜筒被龙须狠狠地扫中一记，飞出去好远。

"你们还没找到吗？"清风道长焦急地催促道。高力士的运转已经接近极限了，刚才的疯狂拼命让它的法力消耗极快。本来可以坚持半个时辰，现在只怕再有半炷香就见底了。甜筒没有回答，它正在全神贯注地搜寻着。奇怪的是，明明感觉近在咫尺，可就是无法找到，每一片都不是。它有些焦虑，但焦虑只会让它的搜索更加缓慢。哪吒数次想探出头来帮忙，可是他什么都做不了。大孽龙是巨龙失去自由的怨气所生，所以对禁锢自己自由的东西尤其痛恨。此时它对高力士的愤怒终于达到巅峰，周身一振，发出一声尖厉的嗥叫，原本坚逾金石的身体倏然化为黑气，从高力士的怀抱中分散飘开。

高力士本来运起了全部能量与之对抗，陡然失去了目标，巨大的身躯不由得朝前倾倒。孽龙的身躯迅速在不远处重新凝结，龙尾对准高力士用力抽去。凌厉的巨力敲在失去了保护的力士背后，山石爆裂，组成背部的两座道殿"哗啦"一下坍塌成一片废墟。清风道长还想要操纵高力士转过身来，可巨人头顶的大鼎裂开了一条缝隙，缝隙迅速扩大，像蜘蛛网一样遍布全身。清风道长知道白云观积攒了几百年的法力终于耗尽，高力士的生命走到了尽头。他长叹一声，扬起手里的拂尘，想做最后一次努力。

高力士的手臂略微抬起来一下，很快又垂了下去。大孽龙可毫不客气，它对这个讨厌的家伙发起了攻击。"啪啪啪啪"，一座座大殿从高力士身上坍塌跌落，一件件法器被吸光了灵气，崩坏碎裂。无数碎片和残块陆续落入下方的壶口瀑布里，溅起无数水花。白云观的山门是最后坍塌的，清风道长一直坚持到失去了落脚之地，才向地面跌落。他昏迷前的最后一瞥，看到一道黑影朝着孽龙刺去，速度非常快，方向也无比坚定。"看来它是找到了……"清风道长欣慰地想，然后闭上了眼睛。

甜筒确实找到了。之前它在孽龙表皮无论如何也找不到属于自己的那片逆鳞，是因为那片逆鳞被孽龙深藏在体内。当孽龙为了挣脱高力士而散为黑雾时，逆鳞终于暴露出来，被甜筒捕捉到了正确的位置。甜筒没有半分犹豫，它运起全身的力气朝着那个方向刺去。孽龙在慢慢凝结，如果让它再次变回固体身躯，长安将再也没有机会。哪吒通过龙珠也了解到了甜筒的心思，他钻出鳞片，无视狂风四起，大声地为甜筒呐喊助威。

冲刺！

加油！

冲刺！

加油！

就在大孽龙的身躯击溃了高力士的一瞬间。甜筒如同一支飞箭刺入它的躯体，张开大嘴，试图咬住那片泛着黑光的逆鳞。可是孽龙的龙躯一晃，嘴和鳞片失之交臂。甜筒已经没有转圜的余地了，出乎它意料的是，哪吒竟从甜筒的鳞甲里一跃而起，跳向半空。明月送他的玉佩泛起光芒，把小男孩的身体轻轻托住。哪吒靠着沈文约的护目镜在狂风和黑雾中瞪大了眼睛，伸手朝着那悬浮着的逆鳞抓去。逆鳞通体黝黑，其中灌注着无限的怨念，不断翻滚。哪吒一把将它抓在手里，好似抓住一块火炭，连灵魂都要被灼伤。可是哪吒紧紧攥住，不肯撒手，瘦弱的身体瑟瑟发抖。甜筒眼睛变得赤红，它冒死回转头颅，一口叼住哪吒的衣领，然后从另外一侧冲了出来，直冲上云霄。失去了核心的大孽龙怒不可遏，掉头追了过去，紧紧咬住甜筒的尾巴，要把它拖下来。

哪吒咬着牙强忍剧痛把逆鳞伸到甜筒面前："是这片鳞片吗？"

"是，你快毁了它。"甜筒回答。它的尾巴被大孽龙咬住，强大的力量拽着它往下滑。

"怎么毁？"

"把它和我的龙珠贴在一起就可以。"

甜筒的龙珠放在哪吒的胸膛里，于是哪吒把上衣撕开，把那片火炭般滚烫的逆鳞贴在胸口。贴合的一瞬间，哪吒以为自己被烙铁烫中，无比疼痛。然而，他看到逆鳞里流动的黑色怨气，像是遇见什么天敌，发出尖叫声，想要逃开。哪吒胸中的龙珠发出柔和的乳白色光芒，把怨气逐渐吸引过来。于是，在壶口瀑布上空出现了这么一番奇景：孽龙拼命咬住甜筒，把它往下拖，而哪吒体内的甜筒龙珠拼命咬住逆鳞，把它往里拽。两者之间的规模根本不成比例，但都生死攸关。不是孽龙先吃掉甜筒，就是甜筒先同化掉逆鳞。李靖在地面指挥炮火集中打在孽龙嘴处，甚至不惜冒着误伤甜筒的危险，一定要把时间争取过来。

有了神武军的牵制，甜筒终于争取到了几秒宝贵的时间。它没有努力逃脱，反而开口对哪吒道："哪吒，谢谢你。"

"啊？"

"是你让我重获自由，在天空飞翔。"

"因为我们是朋友嘛……啊？！"哪吒开心地笑道，可下一个瞬间他惊讶地叫了起来。随着这一句话，龙珠的乳白色光芒一下子变得十分耀眼。与之相反的是，逆鳞的颜色逐渐变淡、变浅。龙珠的光芒突然大盛，如潮水般席卷而来，把逆鳞里的黑雾荡涤一空，连一丝都没有剩下。最后，逆鳞终于被龙珠吞噬，再也找不到一丝痕迹。下面的大孽龙发出一声哀鸣。它是以甜筒的逆鳞为核心而诞生的。当逆鳞消融之后，那些怨念就失去了维系的核心。哪吒看到，大孽龙缓缓松开嘴，一股股怨念从身躯中分离、飘开、消散。远远望去，好像浑身一直在冒着黑烟。

"甜筒，大孽龙在消散！我们成功了！"哪吒狂喜地揪住甜筒，大声喊道。甜筒看起来却不怎么兴奋，它只是盯着不住哀鸣的孽龙，眼神复杂。毕竟它代表了甜筒对人类的怨念，以及对自由的向往。从某种意义上来说，甜筒是杀死了自己。一炷香的时间过去，大孽龙终于化为了一大团黑雾。这一次，它再也凝结不回去了。一阵清风适时吹过高空，把这些黑雾吹散，露出湛蓝色的天空，阳光重洒大地。地面上的神武军发出热烈的欢呼，为长安的劫后余生而庆祝。

哪吒把鸿雁玉佩拈起来贴在耳边，旋即放下，一脸喜色地对甜筒道："沈大哥传来消息，龙僵尸已经被巨龙们和地龙驿的工作人员联手消灭干净，长安保住了……甜筒？甜筒？"哪吒愕然地发现，甜筒的身躯居然也变得透明起来，似乎也要被风吹得消散。"甜筒，你这是怎么了？"甜筒睁开黄玉色的眼睛，最后一次摸了摸哪吒的头："你知道要如何消灭逆鳞吗？"哪吒摇摇头，有种不好的预感。"逆鳞是怨气所成，所以化解逆鳞的方法，只有原谅。这就是为什么我坚持要带你来，只有你才能化解其中的怨气，别人都不成，连我自己都不成。"甜筒慈祥地说出这样一席话，哪吒想要插嘴，它抬起龙爪，示意让它说完，"因为你的存在，我原谅了人类，我不再对他们有怨恨；因为你的存在，我可以重新在天空翱翔。你一直以来的努力和执着，让我已经没有任何怨念了。你知道吗？刚才那融化逆鳞的光芒不是来自我，而是来自你勇敢、真诚的内心。消灭逆鳞的人不是我，而是你啊。"

哪吒看着甜筒，不安感却越来越强烈。甜筒缓缓垂下头，注视着壶口瀑布奔腾的江水："鲤鱼化龙，凭借的就是逆鳞的力量。当我的逆鳞消失，我也就失去了化龙的能力。"哪吒大惊："那你岂不是……岂不是要重新变回鲤鱼了吗？"甜筒微微一笑，不置可否。哪吒急了，他一把抱住甜筒的龙角："你从一开始就知道这个结果了，对不对？你明知道消灭了孽龙，自己也会消失，为什么还要来呢？"甜筒道："像你说的一样，因为我们是朋友嘛。"这是甜筒最后的声音。逆鳞的化解让甜筒维系龙身的力量也消失了。整条龙在天空变得透明，直至消失不见，然后彻底融入湛蓝色的背景，连轮廓都看不到了。

"甜筒！！"哪吒凭借着鸿雁玉佩悬浮在半空，拖着哭腔对着甜筒消失的天空大喊起来。可天空太空旷了，连回声都听不到。那条叫甜筒的巨龙，再也不会出现了。

突然，哪吒不哭了。他似乎看到一个小小的黑点正朝着地面飞速落下去，眉头一展，驱动着鸿雁玉佩追了过去。哪吒很快看到，原来那是一条小巧的金色鲤鱼，正甩着尾巴，扑腾着，朝下方落去。鲤鱼还活着，呆板的鱼脸看不出任何表情。哪吒一眼就认出来，这一定是甜筒！准确地说，是化龙前的甜筒。那时候，它还只是一条无智无识的鲤鱼。哪吒控制着飞行的姿态，小心翼翼地把鲤鱼接住，朝地面落去。他把鲤鱼搂在怀里，爱怜地抚摸着鱼身的鳞片，一股熟悉的感觉浮上心头。鲤鱼却丝毫没有感动的意思，它的嘴不断开合，不断地摆动身躯。鱼和龙不一样，是不能离开水的。哪吒迟疑了一下，双手捧着甜筒来到壶口瀑布上空，轻轻把它丢到水里。鲤鱼迫不及待地"扑通"一声跳进江水，冒出几个气泡，就此消失不见。

"甜筒，我们一定会再见面的。"哪吒望着奔腾的江水，在心里道念。

尾声

玉环公主和沈文约两手相牵，站在利人市驿的站台边缘。两个人不断说着悄悄话，全然不顾就在不远处的哪吒。哪吒不理这一对热恋中的情侣，他背着一个野餐篮子，正对着漆黑的洞口发呆。很快，洞口传来一阵隆隆的声音，一条巨龙从隧道里钻了出来，平稳地停靠在站台旁。和从前不同的是，巨龙的尾部并没有系着铁链，它完全是自由的。

　　巨龙看到哪吒，快活地打了个招呼："哟，哪吒，原来是你预约的呀。""饕餮，你好。"哪吒举起一张票，晃了晃。饕餮嗅了嗅车票，开口道："那么给我的票呢？"哪吒哈哈笑了起来："我就知道你会等不及问这个。"他从怀里掏出一大堆零食，塞到饕餮的嘴里。饕餮心满意足地打了个响鼻，说："饕餮大爷竭诚为你们服务，请问客人你准备去哪里？"哪吒的笑容收敛起来，他从零食堆里拿起一个甜筒，若有所思地看了看："我想去壶口瀑布，看看甜筒还在不在。"听到这个名字，饕餮面色尴尬地咳了几声："你这孩子……还真是……去看甜筒也不早说。别的龙知道我连这个都要收费，会骂死我的……

咳咳，哼，上来吧。"

三个人攀上饕餮的脊背，坐在鳞片里。饕餮很快离开了站台，在漆黑的隧道里飞行了半个时辰，眼前豁然开朗，原来这条隧道是通向城外的。出了隧道以后，饕餮抖抖身体，飞上天空，嗥叫着盘旋了几圈，然后朝壶口瀑布的方向飞去。沈文约惬意地靠在龙背上，任凭风吹起头发："偶尔坐在龙身上飞行，感觉也挺不错的，虽然不如飞机那么可靠。"饕餮不高兴地抖了抖，直到玉环公主用棉花糖安抚了它一下，才恢复正常的飞行姿态。玉环公主望着逐渐变小的长安城，发出感慨："想不到长安城的大家，对这样的变化接受得还挺快的。""这都亏了哪吒呀。"沈文约看了一眼沉默不语的少年，"全靠他才能说服你那个皇帝哥哥和顽固的白云观道士。"

大擘龙危机结束以后，天子颁布了一项新的法令：为了防止新的怨念产生，长安城每年捕捉巨龙的规矩被彻底废除。同时，为了维持长安城的运作，对现存巨龙们的工作内容做了重新调整。巨龙们将不再被大中央齿轮柱的铁链束缚，它们可以自愿选择离开或继续在长安城从事运输工作，每天工作六个时辰。作为交换，长安城给予它们舒适的住所和充足的食物，其他时间可以自由活动，没有任何限制。大部分巨龙都很满意这种工作状态，他们平时在地下运输，下班后就飞到外面的天空去游玩，不再怨气冲天。市民们也很快接受了这种新的关系，而且发现比从前的效率更高。只有白云观的道士们表示不该放松警惕，他们每天在地龙驿巡逻，防止有不听话的巨龙生事——对此，沈文约刻毒地评价说："反正白云观没了，他们没别的地方好去。"

由于没有了制约，长安市民的长途旅行也可以雇用巨龙作为运输工具。比如现在，哪吒想去壶口瀑布，就可以燃烧一道召唤符，预约一条巨龙直接前往，非常方便。很快，他们抵达了目的地。沈文约和玉环公主铺好毯子，拿出葡萄酒和糕点，依靠在一起欣赏风景。哪吒拿着食物一个人走到壶口瀑布边缘，望着翻腾的江水。在瀑布上方，高耸的龙门依然矗立。龙门节每年依然举办，不过形式有了变化。巨龙们的代表会和人类一起参加，当鲤鱼们跃过龙门化龙以后，它们会凑上去，向这些新龙介绍在长安城有一份薪酬优厚的工作。

饕餮蹒跚地走到哪吒身旁，见他半天不说话，就用鼻子拱了拱："你又在想甜筒了？"

"嗯。"

"就算他再次变成龙，也不会记得你的。"

"会的。"哪吒固执地说，"我们都约好了。"

远处的水面突然起了奇异的变化，一条金色鲤鱼在距离哪吒不远的江面高高跃起，鱼鳞在太阳的照射下泛起耀眼的光芒，随即又跳进水里，溅起一朵漂亮的水花。哪吒欣喜地仰起头，头顶的天空呈现出近乎透明的蔚蓝。

（全文完）

外篇　古北口莫入

（一）

　　这是一个真实的故事，至少部分是真实的。

　　这个故事是从我的一位朋友那里听到的，而且不止一次。这位朋友是个腼腆、安静的姑娘，可是一碰到类似于午夜的宿营地篝火旁、凌晨离开钱柜的路上、疾驰于深夜高速的越野车后座的场合，她就像是被拨动了一个开关，一改平日的内向，略带神经质地把这个故事再给我们讲一遍。而且她每次讲的时候，都会用"上次我忘记说了"的方式，在里面插入更多细节——有些细节让它听起来更真实，有些细节让它更离奇。于是，这个故事在一遍遍的讲述中逐渐变得丰满诡异，以至于即使是讲述者自己也无法再从中准确地剥离真实与想象。

　　我对这个故事很感兴趣，虽然里面有诸多细节自相矛盾，还有许多不符合常识的脑补之处，但我还是决定忠实地把这些记录下来，保留它的每一处瑕疵。正因为这种粗劣感才使它更像是一段口述的经历，而不是一个精心雕琢的故事。为了揣摩她的心情，我特意选择在午夜记下这个故事。也许一过十二点，故事本身的某处开关也会被悄然拨动，弥漫出令人难以言说的诡秘气质。

这个故事有一个非常经典的开头：我的朋友有两个同事，有一年夏天，她们决定去爬野长城。

爬野长城是北京年轻人中很流行的一种户外运动。所谓的野长城，不是八达岭那种毫无个性的旅游景点，而是指穿行于怀柔、延庆、密云、门头沟、平谷山区之间的明代长城城墙。长城延伸至此，墙体依山势而起，往往百转千回，时而隐于断崖之下，时而盘于高坡之巅，如同一个线段迷宫，难以捉摸。这些长城地处险峻，人迹罕至，多少年来都无人修葺维护，大部分墙体已然荒朽不堪，甚至只残留几截断垣残壁，反而保留了原始风味。

适合野长城爱好者的长城有很多处，比较著名的有长峪城古村、黄花水关长城、亓连关长城、墙子路长城、箭扣长城等。不过我朋友的那两个同事认为，当一个幽静之地变成热点就没劲了，她们不想混在一大群背包客之间，像逛动物园一样爬山。所以她们在研究了几天攻略和地图以后，决定前往古北口长城。

古北口在密云东北，已经是北京与河北的交界处。她们选择这里有两个原因：第一，古北口附近的长城体系保存得很完好，城段之间彼此贯通，可以选择的攀登处有很多；第二，古北口距离城区很远，有一百二十多公里，游客相对比较少。

定下目标以后，她们分头去做了准备。哦，对了，我还没有介绍这个故事的两个主角。她们都是女生，八〇后，与我的朋友在同一家广告公司工作，都姓张，我们不妨称她们为"大张"和"小张"。大张在大学时代是学生会干部，性格干脆，富有条理。她是个有科学精神的无神论者，唯独有点怕鬼，这跟理念无关，纯属心理问题；小张年纪稍小，满脑子都是幻想，平时喜欢看看动漫，算算塔罗、星座，是个有点神神道道的天然呆。

她们没有车，也没有驾照，本来打算坐公共汽车到密云，再转到古北口镇。小张提议说，为什么不坐火车去呢？大张打听了一圈，发现古北口虽然有一个小火车站，但根本查不到路过的车次，也买不到票。一位在火车站工作的朋友告诉她们，古北口站从2008年起就只剩货运业务了。

"不过你们也不要灰心，古北口站只是停办客运业务，但仍旧保留着乘降所的功能。北京北站有两趟绿皮客车会在这一站停留一分钟。"朋友说完，忧虑地看了她们一眼："我听说那个站……嗯，有点复杂……如果你们坚持要这么走，我告诉你们乘坐的方法。"

这两趟绿皮客车一个是6453，上午6点16分发车，10点43分到；一个是4449，下午4点43分发车，晚上8点43分到，路上都是四个多小时，而且经常晚点。大张和小张再三权衡，决定坐4449那趟车。这样一来就可以在星期五从公司提前一点出发，前往北站上车，晚上到古北口睡一夜，星期六一早精神饱满地去登长城。

现在回想起来，这是她们在整个旅途中犯的第一个错误。

确定车次以后，小张在网上搜索当地农户，希望找一个在古北口附近的村子当落脚点。两个姑娘都认为，她们只是想找个地方睡一夜，没必要太铺张浪费。

小张本着这个原则，选定了一家农家乐。从地图上看，这个村子恰好位于古北口火车站与长城之间，地理位置很理想。但是电话打过去，对方说已经不做这个生意了。在小张的恳求下，对方推荐了同村的一位独居老人，姓国，他家的房子很大，应该够住。

"只要安静点就没事。"对方在挂电话前叮嘱了一句。

小张按照提供的号码打过去，发现是一个小卖部的电话。小卖部的主人听明了来意，放下电话出去喊了一嗓子，几经周转，国老头才拿起了话筒。他的口音有点模糊，听力也有点差，沟通起来颇为吃力。小张费了好大力气才跟他谈好了条件——国老头提供当晚的住宿，十块钱一个人，不包括早餐。这个价格让小张很满意。早餐也不是问题，她们自己会带足够的面包和火腿肠，还有泡面。小张特意说明，因为抵达古北口已经很晚了，他得去火车站接她们。国老头咕噜咕噜地说了一句，也不知道是答应了还是拒绝，然后主动把电话挂了。如果是大张的话，大概会再拨回去，确认国老头确实听明白了，但小张没多想，高高兴兴告诉大张一切都安排妥当了。

这是第二个错误。

剩下的就是一些简单的准备工作。小张带了各种零食、PSP（掌上游戏机）、照相机以及好几本漫画书。大张则准备了一些远足必要的东西，诸如创可贴、手电筒、打火机、指南针什么的——这次计划只有一个白天的活动，所以她没准备太多东西。大张还考虑要不要带张地图，但发现市面上的地图对她们爬长城没有任何帮助，只在网上参考了一下攻略，决定星期六一早沿着卧虎山长城向东爬——从卧虎山到蟠龙山、金山岭，都是很好的城段。

到了星期五，大张小张背着旅行包到了公司。同事们听说她们打算周末去爬长城，都纷纷表示羡慕。只有老板表示了忧虑，提醒她们注意安全，队伍里没有男性，又是荒郊野岭，如果遇到什么危险，一定要第一时间报警或者打电话给同事。

"你们一定要活着回来，项目还得靠你们来完成。等交了这个，你们死活什么的我就不管了。"老板满怀关心地叮嘱他们。

下午3点，大张小张向老板请好假，拿起背包离开了公司。公司离西直门不算远，而且周末晚高峰还没降临，她们在4点15分顺利抵达北京北站。按照朋友的指点，她们买了两张4449到怀柔北的车票，然后在候车室里兴奋而耐心地等待。她们一直等到4点43分，还是没有任何登车的动静。大张跑过去问乘务员才知道，这趟车的发车时间晚了，要到5点30分才会开出。没办法，在这个高铁与动车大行其道的时代，绿皮车已经成为最低等的存在，尤其是四个数字构成的车次，必须给一切火车让路，任凭它们趾高气扬地从身边飞驰而过。

很快检票口聚集了一大批乘客，他们大部分是在北京打工的河北农民，趁着周末回家，带着大包小包的行李与娃娃。大张和小张帮其中一位中年妇女扶起她的行李，两边很快就熟悉起来。中年妇女是隆化人，经常坐这趟车，她证实了火车站朋友的说法，这趟车确实会在古北口停留一分钟。

"你们两个女娃怎么跑到那里去？"中年妇女问。"我们去爬长城。"小张自豪地说。

中年妇女忽然想起来什么："这趟车晚上才到，有白天到的车，你们为啥不坐？"大张回答说，日程规划这样最有效率。中年妇女似懂非懂地点了点头，又说了一句："那个古北口火车站，邪得很哪。"小张很好奇，问她怎么回事。中年妇女说，她以前总坐这趟车，每次火车夜里到古北口站时，从来没见人下车或者上车。但乘务员每次都会把车门打开，过一分钟后再关上。这时候车厢里的温度会陡然变冷，阴气袭人。她听同车的人说，古北口当年是兵家必争之地，无数士兵战死在此。之所以要保留上午、夜里两趟车在此停留，有个说法，叫日里走人、夜里走魂。白天的车次是方便附近村民出行，晚上火车在此停靠开门，行的方便就和村民无关了。"其实你们应该坐白天那趟车，好歹是走人的。这大半夜的，可不好下人。"中年妇女说。

小张听到这里心里有点发寒。大张却不屑一顾，告诉小张，火车和公共汽车一样，在哪一站停是有严格规定的，就算没人也一样要开门停够时间再走。至于温度，古北口是山区，夜里开车门，当然会有冷空气进来。绿皮车速度慢，乘客穷极无聊就会编一些这样的东西来解闷。

5点20分，终于开始检票。大张和小张被人群裹挟着进入月台，连滚带爬地进了车厢。车厢很破旧，但打扫得特别干净。她们找好座位坐下，小张开始玩PSP，大张则把一兜子葡萄、一个装垃圾的小袋和两个旅行杯拿出来搁到小桌上。路上要四个小时呢。没看到那个中年妇女，估计在另外的车厢里。

火车在5点30分准时开车，慢悠悠地离开了北站。大张叮嘱小张看好行李，起身去找乘务员。在火车时刻表上，这一趟车从北京北开出，途经清华园、清河、沙河、昌平等站，过了怀柔北，下一站就是河北滦平附近的虎什哈镇。古北口站恰好位于怀柔北与虎什哈运营线的中间。这个小车站在电脑里显示不出来，自然卖不出票。火车站的朋友教大张小张的办法是先买北京北到怀柔北，上车以后再找售票员补两张怀柔北到古北口的车票。

乘务员听大张说明来意，表情变得有些奇怪："你们两个还真实诚。"大张问他为什么这么说。乘务员回答说："就算你们不补票也没什么关系，因为古北口是四等站，只是个乘降所，没有检票口。哪怕你们买一张到清华园的票，在古北口下车也没人管。"大张说我们要诚实做人，不贪小便宜。乘务员耸耸肩，问你们要留着票报销吗？大张摇摇头。于是乘务员掏出圆珠笔，唰唰几笔把两张车票上的"怀柔北"划掉，改成"古北口"，票钱各加了三块钱。乘务员说，这趟车硬座全程273公里才21块钱，怀柔北到古北口这一段大约40多公里，折下来每人差不多三块多。如果不要收据，三块钱就够了，反正他也没零钱找。

补完票后，乘务员问她们去古北口干什么。大张说爬长城，乘务员问她们带手电筒了吗？大张说，她们打算星期六白天爬长城，应该用不着吧。乘务员似笑非笑地看了她一眼："你们今天晚上就得用上。古北口那个地方，黑得很啊。"大张忽然想到中年妇女说的事，说给了乘务员听。乘务员大笑，说："一个农村妇女知道什么，就一句话说对了，那地方确实不好下人。不过你们只要仔细看路就不会出事。快到站的时候我叫你们。"说完他转身去查票了。

大张觉得这句话很难理解，又不好继续追问，满腹狐疑地回到座位。小张玩游戏正玩得不亦乐乎，大张从背包里拿出手电筒试了试，一切正常，随手搁到口袋里，拿出一本书也读了起来。

火车开得很慢，慢到可以被沿途的苍蝇飞蛾骚扰。大张和小张昏昏欲睡，相继睡了过去。不知过了多久，忽然一只手搭到了小张的肩膀，吓得她一声大叫，猛地跳了起来。她环顾四周，发现全车厢的人都盯着她，乘务员尴尬而恼怒地站在旁边。

"你们两个，准备下车吧。"乘务员说。

小张把大张摇醒，两人朝外面看去，只有一片漆黑，黑到什么都看不见。车厢里的人影映在车窗上，和外面的黑暗叠加，仿佛加了一层铅色透镜，每个乘客的脸都是灰灰的。大张看了看手表，发现已经10点多了。这趟车出发时已经晚点，中间又会了几次车，比预计的到站时间晚了两个小时。她们两个把背包背在身上，从人群里穿行到车厢连接处。小张眼尖，看到嵌在墙壁的半斜式烟灰缸里居然插着三根香烟。这三根香烟都是过滤嘴朝下，烟头冲上，夹在铁盖与墙体之间，像是庙里供奉的香烛。香烟刚点燃不久，只烧了一个头，袅袅的青烟飘荡在连接处里，然后顺着车门缝隙飘了出去。

小张问乘务员这是谁弄的，乘务员说车厢内不准吸烟，所以很多瘾君子都跑来这里抽烟，大概是谁有钱，一口气点了三根吧。大张最讨厌别人抽烟，想伸手把烟头给掐了，却被乘务员拦住，说你们快到站了。这时候火车"咣当"一声停住了，乘务员掏出钥匙打开车门，一股寒气从外头涌了进来。即使是在夏天，大张和小张还是忍不住一哆嗦。乘务员一脚踹开车梯，让她们两个走下去。她们踏上月台，环顾四周，看到身旁竖着一块色白如骨的站牌，上头用黑体写着"古北口"三个字。

还没等她们两个人决定第一句话应该感慨什么，乘务员就咣地把车门关了起来，透着玻璃深深地看了她们一眼。车厢里的人也纷纷把目光投过来，隔着厚厚的玻璃，他们的面部表情有些扭曲，看不太清。远处的车头发出一声鸣笛，火车再度开动。当整列火车离开古北口站以后，大张突然领悟了乘务员那句"古北口那个地方，黑得很啊"的意思。

大张和小张都是外地人，一个家在江西，一个家在四川，都坐过许多火车。在她们的概念里，火车站应该是个彻夜灯火通明的地方，有忙碌的车站工作人员，有蜷成一团在躺椅上睡觉的乘客，还有无精打采叫卖的流动小贩。但古北口火车站跟这些印象中的车站截然不同。火车是仅有的光源，当列车离开以后，这里立刻就陷入黑暗，这种黑暗和城里的黑暗不同，非常纯粹，今天又是个阴天，所以伸手不见五指这句话在这时候绝不是夸张修辞。没有路灯，没有高杆灯，只有远处闪着几团血红色的小点，那是铁路的信号灯。

小张有些惊慌，大张连忙掏出手电筒，四处晃动。很快她就后悔了，这个手电筒功率很小，在这片无处不在的黑暗中，只能勉强照到身旁数米之外的地方，而且只局限在一个点，再远就看不清了。

"候车室和调度室里应该会有值班人员吧。"大张心想，她一边安慰小张，一边拿着手电筒四处晃去。很快她找到了一座像是火车站一样的建筑，可是房子里悄无声息，也没有一点亮光，门和窗都紧锁着。大张不甘心，沿着建筑转悠，结果发现了一件奇异的事：建筑周围有一圈半人高的围栏，围栏环过建筑，延伸到月台两侧，把这个小火车站整个包了起来，没有出口。这里的铁轨一共有两条，除了她们站立的地方，在两条铁轨之间还有一个狭窄的月台。两个月台之间有平道相连。

这时候，一阵山风吹过，很凉，还带有一种混杂了岩石、青草和泥土的气息，这是真正属于深山的味道。如果她们不是还踏在月台上，真的会以为自己已经置身于深山老林之中。除了味道，山风还送来低沉的沙沙声，像是脚在黑暗中踩在树叶上的声音。小张甚至赌咒说听到了隐约的狼嚎，这让她更加害怕。大张眉头紧皱，她不明白为什么一个火车站到了晚上会没人值班。就算是个一年没一个乘客上下的四级小站，也不至于如此放任。难道说到了晚上，这里就不是走人的地方，所以工作人员早早关了灯，锁了门回家去了？

小张说，她以前的男朋友说过，有些乡下地方在特定的日子会给鬼魂安排唱戏。一到晚上，活人都早早回家关门睡觉，留下一片空荡荡的场子，那是鬼魂们的座位。大张是共产党员，当然不会信这些东西，可眼前这番景象让她心里有点犯怵。

"对了，不是说国老头会来接我们吗？他人呢？"大张问。

小张说，他已经答应会来接呀。大张问，那你们约好在哪里接了吗？小张先是点点头，随即又摇摇头，辩解道："一般说接人，当然是指出站口那里嘛。"这次可犯了经验主义错误了，大张想。按照那个乘务员的说法，这个古北口小站连个检票的都没有，更别说什么出站口了。

"给他打个电话。"

"国老头没手机。"小张又试着拨打小卖店的电话，没人接。这里的信号很不好，时有时无，他们两个的手机加起来才一格半。

大张当机立断："那我们还是在原地等着吧，这么黑，万一走岔了就不好了。"

于是两个人回到站牌底下，把背包垫在屁股下，忐忑不安地在空无一人的月台等待着。周围除了山风，再没任何动静，安静得可怕。在这种环境下，时间会变得特别漫长，最初的兴奋劲已经一扫而光。小张哭丧着脸，说我们能不能坐火车回北京啊。大张只能安慰她，说国老头大概是腿脚不利索，走得慢。

两个人就这么等了一个多小时——感觉上是十个小时——还是没听到任何动静。大张有点坐不住了，她决定无论如何先离开火车站再说，便抄起手电筒去找出口。她的理性告诉自己，绝对不可能存在一个没有出口的火车站。大张在火车站转了几圈，没发现什么出口。栏杆那边黑漆漆的一片，看不清下面是什么，她不敢翻越。她心灰意冷地往回走，心想，实在不行就报警吧。可她还是有点犹豫，因为这事实在荒谬，两个成年人居然被困在一个火车站里，要靠报警才能走出去，有点丢人。正想着，大张脚下一空，整个人向前扑去，"扑通"一声朝着地下跌去，连滚了几下才停下来。她龇牙咧嘴地爬起来，手电筒一晃，发现自己正置身于一个地下通道，两边是石灰墙，脚下是一道向下走的台阶。通道很狭窄，头顶逼仄，台阶是石质条石，一条宽一条窄，不是很整齐。

"原来出口要走地下通道啊。"

大张顾不得浑身疼痛，心中一喜。火车站嘛，一定会有穿越各个站台的地下通道，这让她有一种亲切感。她光顾着高兴，却没仔细想想，一个只有两排铁轨、两个月台的小火车站，为什么会有地下通道？大张跑到站牌下，把自己的发现跟小张说了。小张也特别高兴，两个人拿起背包，开着手电筒钻进了地下通道，大张走在前，小张走在后。两个人没走出几步，大张手里的手电筒闪了几下，啪地灭掉了，整个通道陷入一片黑暗。大张急忙拍了拍手电筒，没有任何反应，估计是出发前忘了换新电池。大张恨恨地把手电筒收好，让小张把手机拿出来，凭着两部手机的微弱光芒继续朝前走去。

"只要穿过地下通道就出火车站了，国老头肯定在那儿等着。"大张对小张说，小张紧张地点点头。台阶很陡，两个人半蹲着身子，拿手机照着台阶一步步往下蹭。

"如果有狼从那头钻进来，会不会把我们都堵在这里啊？"小张一边走一边问。她很怕狼。大张放声大笑，说北京附近的狼早就被打光了，你想找的话只能去动物园。可很快，她不笑了，有两件事不对劲。第一，她发现自己的大笑没有回音。要知道，这可是在一条狭窄的通道；第二，台阶一直在向下，斜度还很高。她们已经走下了几十级台阶，却没有任何向上的迹象。也就是说，她们现在位于火车站地下十几米深的地方。这对一个小火车站的地下通道来说，似乎有点太夸张了。台阶一直向下而且又这么长、这么深，通道尽头到底会是什么呢？大张能想到的只有两种：要么是地铁，要么是墓穴。难道那个中年妇女说的"大半夜的可不好下人"指的就是这个意思？

大张安抚下自己慌乱的情绪，拿起手机，向左右晃去，发现了第三件让她惊骇不已的事情：通道的石灰墙壁不知什么时候消失了。手机所照之处都是一片黑暗。她伸手去摸，也摸不到什么。大张紧紧挽住小张的手，警告她的脚绝对不要离开台阶。在没搞清楚周围发生了什么事的情况下，这些台阶是她们唯一的依靠。唯一值得庆幸的事是，这个通道里的通风良好。除了刚进入时有淡淡的陈腐味，现在的空气味道很清新，并没有随着深入地下而变得浑浊。而两个人的手机信号居然也还保持着一格半的水平。

"我们是继续朝下走还是返回去？"大张面临着抉择。小张已经紧张得说不出来话，只是攥着她的手，手心都是汗。大张叹了口气，说："我们往回走吧，先回到月台再说。夏天晚上不会很冷，我们在月台上过一夜，第二天坐车回北京。"

"红点！"小张忽然颤声喊道。大张急忙回头，看到在远处亮起了一个红点。红点的位置离他们很远，而且是在更下方。她们必须低头才能看到。

"我们回去，还是继续向前？"大张这回也没主意了。小张说，咱们还是往下走吧。大张问她为什么，小张苦笑着说："我的双腿已经麻了，向下还好，向上根本迈不动步子。"

两个人没有办法，只能望着红点朝地下深一脚浅一脚地走去。大概过了几分钟，她们已经离红点很近了，大张抬腿朝下走去，突然一个趔趄差点没摔倒，幸亏被小张一把抓住。她拿手机往地下一照，发现原来台阶已经走完了，她的双脚落在一片平地上。这时又是一阵山风吹过，大张大惊，在这个地下怎么会有山风吹过来？这时候小张也走完了台阶，一边喘息一边揉着小腿。大张想要扶起小张，却看到小张瞪圆了眼睛，用手指向大张身后说不出话来。大张急忙回头，发现那个红点开始朝她们移动，缓慢而略有起伏，有踩在沙石上的脚步声传来。大张浑身僵硬，不知怎么办才好。这时，红点像是一只被击中的苍蝇从半空跌落到地下，随即一道光柱打到她们身上。

"你们咋才到咧？"一个含混不清的苍老声音说道。大张和小张望过去，看到一个七十多岁、满脸褶皱的矮老头拿着手电筒正对着她们俩，一个香烟头在脚下还冒着烟。

"国先生？"大张试探着问。

"是我。我都等了好几个钟头了。"国老头跺跺脚，语气很不耐烦。

"您……您怎么不去火车站接我们啊？"大张问。

国老头撇撇嘴："那地方忒陡咧，我七老八十可爬不动。"然后转过身去，让她们跟着自己走。大张和小张已经精疲力竭，什么也没多问，跟着国老头回了村子，倒头就睡。

一直到了第二天天亮，她们才知道，自己又犯了经验主义错误。和别的火车站不同，古北口火车站坐落在半山腰，背靠着卧虎岭野长城，比平地高出近三百米。从火车站出来，没有别的出路，只有一道依山势修的台阶直通山脚下。大张和小张想象自己是往地底钻行，实际上是顺着台阶下山。现在回想起来，中年妇女说古北口大半夜不好下人是很有道理的。那个台阶的斜度有二三十度，非常陡峭，夜里下山会非常危险。她们两个姑娘在几乎看不清周围环境的情况下，凭借着莽撞的勇气与运气，居然安安全全下到了山脚，算得上是一个不大不小的奇迹。大张和小张非常庆幸，认为这是个有惊无险的好兆头，她们的长城之旅一定会很顺利。

她们又错了。

（二）

第二天，大张小张早上8点准时起床，洗过脸刷过牙，还拿出电热水壶打了满满一壶井水，煮泡面吃。她们吃饱喝足以后，昨晚的惊惧沮丧一扫而空，又对接下来的行程充满信心，跃跃欲试。

当天的天气非常好，阳光明媚，天上有云但不多，是一个适宜野外活动的好日子。两个人背上行囊，准备上路。但是该怎么走，她们却有些迷糊。古北口的长城体系，简单来说分为东、西两大部分。东侧蟠龙山，西侧卧虎岭，一左一右夹住古北口镇，潮河、汤河穿镇而过。大张和小张最初选择的路线——也是最受旅游者欢迎的路线——是从蟠龙山进入长城，一路向东，到金山岭、司马台一线，一般要花上一整天时间，沿途还有各种景点。但是从古北口车站到蟠龙山，需要先往东走，过了潮河以后从巴克什营拐过去。对于没有汽车的大张和小张来说，这段路太折腾了。大张就问国老头，能不能就近从卧虎岭直接爬上去到金山岭？国老头听完以后，连连点头，指着远处说："过去一公里就到咧。"

大张之前查过资料，攻略上说卧虎岭是未经修复的野长城，没有任何防护措施，不建议攀爬。但大张和小张想，出来玩不就是要享受这种野生的乐趣吗？于是决定还是去爬卧虎岭。唯一麻烦的是，昨天晚上太过慌乱，她们睡前居然忘了给手机充电，现在两部手机的电量所剩无几。大张出于谨慎，建议把手机关掉，反正这儿附近信号也不好。

离开村子以后，她们按照国老头指定的方向，雄赳赳气昂昂地向远处巍峨的卧虎岭长城走去。这一路上莺歌燕舞，郁郁葱葱，两个人快活得好似学校春游一般。她们一路玩闹，不知不觉间脚下的地势逐渐险要起来，两侧山势愈发挺拔，回头已看不见古北口车站与附近的那个小村子，整个山里似乎只剩下她们两个人。

大约走了一个多小时，两个人停下脚步，环顾四周，发觉正置身于一处半山腰，卧虎岭长城仍在远处，看起来并没有接近多少。她们喘着粗气，感慨乡下人和城里人对里程的概念真是不一样。国老头嘴里的"一公里"感觉已经有城里的"五公里"那么长，怎么走都走不完。她们沿着半山腰又走了一阵，大张说国老头会不会指错了路，这样走下去，怎么也不像是会靠近长城的样子。小张倒看得开，说既然来了，就随着性子走下去呗。她腿脚灵便，三跳两跳跑到前面去了。

大张看着她的身影消失，无奈地摇摇头，坐在石板上打开水壶喝了一口水，心里盘算着要不要打开手机的GPS定位一下。就在这时，前面小张突然发出一声叫喊。大张吓了一跳，赶紧跑过去，看到小张站在一处高坡上，眼睛死死盯着地面。大张急忙登上坡顶去拽小张的胳膊。不料她脚下一个趔趄，两个人都摔倒在地，叽里咕噜地顺着高坡一口气滚到了坡底。

大张从地上爬起来，头发上挂满了蒺藜，一摸就扎手。她一边摘一边抱怨："你刚才到底在看什么啊？这么不小心。"小张坐在地上，一指大张身旁："大蛇，就在你旁边。"大张悚然一惊，登时不敢动了。她慢慢把头偏过去，看到身旁地上赫然卧着一条长长的灰白色的东西，正好把她们两个围了一个半圆。

大张吓得魂飞魄散，以为是什么巨蟒，定睛一看，如释重负，伸出手敲了小张脑袋一记，骂道："靠，死丫头，一惊一炸的！北京附近哪来的蟒蛇啊？！"

原来横在她们身旁的，不是什么生物，而是一条灰白色的狭长废墟。它四周都被绿草掩映，所以猛一看好似一条潜藏于草莽山沟中的巨蟒，看上去还挺唬人的。大张走过去观察了一番，发现这废墟颇为奇怪。它很窄，两侧边缘有两条长石铺的地基线，之间目测只有七十到九十厘米，不足一米。但这废墟特别长，她们顺着蛇身走了几步，发现废墟蜿蜒延伸到远方的草丛里。如果不是小张登上刚才那个高坡，根本发现不了。废墟中间没有钢筋，没有水泥，只是堆积着各种矩形的方石与碎砖，砖头的样子与长城砖类似，想来也是个古代建筑残迹。

小张忽然抬平胳膊，眯着眼睛指向废墟："我的直觉告诉我，沿着它走，就能抵达长城。"小张平时喜欢玩塔罗牌，总说自己的体质有一些特殊的感应，很受公司一群小姑娘的崇拜。大张对这个说法一向嗤之以鼻，不过现在也只好聊胜于无，姑且这么相信。

这条石蛇废墟在山里一路穿行，时而越过丘陵，时而绕行林中。这两个姑娘有了一个不会说话的向导，也不辨东南西北，跟着石蛇埋头疾走。沿途大张发现有几段废墟还没有完全坍塌，尚留有残壁或石顶。从这些断垣残壁推断，废墟在未损毁前，大概高度只有五十厘米，上头还加了盖子，构成了一截宽七十厘米、高五十厘米、长度未知的方形管道。大张小张都不是考古专家，对这下水道一样的东西到底是干吗用的茫然无解，也不是特别关心。她们走了约莫半个小时，石蛇终于在一处山隘终止，它的尾巴与一堵高大的青砖石墙垂直相接，构成一个"丁"字。管道和墙壁之间被砖头弥合得严丝合缝，怎么看都像是从长城上接过来的一条下水道。

"会不会是用来让什么东西进出的啊……"大张看着这构造，没来由地冒出这么一个念头。这时候小张发出一阵欢呼，说："看我的直觉灵不灵？"她抬头一指，大张看到那高大的石墙上有一个残缺不全的烽火台。毫无疑问，她们终于抵达野长城了。更幸运的是，管道与长城相接的那一段恰好已经坍塌，城墙像是被炮弹打中的巨人，下腹部被撕开了一个大口子，碎石与断砖如内脏般流泻到地面，堆砌成高低不平的形状。人们踏着这些阶梯，轻而易举就可以翻上那些废墟，踏入长城之内。

她们两个一看到长城，顾不得研究那段奇怪的管道到底是做什么用的了，两个人兴奋地往长城里面冲。这里的城墙位于两座山峰之间的凹陷处，所以离地面最近，两翼展开向上变得很陡峭，比古北口火车站下山还陡，步道上勉强能看出台阶的痕迹。她们两个选择了向右侧攀爬，手脚并用，费了不少力气，终于爬到了烽火台的顶端。这时候她们才发现，这一侧看着低矮，另外一侧却是险峻山崖，几乎是九十度角的峭壁，下面是看不到底的深谷密林。侧面的垛口已经全没有了，只剩下光秃秃的城墙，没有任何防护。人站在边缘向下看，双腿会不由自主地变软。望着如此壮丽的山景，两个人都非常兴奋，又是叫又是跳，充满了成就感。

这时候，小张出了一个主意，她觉得应该沿着城墙继续朝前爬，起码爬过十几个烽火台，才算真正到过野长城。大张向远处眺望，看到这一带的长城不是一马平川，而是随着山势跌宕起伏，往返盘转，很难看到全貌，也不知道状况如何。大张有点犹豫，觉得这么走有点危险，但小张坚持要去，反复恳求，还说直觉告诉她这一路会非常顺利。大张拗不过，只好同意，不过她叮嘱小张，说一定要沿着城墙内侧走，绝对不要靠近峭壁那一边。这一带太安静了，万一出了事，想找人来救都很难。

出发前，大张抬手看了看手表，时间是上午11点整。

接下来的方向叙述非常混乱。大张后来一直坚持说，她们在向东走；小张则认为是在向西。但作为叙述者的我的朋友，坚持说她们应该是往东，然后伸手指向南方。这种前后的矛盾让我大感困惑。实际上，我一直认为，她们从跟随管道废墟开始，就已经丧失了方向的正确判断。

我仔细研究过古北口附近的卫星地图，国老头最初给出的方向就有大问题——从卧虎岭走长城绝对到不了金山岭，因为两者之间隔着古北口公路与潮河，没有城墙相连。作为本地人，国老头不应该不知道这些。他为什么说谎？不知道。而大张小张她们也肯定不是在卧虎岭，因为卧虎岭可以俯瞰到铁路，她们不可能忽略。唯一的可能是她们被国老头的"一公里"指错了方向，又被石蛇废墟稀里糊涂地带入了卧虎岭以西的野长城，和最初计划一路向东的路线完全相反。这一带因为地形太过险要，几乎没有游人，而且因为一些特别的原因，就连当地人也很少来。

当时，大张和小张对这一切浑然不觉，只顾着高兴一路攀爬。她们爬过六七个烽火台以后，坐下来吃了午饭。大张打开手机看了一下，没有信号。小张还拿起石头，在城墙上歪歪扭扭地刻下一行字：到此一游。吃过午饭以后，两个人开始继续沿着长城前进。

人的精神状态有时候很奇怪。当你连续做事情成功时，整个人就会变得好似打了兴奋剂一样，进入一种奇妙的亢奋状态。这种状态下你很难觉得疲劳，大脑与四肢变得非常敏锐、灵活，但负面效应是，往往会忽略掉一些至关重要的细节。大张和小张就处于这种情况。经过了一晚上的担惊受怕和一上午的艰苦跋涉，她们终于得偿所愿、苦尽甘来，见到了专业驴友也很难见到的奇景，心中的兴奋与自豪就不必说了。她们身轻如燕，沿着长城废道一路走下去，连续翻越了不知多少个烽火台，丝毫不觉得累。

可是她们忽略了一件非常重要的事：时间。她们已经在长城上向西走了四个多小时，此时已经是下午3点。即使现在往回返，回村子也要花上五六个小时。等到夜幕降临，天色已晚，山里会变得非常危险。更麻烦的是，爬野长城不像想象中那么简单。这一带长城的地形非常复杂，而且城墙并不是一气贯通，中间有几处彻底断裂，无法通行，大张和小张必须下到长城旁边，从附近山势绕一个圈子到前头，再爬上长城继续前进。换句话说，那种"只要沿着长城一条线走就绝对不会迷路"的想法，在这里是行不通的。

一直到了下午3点30分，大张才猛然意识到这个严重问题。她停下脚步，意识到时间已经来不及折返了。虽然大张和小张都很莽撞，但夜不入山这个基本常识还是知道的。她们两个简单地商量了一下，发现唯一的办法是继续往前走，从长城的缺口出去，找附近的人家借宿或者上公路。好在这是夏季，太阳落山晚。

她们从刚才的兴奋状态中清醒过来，立刻发觉双脚如同灌铅一样沉重，举步维艰。刚才轻轻松松能跨过的城楼，现在却好似天堑一般，非得咬紧牙关才能勉强爬上去——要比喻的话，大概相当于星期五下班和星期一上班的状态对比。说来也怪，心态一变，周遭的一切也都看起来大不一样了。原来那些壮丽崎岖的山色，不知为何变得格外狰狞；不见人烟的山谷也从"给人带来安详的幽静"变成了"我们被困在无人区"的担心。

两个人不再有欢歌笑语，都默不作声地埋头赶路。在途中大张又打开了一次手机，寄希望于对外求援或者GPS，可是整个天地像是被裹进了孕妇的防辐射服，一点信号也没有。这让她们在心理上更觉得孤独。大张在前头正喘着粗气攀爬，忽然听到身后小张停下了脚步，发出一声惊叹。她回过头去，问小张什么事。小张指着城墙边缘的一个垛口，上面不知被谁用粉笔画了一条长长的东西，样子有点像蛇，但是比蛇要长很多，也粗很多，头部是一个圆圈，中间裂开一个口，画风很稚嫩，很像是小孩子的涂鸦。

"这是谁画的啊？真好玩。"小张好奇地过去摸，手掌顺着蛇身贴在砖壁上。大张站在远处，恍惚看到"蛇"似乎动了一下，同时一声微弱的脆声响起，像是什么东西踩断了树枝。大张大惊，急忙扑过去把小张拽了回来。就在同时，整条"蛇"开始剧烈地舞动起来，还发出"嘎吱嘎吱"的摩擦声。大张与小张同时往后倒退几步，然后整个垛口直挺挺地朝着外侧深崖倒了下去，一边跌落一边崩裂，在半空中散作无数碎砾，隔了很久才听见谷底传来响声。原来这里年久失修，风化严重，城墙其实已经相当脆弱，刚才被小张那么一推，整个砖垛口"哗啦"一下滚落到山崖下去。如果不是大张临时拽了一把，那么小张也很可能随之跌落。

"你刚才到底看见什么了？"大张有点惊魂未定。小张歪着头想了想："算是蛇吧？小孩子画的……"她的目光扫过去，忽然一亮："看，那还有字呢。"

在崩塌的垛口旁边的砖壁上还有一行歪歪扭扭的粉笔字，估计作者是画完涂鸦以后很得意，特意加了这么一句注释："这里是长城蛇。""蛇"字的边缘很模糊，似乎是先写了个其他的字，然后用手涂掉，再补上一个"蛇"字。

小张蹲下身子想研究一下，她告诉大张，很多时候，小孩子的胡乱涂写会隐含着一种预知的力量，能看到更多东西，比预言家还要准确。也许这段涂鸦试图告诉她们什么，或者预示未来命运什么的。大张却从另外一个角度来思考这件事。这里有小孩子的涂鸦，说明这一带不是人迹罕至，一定有居民点，所以小孩子可以跑到这种地方来。她很高兴，走到长城边缘眺望，可还是看不到任何文明的痕迹。大张有些不甘心，睁大眼睛继续看。结果她发现，在不远的一处山脊上有一个黑乎乎的东西。那东西方方正正，肯定是人工物品，很像是一栋建筑。

大张松了一口气，她把发现告诉小张，说应该尽快离开长城，朝着那个建筑走去。有建筑就一定有路，沿着路走就一定能找到人家。小张依依不舍地跟着大张离开，嘴里还念叨着："长城蛇，长城蛇……原来写的是什么字呢？这里是长城什么呢？"

她们既然明确了目标，那么当务之急就是离开长城。可长城不是那么容易离开的，这东西是古代为了防御敌人进攻而修建的。尽管过了这么多年，城头早已磨平，可主体高度还在。如果找不到一个像刚才那样的缺口，她们两个是很难从长城爬下去的。

大张和小张又爬过两个城楼，忽然听到了一阵小孩子的笑声。她们已经快一整天没看到人影了，此时听到声音，无不大喜过望。她们三步并作两步跑过去，看到前面的一个烽火台里，有三四个小孩子钻来钻去在嬉戏。这些小孩子大约都是七八岁，穿着脏兮兮看不出颜色的运动服，在烽火台爬上爬下，玩得不亦乐乎。他们发现大张和小张朝他们走过来，忽然都安静下来，整个烽火台像是没人一样，静悄悄的。

大张摸了摸口袋，摸出一块饼干，带着笑脸晃了晃，想把他们叫出来，可小孩子们都不肯出来。这也难怪，改革开放都三十多年了，早过了一块糖就能唬住一群小孩子的时代了。大张悻悻地把饼干收回去。小张从怀里掏出一本漫画书，这次倒是吸引了好几个孩子的注意。可他们也只是从烽火台中探出半个身子，不肯继续靠近。小张走过去把漫画书递给他们，几个小脑袋凑到一起，一边翻阅一边嘀嘀咕咕的。大张耐着性子等他们看完漫画还给小张，走过去问道："你们知道怎么走出去吗？去那个地方。"说完大张指了指远处那栋建筑。

"哈哈，你们永远也到不了那里。"小孩子们一齐笑起来，笑声天真，但称不上无邪。笑声在空荡荡的烽火台里回荡。

"为什么？看起来不是很近吗？"大张一愣。小孩子没有回答，继续笑，好像这是一件非常可笑的事。等到他们笑够了，其中一个孩子没头没脑地说了一句："很长哦。"

"什么很长？"

"当然是长城……"小孩子还没说出最后一个字就被旁边的同伴打了一拳，连忙闭上嘴。这群孩子再也不肯跟她们讲话了。

大张小张没办法，只得穿过烽火台继续朝前走去。她们走出去大约一百多步远，大张一拍脑袋："哎呀，应该问问他们怎么从这里下长城。"她连忙折返回去，却发现整个烽火台已经空无一人。长城两侧离地面都很高，她实在想不通那些小孩子都是怎么下去的。大张有农村生活经验，知道小孩子和大人的视角完全不一样。他们往往能在成人眼中的绝境发现奇路，在枯燥乏味的地方发现乐趣。这附近应该存在一条可以让小孩子们钻出去的通道。

　　大张忽然想到，会不会在这附近也有一条和石蛇通道差不多的通道。小孩子们如果弓起身子爬行的话，勉强可以顺着通道钻出去。她转了几圈，没发现什么痕迹，也许是被刻意藏匿起来了。她又想起那条诡异的墙上画蛇，那会不会是小孩子们在钻通道的时候获得的灵感呢？

　　这些思考对她们的困境并没有帮助，于是大张很快又折返到前方，跟小张一起继续向前走去。小张听大张说完，一点也不惊讶。她说，那些孩子的面相很奇怪，表情很模糊，跟我们是没有缘分的。大张仔细回想一下，确实如此，她已经完全不记得任何一个孩子的长相了。她们在沉默中又前进了半个小时，停住了脚步。这次总算出现了一个喜出望外的好消息，在长城一侧出现了一个小豁口，豁口上还搭着一架木梯。这木梯是把几根原木和木板简单地用藤条缠在一起，看起来很不牢靠。这架木梯来得突兀，不过大张小张已经顾不得许多了，能离开长城就是胜利。小张先下去，大张在城头帮她扶着梯头。小张小心翼翼地扶住木梯，挪动身体，尽量让整个身体都靠在城墙上，以免顺着梯子倒下去。

　　她花了大约五分钟，总算有惊无险地踏到了地面。然后小张扶住梯尾，大张颤颤巍巍地也往下爬。两个人好不容易都落到地面了，却发现周围被一圈灌木丛拦住了。这圈灌木丛生得很高，而且参差不齐，粗大的枝条张牙舞爪，恰好把木梯附近的空间围住，不留一点空隙。大张小张十分诧异。按道理，木梯在这里，那么下面应该会有一条小路才对。可看这灌木丛的架势，枝条之间密不透风，看来已经生长很久了，像蜘蛛网一样把木梯附近围了个严实，看不出半点有路的痕迹。那么到底是先有的灌木丛，后放的梯子？还是先放的梯子，再长出的灌木丛？

　　大张看看天色，这些疑问已经无暇思考。她和小张用手和水果刀拨开灌木丛，忍着被尖刺扎身的痛苦，咬着牙往外穿过去。在付出衣服被撕出许多口子的代价以后，她们总算冲了出去。在她们面前，是一片黑压压的树林，树木之间稀疏不均，地面上的落叶很厚，一看就是天然林带，而且很多年没人踏足了。现在最麻烦的是，这里的天空被树林遮蔽，无法判别方向。原来在长城上，至少还能看到远处那栋黑乎乎的建筑，现在两眼一抹黑，只能凭直觉走了。

　　大张回想了一下刚才在城墙上看到的建筑方向，又估算了一下自己的位置，甚至还请出了小张的直觉，最终选定了一个方向。两人深一脚浅一脚地踩着已经腐烂的树叶，慢慢挪动着。走着走着，小张忽然一屁股坐在地上。大张问她怎么了，小张拖着哭腔说："走不动了。"这也难怪，从早上开始她们已经连续在山里步行了快十个小时，对普通上班族的身体素质来说，已经接近极限了。大张这时候也快不行了，可她知道，一旦停下来就再也走不动了。在这一片未知的林子里过夜，实在太过危险。

　　"我们已经快到了！"大张说。小张问她怎么知道的，大张咬着牙道："刚才有一段高坡，我看了一眼，看到那建筑已经不远了。"其实大张什么也没看到，她们从长城下来以后没法直线过去，必须绕很大的一个圈子，这中间怎么偏离，她心里可一点谱也没有。小张听到这话，恢复了一点力气，挣扎着爬起来。她手往地上一撑却一下子撑空了，整个人一歪差点摔倒。这里腐叶很厚，底下的地面凹凸不平。大张过去想要把她搀起来，脚下也忽然一绊，扑通趴在地上。

　　大张龇牙咧嘴想爬起来，却发现小张的表情很古怪，她神神道道地盯着地面，突然俯下身子去飞快地拨开叶子。很快，两个人惊愕地发现，在下面潜藏着的是一条和石蛇通道一模一样的东西，但比之前那个保存得更完整，上头的盖子和两侧的墙壁都还在，躯干深藏在树叶底层，不知通往何方。

这时候两个人产生了分歧，小张对这个古怪的遗迹表示很不安，希望尽量离它远点。而大张则认为，在这么一片林子里根本无法分辨方向，最好沿着这条通道走，当个坐标。最后大张的意见占了上风，因为小张实在没什么力气继续争论了。大张把最后一瓶运动饮料拿出来让小张喝了几口，然后她找了几截掉落的枯枝，用头绳扎在一起做成一把简易的扫帚，在前头挥舞着扫开腐叶，露出通道背脊。两个人就盯着这条灰黑色的背脊，缓缓地朝前移动着。小张说，她之所以觉得不安，是因为这条石道在腐叶里若隐若现，很像是一条伺机出没的巨蟒。大张气喘吁吁地挥着扫帚，说别瞎想了，省点力气在腿上吧。

天色慢慢地暗了下来，她们头顶的阳光已从灿烂变成暗红，日照角度也慢慢倾斜，山风悄然吹起，这一切都预示着夜晚将在很短的时间内降临。石蛇通道一直没有断过，它长长的身体隐伏在山林里，盘转穿梭。两个姑娘已经放弃了自己辨认方向，任由它带着前进。这条通道已经从一个向导变成了一个图腾，跟着它是她们唯一可以让心灵稍微放松的选择。

小张说，如果这次能够活着回家，她一定把那套塔罗牌烧了，改供石蛇大神。大张在前头扫叶子扫得手臂都酸了，气呼呼地说："你干脆把这把扫帚带回家去拜得了。"就在她们恍恍惚惚觉得这条路似乎永远也走不完的时候，石蛇却在一处开阔地戛然而止。她们抬头一看，前面是一堵高墙，不是长城那种高墙，而是用红砖与水泥构成的现代墙垒，高约两米五，墙头还拉着密密麻麻的电网。而那条石蛇通道一头扎进墙里，跟高墙连为一体。

两个姑娘看到这围墙都激动坏了，互相拥抱着流泪。虽然不知道这围墙跟那栋建筑有什么关联，但终于离开长城蛮荒之地，回到现代文明的怀抱了。流完泪以后，她们决定循着高墙去找出口或者入口。但只走了短短二十米，她们就傻了。原来这堵围墙并没有任何出入口。它的左右是两座山崖，之间间隔大约二十米，而这堵墙正是为了把这个山口堵住而修建的，是一堵死墙。墙上唯一的入口，恐怕只有那条诡秘的石蛇通道而已。

"咱们无论如何也得翻进去，否则就得在山里过夜了。"大张看着天色说。小张嘟囔着："可是我总觉得墙的那边会有古怪。"

"眼见为实！"大张是个有行动力的人，也不相信怪力乱神。她就地把扫帚拆散，头尾相接，接成一根大长杆，然后从树坑里捉了一只肚皮滚圆的大蚱蜢，用草穿起来挂在杆头。她挑着杆子，慢慢地把蚱蜢送到墙头电网。蚱蜢与电网接触以后，没有发出任何耀眼的光芒或噼啪声，几条腿仍在有力地弹动着，这让大张松了口气。

"电网没电，咱们可以爬过去。"

"怎么爬？"小张有气无力地问。

大张从背包里翻出一团尼龙绳，这还是她临出发前随手带的，本来是想拿来捆行李。尼龙绳不是很粗，但现在可不是挑拣的时候。大张把绳子一头挽成圈儿，套到了电网上，拽拽强度，然后把另外一头交给小张。她先用双肩把小张扛起来，让她拽着绳子往上爬去。两个人参加过公司组织的拓展训练，做翻墙的时候还是同一组的，这种配合还算熟练。很快，小张就攀上了墙头，把绳子扔下来，大张脚踩墙面，双手交替攀登，在臂力虚脱之前勉强爬了上去。

她们骑在墙头朝里头看，发现里面的设施有些平淡无奇。一条不算窄的水泥小路，两侧种着松树。紧靠墙壁有一间草绿色的平房，如果石蛇通道还有延伸，位置就在这屋子里。最让她们激动的是平房大门上画着一个五角星，里面还写着"八一"二字。看来，这里是一处军事设施。她们拼着最后的力气，利用尼龙绳从墙上坠下来，一屁股坐在地上，如释重负。既然到了咱子弟兵的地盘，就没什么可担心的了，军民鱼水情嘛，最可爱的人嘛。

"你说，他们会怎么接待我们？"大张靠着墙壁，咧开嘴问。

"应该会把我们送到食堂去美美吃上一顿，再开辆吉普把我们送走吧。说不定还能直接回北京呢。"小张也一脸的憧憬。

"对对，开车的还是个军官，长得可英俊了。"

"最好是《士兵突击》里袁朗那种类型的。"

"你说到时候是你坐副驾驶，还是我坐副驾驶？"

"猜拳呗。"

两个人越说越高兴，一天的疲惫像山一样压过来，让她们的想象空前活跃。正说着，远处传来了脚步声，两个人都屏住呼吸，想象走过来的会是什么人。令他们稍稍有些失望的是，从水泥路过来的是一个小兵，个头不高，脸膛是黑的，不像袁朗，倒更像许三多。这两个姑娘对我军枪械和军事制度都不熟，因此在后来复述时都不记得小兵的肩章是什么等级，也说不明白他拿的是什么武器。总之，肯定是一名真正的士兵，手里拿着一支真枪。那小兵看到她们两个以后，吓了一大跳，第一个反应就是把枪举起来，喝令她们站起来，双手高举。

这个不友好的反应出乎她们的意料，以至于无论大张还是小张都没及时做出反应。小兵更加紧张，把枪口又举高了一点，重复了一遍命令。她们看他的表情不像开玩笑，只得照做。小张一想到自己居然被真正的枪对准，不由得哇地哭了出来。小兵有些手忙脚乱，喝道："不许哭！"大张有些生气，一步站到小张跟前，训斥小兵道："我们都是普通老百姓，你一个大老爷们儿拿枪欺负姑娘算什么？"

小兵把枪口稍微放低了点，语气却依旧僵硬："你们从哪里来？"大张说，我们是爬野长城迷路的，刚刚翻墙过来求助。小兵不信，仍旧一副如临大敌的样子。大张一边哄着小张，一边跟小兵讲她们今天的遭遇。小兵听完以后，拿出一部对讲机来说了几句，然后端着枪继续盯着她们。不久，一个军官模样的人匆匆走过来，那相貌也不是很帅。他端详了大张和小张一番，听小兵简要说了一下情况，点点头，对两个女孩说道："这里是军事禁区，有严格规定不允许任何平民进入。你们快走吧。"

这时候，大张才明白那些孩子的话是什么意思。在这种深山里，这么高的围墙只能是军事设施，还是绝密的那种。她对军官说："我们也想快点走啊，你带我们去门口吧。"军官却摇了摇头："不行，你们要是往那边走，就是重大泄密事件了。我看你们不可疑，趁没人发现，快离开吧。"

大张气得有点想笑："你让我们怎么走？"

"原路返回。"军官说,又补充了一句,"我已经算是通融了。如果是按照擅闯军事禁区的规定,当场击毙你们都是允许的。"

"我们怎么原路返回啊?"

"翻墙回去。"

大张和小张一听,差点就崩溃了。她们费了这么大力气才走到这里,现在让她们原路回到那片区域?这不是开玩笑吗?可军官的表情不像是开玩笑。他一挥手,那小兵放下枪,走到墙边双手交叠支在身前。大张和小张苦苦哀求,军官却丝毫不为所动:"你们不走也行,被我们拘押扣留。不过有可能会被起诉,到时候谁也保不了你们。怎么选择你们自己定吧。"

大张小张没办法,只得选择回去。她们依次踩在小兵的双手上,小兵双臂孔武有力,轻轻一抬,就把她们送到墙头。军官把尼龙绳又扔给她们。

大张忽然想起什么,急忙喊道:"那我们过了墙,怎么走才能到公路啊?"军官手臂一指:"一直往前走。"这时候小张也忽然问了一个问题:"那条通道里,到底装的是什么东西啊?"军官闻言,脸色一暗,比了个不耐烦的手势。小兵把尼龙绳一撤,两个人重新落到了墙壁之外,带着破碎的梦。大张一边解开绳子,一边恨恨地骂那个冷血军官;小张却对军官的表情饶有兴趣,在后来的许多场合都做了不同的猜测,一次比一次离谱。

两人被赶出来以后,只得选择再次前进。好在这一次军官没有指错路,她们在林子里步行了大约七八公里的样子,在天色完全黑透之前抵达了一个自然村。

大张打开电量所剩无几的手机，很快收到一条让她们热泪盈眶的短信：河北移动欢迎你。

她们在村子里的小饭馆点了吃的喝的，狼吞虎咽。店主看她们狼狈的样子，好奇地问她们去哪里了。大张把今天的遭遇原原本本讲述了一遍。店主"哦"了一声："难怪，那里有一个兵站，周围几公里都被划成了军事禁区，我们当地人都不让靠近。"大张又问那条石蛇通道是什么东西，店主听完描述，眉头一皱，给她们讲了一个古老相传的古北口故事。

传说明朝时，名将戚继光曾经被调派来古北口修长城。古北口山野里生存着一条巨蛇，经常出来伤人，还把修好的长城掀翻。戚继光为了捉它费尽了心思，损兵折将却徒劳无功。眼看皇帝定的期限就要到了，戚继光急得团团转，这时候他手下一个来自义乌的兵——戚将军以前是在江南打倭寇的，所以手下浙兵特别多——出了个主意。他说以前在河沟里捉泥鳅，都是弄一个长长的竹笼沉到水里，泥鳅只会前进不会后退，进了竹笼就出不来了。戚继光一听，大受启发。他召集工匠与士兵，沿着长城修了一条长长的石蛇道，恰好能容巨蛇钻进去。他又宰杀了一百只兔子、一百只羊，把兔血、羊血洒在通道里外。巨蛇晚上出来，闻到血腥味就一路吃了过去，一头钻进石道，一直钻到长城里。

戚将军见巨蛇上了当，立即下令把两头都堵住，亲自拔刀去杀那困住的巨蛇。巨蛇这时口吐人言，乞求饶命，自愿看守长城赎罪。戚将军便饶它一命，那通道也不拆，留着给它进出长城用，还起了个名字，叫长城蚺。从此以后，那条巨蛇就一直隐伏在山里，利用那条蛇道往返长城。据说在抗战的时候，巨蛇还冒出过头来吃日本鬼子。

老板说："这附近的老人都爱用那条长城蚰来吓唬乱跑的小孩子。至于那条蛇道，那一带山林特别容易迷路，所以没人能说清楚具体位置。你们看到的大概就是那个东西吧。"大张对这个荒诞不经的故事不以为然。小张却很感兴趣，缠着老板问他到底吉利不吉利。老板被缠得受不了，说："那巨蛇被戚将军收服以后，成了护山神兽，不再作恶，所以你们如果看到了它的蛇道，应该算是件幸运的事。"

吃过饭以后，大张和小张一致同意不过夜了，直接回北京。她们在饭馆老板的指点下走上公路，很快就截到了一辆客运小巴。这辆小巴很破旧，车上半满，乘客穿着普通，和4449次上的乘客差不多。售票员是个光头大汉，探头看到大张和小张，吆喝了一声，一脚把车门踹开，她们就稀里糊涂地上去了。

小巴在黑暗中行驶了几个小时，售票员忽然起身，对所有乘客说："麻烦你们把身份证给我。"

"为什么啊？"大张有些紧张地问，以为上了黑车。

售票员诧异地瞪了她一眼："马上就进北京了，要查身份证。"

两个姑娘在漆黑的小巴里忘情地欢呼起来，这让车里的其他人不知所措。大张和小张后来表示，这是她们那一天听到的最温馨、最甜蜜的话。后来的故事平淡无奇。她们顺利地回到了北京，在12点钟声敲响的一瞬间各自推开了住所的门，像是虚脱了一样一头扎在床上，睡足一整天。

在接下来的日子里，她们和平时一样地生活、工作，在每一次聚会上，把这个故事支离破碎地讲给了我的朋友听。我的朋友再丢三落四地讲给了我。可惜的是，那条神秘的蛇道到底是什么样子，她们没带相机，无法给我们找到直观的影像。我查遍了长城的资料，没有找到任何与之类似的文献与照片。至于那个军事禁区，我猜测大概是雷达站或导弹基地，至于从长城伸出来的蛇道为何与那个禁区相连，里面到底在做些什么，我就无从揣测了。我的几个朋友按照她们的描述去寻找过，但没人成功地找到过那条遗迹。

除了这些事情以外，还有一个奇异的后遗症值得说说。从古北口回来以后，大张和小张就成了老鼠的克星。只要老鼠靠近她们的身体几米开外，就会开始蜷缩着颤抖，走不动路。无论是小区里的野鼠还是笼子里的荷兰猪，概莫能外。

外篇　考古物理学

安达从嘈杂不堪的梦境里醒来，他感受到了透过窗帘射进来的阳光，于是习惯性地伸出右手，将放在床边的DELL（戴尔）手提电脑抬到自己胸前。电脑屏幕感应到了这种细微的振动，"啪"的一声从休眠中醒过来；FLASHGET（下载器）仍旧持续下载着动画，屏幕的右下角显示出"11：30"的数字。

上午11点30分，大部分新西兰留学生的标准起床时间。安达打了一个哈欠，将电脑轻轻放回到床边，慢条斯理地爬起身来。今天大学没有课，所以他并不着急，一连串穿衣服的动作很沉稳，好像一只澳大利亚的考拉。房子里静悄悄的，房东已经出去上班了。安达目前住在寄宿家庭，整个房子里只有他和一个六十多岁的房东老太太；老太太是新西兰本地人，工作是替旅馆清理房间，现在正是她最忙的时候——事实上，安达已经很久没有在中午12点以前看到过她了，因为她多半在工作，而安达在睡觉。

当安达叼着烤面包片来到客厅时，他看到靠近门口的浅灰色绒线沙发上摆着一大堆花花绿绿的信件，这显然是房东在上班前从信箱里拿出来的，还没来得及分类。这些东西如实地反映出了一个人的社交状态，里面有银行的月报表、电话公司的账单、一张快递通知、几张广告单，还有两张明信片。他把自己的信件挑出来，逐一打开审视，里面并没什么重要的东西；接着他又拿起那两张明信片，第一张背景是一只几维鸟的特写，发自奥克兰，是房东住在奥克兰市的大儿子给他母亲的例行问候；而第二张的背景则是中国的八达岭长城。

长城？安达挑动了一下眉毛，在新西兰收到画着中国长城的明信片，这多少有点奇怪。他把明信片翻过来，看到背面用英文写道：

安先生敬启：

　　我迫切地想与您就一些彼此都关心的话题进行一次有意义的探讨，希望您能于本月16日下午5点拨冗前往Cambridge镇Rifle Range街18号，我将在那里恭候。

你诚挚的<br>彼得·米切尔

英文是手写的，字体很漂亮，看得出写字的人曾经受过英式正统教育。安达挠挠头，把这几行字看了又看，觉得实在是莫名其妙，因为他从来不认识任何一个叫彼得·米切尔的人，也不曾与Cambridge镇的任何人有过任何"彼此都关心的话题"。这个突兀的邀请让安达觉得有些蹊跷，尤其令他不快的是，信里的措辞虽然客气，口气却很坚决，不容回绝。

星期五的早晨接到陌生人发来的邀请，这听起来很诡异，简直就像是一部三流悬疑小说的开头。安达回到自己的房间，躺在床上把明信片捏在手里反复端详。从卡片上的出版信息可以看出，这张明信片并不是中国出品的，而是属于新西兰本地印制的一套世界人文建筑明信片中的一张。这种卡片很少见，但并不算罕见，在比较大的邮局都能找到。这个叫彼得·米切尔的人选择了这张卡片，是不是有特别的用意呢？他是怎么知道安达的通信地址的？更重要的是，他为什么会写信给一个素昧平生的普通中国留学生？他到底想干什么？

一连串问号在安达脑子里盘旋，他觉得这很难用常理去解释。于是他就跑到网上，将这件事讲给了自己的几位朋友。一位名字叫作MULTIVAC的朋友听完以后，毫不犹豫地回答："毫无疑问，这是外星人的阴谋。你会被骗到那间屋子里，然后被外星人绑架，被迫接受奇怪的实验。接着，你就只能等着FBI（美国联邦调查局）的穆德和史考丽或者MIB（电影《黑衣人》里的组织）的J与Q来救你。"另外一个叫JULIEN的人更干脆地指出："其实，他是一只从特兰西瓦尼亚逃出来的吸血鬼，现在他吃腻了盎格鲁–撒克逊人，决定要换换口味。"

安达当然不会相信这些无稽之谈，随着各种荒谬可能性的累积，他对这个邀请的兴趣反而增加了。于是他决定去看看，即使那是陷阱也无所谓。安达确信自己既无身家值得勒索，也没有什么政治秘密值得套取。还有一个理由促使他接受这一邀请，那就是好奇。本质上来说，安达是个有着强烈好奇心的人，不过他并没有与之配套的勇气与探索精神，所以这种好奇心往往被谨慎所遮掩。换言之，他只有在确认安全——至少他自己认为安全——的情况下才会纵容自己的好奇心，显然他不认为这封信是一个可怕的威胁或者阴谋，因此好奇心就占了上风。

Cambridge镇其实距离安达居住的Hamilton市并不远，只有30公里，是个只有几万人的僻静小镇。当然，就像Hamilton市和美国开国元勋汉密尔顿没有任何关系一样，Cambridge镇与英国剑桥也只存在语意学上的相似。当天的天气很好，万里无云，温度是16摄氏度，二级小风。安达开车在下午4点半抵达了Cambridge镇。他在当地的Information Centre（咨询中心）要了一份免费的市区地图，按图索骥，然后很轻松地找到了Rifle Range街18号。

18号是一栋典型的新西兰老式建筑，木制浅绿色平房，墙壁油漆有些剥落，显得很老旧，好像一只生了皮肤病的河马。房外的小院里长满了各种各样茂盛的植物，一棵小山毛榉的枝条越过篱笆伸到了外面的步行道来。从哪个角度来看，都不像是会发生阴谋的地方。安达一边这么想着，一边把车停在了路边。他走到房子的门前，深吸了一口气，抬起手按动了电铃。门很快就开了，一个穿着灰白罩衫的中年女子出现在他面前。

"安先生吗？"她的口音很奇怪，听起来像是法国人。安达从怀里掏出驾驶执照，向她证明自己的身份。

"是的……呃……我接到了一封信……"

"请进吧，米切尔教授在他的办公室等着您。"中年女子说完示意他进来，安达跟着她穿过一条走廊，沿途看到两边挂着几张黑白照片，拍摄的年代似乎很早，都是在不同的地方拍的，他唯一能认出来的是希腊的阿波罗神庙和胡夫金字塔。走廊的尽头是一扇木门，门上贴着一张纸，上面写的是"Nothing is certain but death and taxion."（这个世界上没有什么事情是确信无疑的，除了死亡和纳税）。那女子打开门，冲安达做了一个手势。他犹豫地迈进了房间，门在他身后关上了。

"我知道你会来的。"一个快活的声音在屋子里响起，安达抬起头来，看到坐着轮椅的米切尔教授发出刺耳的笑声。这是一位年纪在六十五到七十岁的老人，满脸都是沟壑纵横的皱纹与老人斑，眼袋很大，所以在厚厚的镜片后的两只眼睛显得很疲惫。他穿着一件浅灰色的老式睡衣，睡衣的边缘磨得很旧，干枯的左手手背上全是墨水的痕迹。

"您的手……"

"哦？你是说这个吗？"米切尔教授抬起左手，将手背对着安达晃了晃，后者注意到那并不是墨水的痕迹，而是很多文字。"他们总是建议我用备忘录，于是我就自己准备了一个。"米切尔教授解释道，然后他又把眼神投向安达，这一次变得比刚才锐利了不少。"请坐，安先生，我想你已经收到了我寄给你的明信片。"

"是的，所以我来了这里。"安达点点头，坐在椅子上，他发现教授身后的原木书架上，不仅有厚如砖头的书刊典籍，还摆放着各种仿真建筑模型，精美无比。

"请容许我先介绍一下自己。"米切尔教授摘下眼镜擦了擦，神情好像是在给大学一年级新生上第一堂课，"我和你一样在Hamilton市怀卡托大学，是考古物理系的客座教授彼得·米切尔；不过你在校园里肯定没有见过我；显而易见，我只能在家里主持远程教学。"说完，他拍了拍自己的轮椅。

"您说的是……考古物理系？"安达花了二十秒才明白这一个单词的发音。

米切尔教授转身拿起一支铅笔，在纸上写下这个单词的拼法，拿给安达看，然后说："嗯，这是一个介于考古与物理学之间的专业。按照时下流行的说法，这是一门边缘学科；详细的课程介绍在大学网页上有下载——当然，那只是些听起来很威风的牛皮罢了，唯一的用处就是每年从教育委员会那群傻瓜那里挖来更多的预算。不过，这与我们今天要谈的主题无关。"

"那么，一位考古物理系的教授找一位商学院的中国留学生有什么事情呢？"

米切尔教授眯起眼睛，将手里的铅笔来回摆弄起来，铅笔的笔头已经被咬烂了，全是牙印。"你知道长城吗？"

这个问题对身为中国人的安达显得不够礼貌，甚至有些粗鲁。他不满地皱了皱眉头，不过并没有把这种情绪表露出来，只是冷淡地回答说："知道。"

"很好，那么关于长城的历史以及它伟大的建造者——你们中国人叫他嬴政——你了解多少？"

"在我的中学时代……"

"中国的中学历史教育一向很糟糕。"米切尔教授尖刻地插道，"我认识的很多中国留学生甚至不知道隋文帝与大运河。"

"我认识的一些新西兰学生也不知道库克船长和塔斯曼。"安达忍不住反唇相讥。（注：塔斯曼，荷兰探险家，于1642年率领第一批欧洲人发现了新西兰岛，并将此地命名为新西兰；库克船长，全名詹姆斯·库克，1769年以国王乔治三世的名义占领了新西兰，开始了欧洲的殖民。）

"好吧，好吧，让我们回到话题上来。"米切尔教授摇摇头，似乎不想与他陷入争论，"你刚才说你对长城很了解。"

"我想这并不奇怪。"

"这很好，因为如果对长城一无所知的话，就没办法胜任这个工作。"

"工作？"

"是的，一份工作，这就是我叫你来的缘故。"米切尔教授拿铅笔的一端敲了敲桌子，发出浑浊的咚咚声。过了一会儿，他看到安达还保持着沉默，于是开口问道："你不想知道这是份什么工作吗？"

"我想您会告诉我的，我在等待。"安达慢条斯理地回答。

米切尔教授的表情一下子变得很不舒服，仿佛在舞会上被笨拙的舞伴踩到了脚一样，安达觉得自己现在略占上风。教授把眼镜推了推，看了他一眼，用两手操纵轮椅来到书架旁，取下一个蓝色的文件夹，从中间抽出几页纸来，一边翻动一边说道："你知道，我是个历史学家，也是个物理学家。出于职业习惯，我更喜欢从纯粹的技术角度去研究历史遗迹以及与之相关的历史事件，这也是属于考古物理学的范畴；任何历史事件，有其人文原因，也有其技术原因。比如君士坦丁堡的陷落——我想你也许知道——穆罕默德二世在加拉太北面铺设了一条涂满了牛油的陆上船槽，使得土耳其人将80艘战船拖运到了金角湾的侧面，从而赢得了胜利。对别的历史学家来说，君士坦丁堡的陷落是伊斯兰文明的胜利；而对我来说，那也可以解释为是摩擦系数的胜利。所以我的注意力更多的是放在物理现象本身，那才是诱发历史的最直接原因。而考古物理学的意义就在于，我们用物理学的常识来考察历史上重大事件的原因，并以此来回溯历史真相。普通历史学家只能从历史文献里判断出阿拉伯人确实攻打过君士坦丁堡，而我们物理考古学家则可以通过对加拉太附近的船槽遗迹以及当地土质的研究来复原土耳其战船造型。"

安达把身体换了个姿势，保持着安静，而教授则继续说道："我最早对长城产生兴趣是在1956年，那时候我在英国约克大学的考古系为一个野外小组提供技术支持。该小组的领导者，也是我的导师卡尔·格罗夫，提出一个有趣的理论。他说从一个考古物理学教授的视角来看，中国的长城是世界七大奇迹建筑中最富有现实主义色彩的建筑；当印度人、巴比伦人为取悦他们的王妃修建陵墓、罗马人为取悦他们的市民而修建大斗兽场的时候，中国人已经开始从更实用的角度来选择他们的公共工程。长城所具备的含义，完全取决于政治与军事方面的因素——抵抗北方民族的侵袭——而不掺杂任何浪漫的杂质。虽然罗马人也曾经在大不列颠岛修建了哈德良长城与安敦尼长城，但那只是一项暂时性的简易工程，无论规模和历史意义都无法与中国长城比较。嬴政在这方面是相当值得赞赏的君王。

"因此他让我就这个题目写一篇论文。在研究了包括阿诺德·汤因比的理论与奥雷尔·斯坦因的实地勘察报告后，我始终还是觉得很茫然，因为我无法确定自己的方向。1957年一个偶然的机会，我在巴黎年会上被介绍给了英国皇家学会会员、剑桥大学的约瑟夫·李约瑟博士……"

"李约瑟是谁？"安达问道。米切尔教授不屑地看了他一眼，略带嘲讽地回答说："就是写了《中国科学技术史》的李约瑟博士，对，中国科学技术史。"

他把"中国"这个单词咬得很重，安达不禁有点脸红。

"当时李约瑟博士正在撰写《中国科学技术史》，因此他给了我很多建议，并对当时还处于雏形的考古物理学表示出了很大的兴趣。我从他那里得到了不少宝贵的资料，尤其是关于长城的相关史实；在对其中一件围绕着嬴政与长城而发生的事件做了详细研究后，我最终确定了论文的题目与方向，那就是长城在特定历史事件中的物理因素，但是仍旧有一个问题……"

"缺乏实地考察吗？"

"嗯，你并不像我想象中那么对考古学一无所知嘛。"米切尔教授的话不知道是挖苦还是恭维，"考古学最重要的就是实地勘察，缺乏实地勘察的历史论文是没意义的，就好像在伊拉克找不到大规模杀伤性武器的小布什是愚蠢的一样。"

"那你可以去中国考察。"

"我申请过了。1959年6月，我向中国政府提出前往宁夏西吉县秦长城遗迹以及山海关进行实地考察，但是被拒绝了。于是我的论文不得不搁置，一直到今天。"

"据我所知，中国和英国正式建交是在1972年，在那之后你为什么不去？"

"1971年，我在津巴布韦考察马绍那人的大津巴布韦古城遗迹时被当地叛军袭击，两条腿因此残废，连家里的浴室都没办法自己去。"米切尔教授说到这里，伤感地拍了拍自己的两条腿，发出一阵遗憾的叹息。接着他拿起手中的纸片晃了晃，继续说道："后来，我在1986年移民到了新西兰。一直到上个月，我偶然看到自己在1957年搁置的那篇论文的残稿，于是决定将它补完，因此我需要一个人前往现场代替我进行勘察。"

"等一下。"安达的声音里有种掩饰不住的惊讶与恼火，"我想我需要强调，我是一名商科市场营销专业的三年级学生，从来没有受过任何考古方面的专业训练，也不具备专业知识。你需要的是一队真正意义上的专家。"

"我希望能与一个中国人合作完成这篇关于长城的论文。"

"我可以为你联系北京或者西安的中国考古学者。"

"不，不，我需要的是一位业余人士的协助，而且整个调查要在保密的情况下进行。"

"这真荒谬。"

"也许是吧，你可以把这视为一种偏执，不过我希望你能接受这份工作，我会给你不错的酬劳。"教授的语气变得很诚恳，但安达仍旧不为所动。

"您该知道，现在是5月，我有三份3000字的个人作业、两份小组作业，还有，我必须在6月底之前提交毕业论文的大纲。我不可能在这期间返回中国去做现场勘察。"

"不，不是现在，可以等到8月，你不是预订了新西兰航空公司8月4日去香港的机票吗？"

"……"这次轮到安达的表情变得不自然了，他没想到，这位教授居然事先连他的行程都调查得一清二楚。

"因为8月是雅典奥运会，你想赶回国去看直播，对吧。"

"……我认为这有侵犯个人隐私的嫌疑。"安达狼狈地辩解道。

米切尔教授看起来有点得意，他像是好莱坞电影里常见的幕后黑手一样将头向后仰去，同时露出洞悉一切的微笑。"安，我说过了，我是个考古物理学的教授，而且从事的是野外作业。希腊就像是我们的后花园一样，我与当地政府的有重要职位的人都很熟，我可以给你提供一次去雅典实地观摩的机会……"

"……呃，这样啊……"面对这种诱惑，安达终于有些动摇了。他舔了舔嘴唇，两只手不自然地搓了一下，"日程上的确安排得开……但最大的问题是，我对遗迹现场勘察并不熟悉，或者说根本就不了解。你怎么能指望一个外行人去弄来有用的数据？"

"这不需要你操心，你只要按照我给你的指导规程去做就可以了。我发明了一种仪器，它会完成大部分作业，你只需要按按电钮。"

"希望能比我的车更容易操作……"

"我向你保证，没有比那个更简单的了。"

教授把椅子转到电脑前，熟练地在键盘上敲击了几下，然后屏幕上显示出一张造型别致、极具科幻色彩的仪器的3D图像，与安达所知道的任何一种东西都不同。"这就是我发明的'西塞罗'科考探测仪，它可以近乎全自动地完成绝大多数复杂的勘测与现场分析，只要你给它安装上合适的模板。顺便说一句，这机器也和西塞罗本人一样饶舌。"教授看起来对自己的这一杰作十分得意。

"这真科幻……"安达嘟囔着。

"这是科学。"米切尔教授纠正道。安达轻微地耸了耸肩，动作幅度很小，米切尔教授并没有发觉。

"那么好吧，我就去那个什么西吉……"安达觉得自己现在没有什么其他的选择了，何况雅典奥运会的诱惑还是挺大的。

"宁夏西吉县秦长城遗址以及山海关的历史遗迹。"米切尔教授重复了一遍，接着从文件夹里抽出另外一张纸和地图递给安达，"据我考证，那段长城与我着重研究的课题有着密切的关系，当地遗迹可以提供相关的细节佐证；而山海关附近的遗迹应该可以给予人文资料方面的证实。"

接下来的话题就开始涉及具体的技术细节了，包括长城的建筑结构力学解析、建筑成分构成、材料密度等等，那些拗口的物理学专业名词让安达头疼不已。米切尔教授反复重申，这些数据对论文是极其重要的，一定要谨慎，尤其是对于一篇从物理学角度来分析长城历史事件的论文来说。

"只有无懈可击的数据才能分析出无懈可击的历史。"米切尔教授把声音提得很高，语气里充满了兴奋，"如果你所提取出的数据无误或者在可以容许的偏差之内的话，那么我们就可以借此还原出那段关于长城的神秘历史，而且比那些人文历史学家更不带有偏见，因为物理学比人文历史更公正客观。"

"希望如此。"安达简短地回答，这一次并不是因为冷淡，而是因为他已经晕了头了。"我还有最后一个问题，为什么你选中了我而不是其他人？"

"因为你的名字。"

"名字？"

"是的，名字，AN DA，在中国留学生的资料列表里，按字母顺序排你是第一个，就这么简单。"米切尔教授摘下眼镜，悠然自得地擦了擦，然后重新戴上。

到了8月，安达如约携带着一批古怪的设备返回中国，在西吉县与山海关分别做了为期三天的勘察，将到手的数据全部整理成报告，通过电子邮件发给了米切尔教授。后者在四天后将报告邮回到了正在雅典看开幕式的安达住的旅馆，上面用红笔标记出了全部的语法错误，在报告的最后还加了一个C-。

安达在雅典看完了奥运会，心满意足地回到了新西兰。他抵达的第二天就接到了一封邀请函，上面写着：彼得·米切尔教授将于8月24日在怀卡托大学PWC教室进行一场考古物理学学术讲座。敬请出席。

安达如约在8月24日前往PWC教室，作为数据的搜集者，他觉得自己有义务去聆听一下那位教授究竟得出了怎样的成果。出乎意料，出席这次讲座的人相当多，足有两百多人，他们中的绝大多数安达都不认识，因为出席者多是来自物理系和其他理科院系的。那些只看得懂"Profit"（利润）与"Benefit"（利益）的商学院成员不会对这种东西有兴趣。

安达进场的时候，彼得·米切尔教授已经开始了他的演说，坐在轮椅上的他今天看起来容光焕发："……我们知道，人类的声音具有多变性，其频率与声带、颌骨、呼吸道、鼻子以及口腔形状之间存在着一个复杂的互动关系，特定的频率只能由特定的人体器官位置组合发出。我在医学物理领域的天才同事们已经顺利地建立起这一互动关系的数学模型。假定我们有一个已知的声波频率，那么我们就可以利用电脑软件重现这一关系——换句话说，我们可以根据声音来描绘出一个人的容貌。"

下面的人包括安达在内都被教授这段看似完全无关的话题弄糊涂了，米切尔教授好像看出了他们的心思。"也许你们会问，这和今天的讲座有什么联系？我的回答是，有的，那就是考古物理学。考古物理学的意义就在于，我们用物理学的常识来考察历史上重大事件的物理原因，并以此来回溯历史真相。如我刚才所说，现在我们可以在技术上通过对声音的检测来了解发声者的容貌，那么，如果我们能够取得古代人类的声音样本，就可以成功地了解到古人的相貌如何。

"当然，我必须承认，古人也许会遗留下他们的生活用品、他们的城堡或者他们的墓穴，但他们不可能遗留下他们的声音。我们不指望在金字塔里挖出一台录有法老胡夫和他夫人调情的留声机。"

台下发出一阵笑声。米切尔教授的声音这时候陡然升高："但这并非意味着完全不可能。事实上，我们也可以从古代遗迹中推导出古人声音频率的特征。我们知道，共振是一种最基本的物理现象，一个物体振动的时候，另一个物体随着振动。发生共振的两个物体，它们的固有频率一定相同或简单地成整数比。这种现象在声学中也称共鸣……而根据物理学的原理，影响共振的重要参数是物体本身的材质以及形状。换句话说，如果我们了解了物体本身的材质和形状，那么就可以计算出其固有频率。假如我们找到一个与古人声音固有频率一致且遗留到了今天的物品，那么就能从物体的结构、材质、形状等方面计算出它的频率特征，进而推导出与其频率相同的古人的声音特征，然后描绘出古人的相貌。"

"可是，我们怎么知道一件物品是否与特定古人之间发生过共振呢？"台下一个听众举手问道。

"这就是我要说的了。伟大的中国人在他们的文献中遗留下来了这么一个历史事件，给我们提供了一个完美的实验机会来检验我的理论。"米切尔教授微笑着回答。他身后的投影屏幕上出现了一张典型的东方女性的脸。

"她就是孟姜女，一位中国古代的传奇女性。根据中国历史记载，她的哭声曾经与长城发生共振，并最终导致了大规模坍塌。我们运用刚才提到过的理论，在秦长城遗址提取了相关数据，并据此复原了她的容貌。"

这时候，米切尔教授身后的投影屏幕"啪"的打出了本次讲座的主题：Resonate Phenomena under Physical——Archaeology Perspective: A Historical Case Study about Meng.J, N Crying, and the Dilapidation of Great wall（《考古物理学视角下的共振现象：哭泣的孟姜女以及长城坍塌的历史个案研究》）。

## 附录：关于宁夏西吉县秦长城遗迹

战国秦长城，由甘肃静宁县入境，进入宁夏西吉县，沿葫芦河东岸北行，经西吉县将台乡的东坡、保林、明荣村后，于将台乡的东南侧折而向东，进入马莲乡；又沿马莲川河东北上，经红庄乡，穿滴滴沟，至孙家庄南；折向东，过海子峡河到吴庄北，绕固原市西北10里的长城梁站、明庄、郭庄，到达清水河西岸。在此，长城分为内外两道：一道由海堡开始，绕乔洼，过清水河，至郑家磨，又沿河岸南下到陈家沙窝；另一道由海堡向东，过清水河，也到陈家沙窝，与前道长城合并，尔后进入固原东山。东南经西郊乡水泉三队、吴沟村的蔡家洼生产队，进入河川乡海坪村的墩弯，过寨洼村，又东行至河川乡黄河村后，东南到城阳乡的白岔、长城源，自叶家寨转向东北孟源乡的赵山庄、草滩、麻花洼后，折向北出宁夏境，进入甘肃省镇原县马渠乡的城墙弯村庄，全长约400余里。

## 孟姜女庙

山海关城东约六公里，有一凤凰山，山上葱郁的林木掩映中，矗立着一座小巧的庙宇。远远望去，古庙红墙与苍松翠柏交相辉映，愈加显得小庙古朴庄重，这便是远近驰名的孟姜女庙。孟姜女庙原名贞女祠，相传始建于宋以前。据《临榆县志》记载："贞女祠，在东关外十三里望夫石之巅，祀孟姜女。"此祠创始于宋以前，"至明万历间，主事张栋重建，崇祯时副使范志完重修……清康熙间曹安宇茸而新蒨。"现存的孟姜女庙即为明万历年间的建筑。1956年被公布为河北省第一批重点文物保护单位。1979年，孟姜女庙正式开放成为山海关一大著名景区，每年都吸引了大批游客到此参观游览。

　　孟姜女庙坐北朝南，全景区占地面积约四万平方米，是一座灰砖青瓦，类似民居的建筑。四周林木葱郁，掩映着黛瓦红墙，显得格外古朴清幽。整个庙宇由长阶、山门、钟亭、前殿、后殿、望夫石、梳妆台、振衣亭、海眼、孟姜女雕像及孟姜女故事陈列室等组成，布局合理，景物错落有致。

外篇　大冲运

"奥林帕斯航运中心即将到达,请乘客收拾好自己的行李,准备下车。"一个女声从天花板上传来,语气里充斥着电脑模拟声特有的冷漠与机械。在这个人类已经可以把游泳池修到太阳系边缘的时代,让电脑多带点人情味儿似乎仍旧是一个无法攻克的难题。

　　我一下子睁开眼睛,把蜷缩在狭小座位上的四肢谨慎地舒展开,突然没来由地感觉到一阵粘滞的疲惫。自从上车以来,我一直没怎么好好睡过,总是处于一种别扭的亚兴奋状态。我之所以会处于这种状态,30%的原因是这辆地形车实在是太古老了——据司机说,它至少赶上过十次火星大冲,我的天——所以一路上颠簸不堪,从生命维持系统到四向量履带无一不响,我觉得唯一可能不响的就是它的尘暴警报器。每翻过一个坡,这辆车都会全身颤抖着冲向高点,然后重重落在地上。车子底盘的缓冲平台一接触地面就立刻发出巨大的轰鸣,在四周掀起一片沙尘,仿佛火星的重力对它来说是个格外沉重的负担。

　　还有20%的原因是拥挤，这辆车的额定乘员是60人，结果一共塞进来了87人，结果连除尘室和过滤间都蹲满了人，我甚至还看到三个哥们儿钻到车子底部的动力机构里，用三种不同的姿势挂在错综复杂的核反应炉外围的框架之间，怀抱着行李呼呼大睡。为了节约氧气，司机把空气过滤的功率调低了三分之一，还掺进了一些火星大气，车厢里的二氧化碳和氮气的浓度几乎要熏死人了，再加上周围的脚丫子味儿、碳酸饮料味儿、汗臭味儿以及不知谁放的屁，我这一路简直比在水星上裸奔都难受。

　　另外50%的原因则是我对未来微茫的期待和紧张。

　　我要回地球了，回家了。

　　而我还没买票。

　　"总算快到了，真是累死人了。"文东长长地伸了一个懒腰，手臂差点打到邻座一个大胡子的鼻子，后者厌恶地瞪了他一眼，吓得他赶紧缩回胳膊。

　　"是啊。"我回答道，尽量简洁。每说一个字，我就必须冒多吸一口腐臭空气的风险。

　　"等一会儿到了市里啊，我先去氧吧痛痛快快吸一罐地中海的氧气，再来一杯威士忌，加冰块的，若能有小妞儿陪着就更妙了。"文东说得很高兴，甚至有几滴唾沫星子溅到了我的脸上。我冷淡地截断他的喋喋不休："你不去买票了吗？"

"车到山前必有路，到时候再说呗。我人都到这里了，还能走不了？张哥，你说对吧？"文东一脸的满不在乎，从怀里掏出一面小镜子开始用指头梳理头发。我同情地摇了摇头，重新闭上眼睛。

我是上车之后才认识这小子的，他就坐在我的邻座。这家伙一落座先冲我道了个歉，然后把几个钛罐口袋扔到了两个座位的中间，一下子占了我三分之一的空间。我看了他一眼，还没开始发作，他就已经一口一个"哥"叫得亲热，还递了根烟给我。在掏打火机的时候被司机发现了，好一通骂。文东是两年前来火星做勘探的，这次是头一回休假，所以特别兴奋。一路上我光听他喋喋不休地唠叨他的那点经历，这么长的旅程都没把他的啰唆磨平，倒挺让人佩服的。

车子的速度在逐渐减慢。我不理文东，缓缓转过头去，窗外可以看到远处无比挺拔的奥林帕斯山，它如同擎天一柱，威严地连接着蓝紫色的天空和橘黄色的大地，漂浮的沙云在它赤红色的腰间盘旋，在塔尔西斯高原落日的映衬下真有些希腊神话里的恢宏气度。

这座火星最高的山峰从几百公里以外就可以看到，它是奥林帕斯航运中心最醒目的地标。对我们这些人来说，它更接近一个图腾，意味着即将踏上回家的旅途。

我工作的地方是在阿尔及尔平原市，位于塔尔西斯高原最南端。为了抵达奥林帕斯航运中心，我必须穿越四千公里长的水手峡谷。当然，你可以选择坐小型航空机，但火星尘暴是一个不可预期的风险，大部分人还是宁愿在七公里深的水手峡谷谷底忍受地形车的颠簸。眼看目的地即将到达，地形车仿佛也变得轻松起来，它抖动着巨大的钢铁身躯，吼叫着朝前方一个半圆形的透明罩开去。那里就是奥林帕斯航运中心，如同一个倒扣的半透明的瓷碗。尽管跟四周的山脉比起来，它显得毫不起眼，可它是人类在火星最大的航天发射中心，光是生活区的面积就有十多平方公里。

过了大约半个小时，地形车穿过防护罩下的一个小闸门，终于进入了奥林帕斯市区。车子两侧的防沙板嗡嗡地降了下去，窗外的景色被防护罩的滤光层中和成了天蓝色。对于习惯在火星生活的人，这种色调给人一种怀旧的舒适感。一进市里，本来死气沉沉的车厢登时漾起活力。乘客们纷纷开始起身，一边揉着腰一边取自己的行李，同时大声向周围的人——不管认不认识——抱怨旅途的艰辛。文东率先跳起来，把两只脚巧妙地插进堆满了行李的过道，去开上方的储物箱。

"张哥，我帮你把包扔下来吧。"还没等我答话，已经是骂声四起，呵斥他别挡道。文东一瞪眼睛要跟骂他的人吵，被我一把拽回到座位上，免得他惹事把我也扯进去。在这个当口儿，我可不想惹出什么是非。

奥林帕斯市的行车通道十分拥挤，行进速度慢得令人难以忍受。我们车子的周围爬满了形形色色的交通工具，有体态臃肿的运输用的地形车，也有破烂不堪的勘探坦克，甚至还有几架小巧灵活的地效飞行器在大车之间没头没脑地穿行，襟翼和底盘不时刮到旁边的车子，发出尖厉的声响。不过这也不能怪当局，当初这里只是按照一个发射场的附属区域来规划设计的，根本没想到能发展成如此规模的一个生活聚集区。现在如果想彻底改造，所花的费用估计和新建一个殖民生态圈差不多，没人愿意出这个钱。

过了大概一个小时，我们的车才勉勉强强挤进了中心广场。平时，这个中心广场是一大片太阳能板阵列，每次大冲运的时候，就会被腾出来做停车中转场。

也只有在这个时间，这个区域才被人称作"中心广场"。

尽管已经有了心理准备，可我下车的时候还是晕了一下。整个广场沸沸扬扬，几十辆或新或旧的地形车横七竖八地停泊着，周围人头攒动，黑压压的一片，少说也有几千名乘客，潮水般的喧哗声盖过了广播声。习惯了工作基地的冷清的我，一旦身陷喧嚣中还真是不习惯。我站在车门边深呼吸了一下，发现发射场的空气也很浑浊。可以想象，这么多人聚在一处，一定超过了空气循环系统的负荷。我们其实只是从一个难闻的小罐子转移到了另一个难闻的大罐子而已。有人说在火星的人生活在罐子里，这话丝毫没错。

远处广场的西侧悬浮着一条红色的横幅，上面用三种火星官方语言写着："全力备战大冲运，切实确保乘客出行。"

"说得倒好听。"我耸耸肩，这条标语已经悬挂了许多年，没有人——包括发射场的工作人员——把它当回事。标语两侧没有保养的悬浮器忽高忽低，让横幅看上去歪歪斜斜，颇为滑稽，在庞大的人群上空显得格外无力。

文东站在我身后，拎着背包张大了嘴，他显然没料到会有这么多人。"乖乖，这比我在火星两年加在一起见到的人还多！"文东摸摸脑袋大发感慨。这个年轻人到底还是稚嫩，想到的只是这些浅薄的事情。我则更担心现实的问题，眼前比上次大冲运的人数还多，买票的前景更令人忧心，能不能顺利回到地球还是个未知数。我们这些长年在外星工作的人轻易回不了一次家，所以每两年一次的火星大冲就成了所有人的精神寄托。其实准确来说，火星大冲的天文学名叫火星冲，大冲是十四年才有一次的天文现象，但是对于人类来说，两年已经足够漫长了，已经有资格可以叫作大冲了。于是这名字便以讹传讹，流传下来。

　　火星开发的初期，开拓者们往往选择火星大冲的时候发射飞船，可以缩短飞行距离。其实以现在的宇航技术水平，火星大冲能节省下来的里程已经微不足道，可是从心理层面来讲，大冲给予了大家一个绝佳的理由：那是火星距离地球最近的一个时刻，也是离家最近的时候。天文台的大冲预告如同一个在耳旁呢喃的恶魔，劝说着每个人是时候回家探亲了。这种微妙的心理暗示逐渐演变成了一种巨大的习惯，当习惯积累到一定程度后，就成了文化。 所以每一次火星大冲的时候，整个火星就如同节日般沸腾起来。就像是一个连接大脑的按钮，一按下整个人就立刻切换到了另外一种精神模式，完全围绕着回家来计划自己的生活。人人都算着时间，谈论着大冲，渴望着返回地球，义无反顾。在火星大冲期间，申请回航的人数陡增，形成了巨大的迁徙潮流。于是，这种两年一次的返乡之旅被所有人和官方称为"大冲运"。

　　"不行了，憋死我了，再不吸点纯氧，我的脑子肯定萎缩了。张哥，我走啦！"文东把东西存在车站的储存箱里，冲我摆摆手，一溜烟就跑没影了。我望着他的背影，同情地摇了摇头。他居然还有心情去吸氧，殊不知真正的考验现在才开始。文东很快消失在人群里，我拎起自己的行李，下意识地环顾四周。地面上星星点点扔着许多垃圾，任凭人类的双脚践踏。大部分人都和我一样，脸上带着长途奔波的疲惫，两只眼睛却射出锐利的视线，如同随时准备进攻的战士，谨慎地挪动着脚步。一层淡淡的紧张气息浮在人群上空，没有任何仪器可以探测到，但它确实存在。

　　有些人在台阶和太阳能板架上席地而坐，面无表情地吸吮着牙膏管里的流食；远处还有几个躺在半开的宇航服内睡觉的家伙，鼾声如雷；甚至还有两三堆人把防沙膜铺在地上打起扑克来。穿着蓝色制服的发射场工作人员和保安在人群中不时闪现，然后像溺水者一样很快地淹没在人潮里。平时，这种事都是靠机器人来做的，但即使是最新型号的机器人也无法处理这么复杂的现场局势。每个人都是一个充满了诸多因素的综合体，庞大的人口基数彼此交织在一起，构成了无比繁复的行为模式，计算量之大足以击穿任何芯片。

我费力地寻找着人群之间不断变化的缝隙，要不失时机地拨开他们，机会稍现即逝。必要时还得拼命用肩、胳膊、双腿甚至臀部挤开旁人，开辟出一片能够腾挪的空间，还要兼顾自身的平衡与行李。我简直不敢想象，假如这是在地球的重力指数下，我该怎么办。广场上绝大多数乘客是成年男性和女性，一方面来说这增加了行进的难度，另一方面来说则减少了负罪感——我可不保证在这个时候还能对妇孺保持绅士风度。

忍受着无数白眼和冲撞，我在肺部耗尽了氧气之前总算移动到了广场西侧的航运中心。不出我的意料，航运中心的十个临时售票口前挤满了人。队伍从航运中心里面一直排到了外面的停车场，几道微红的激光线在两侧约束着队伍的秩序；还有几个小贩在队伍前后来回兜售着航天罐头，无论人群多挤，他们总能带着自己的运输机械人开出一条路来，很强大。

航运中心上方的大屏幕冷漠地滚动着发射日程表，对下面发生的事情毫不关心。我飞快地扫了一眼屏幕，上面那一排排由一个字母和四个数字组成的航班号充满了诱惑，比全裸的女模特更令人心醉。合适的航班号我早已经谙熟于心，早在出发之前就已经做了周密的计划：有三个航班作为首选，还有几个备选航班。这些航班的发射时间、价格、路线以及舱位我都背得滚瓜烂熟。我在心里复习了一遍买票的计划，然后吃力地从怀里掏出身份卡，高举过头。

在火星工作的人相对于在地球的人来说并不多，但定期航班很少。奥林帕斯发射场的发射容量可以满足日常运输的需求，但碰到大冲运则完全不够用。据说火星管理局正打算修建另外一座发射场，专门用于货物运输，把奥林帕斯改成客运专线。不过这计划现在还处于规划中，等到建成以后，估计我儿子都有资格申请来火星上班了。

地球上的朋友有时候会好奇地问我："在这个网络发达的时代，为什么还会用这么原始的排队购票方式？"其实最初火星确实是使用网络订票的，只需在自己的基地里动动手指就可以预订上航班，可是很快，抗议声四起。因为订票者遍布整个火星，而火星目前还缺乏有效、可靠的交通手段，经常会有人误机，造成舱位的浪费，买了票的走不了，能走的人却买不到票。经过一段时间的争论，最后，火星管理局干脆宣布取消网上购票，所有人都一视同仁，规定必须等乘客本人已经抵达奥林帕斯才能买票。有人说，这项政策让太空时代的人类一下子退化到了单纯靠体力与蛮力的原始社会，但我觉得这样也好，至少很公平。

和在地球上买票不同，在火星买票前必须接受全面的健康检查以确定能够适应宇宙航行，而且还要审查资格、身份资料等，即使已经实现了完全的电脑化，流程仍旧很长。这无疑是雪上加霜，航运中心迫不得已只好采取随机抽取的方式，用扫描器随机扫描广场上攒集的人群，只有被扫描认证以后的人才有资格进入排队通道。于是所有人都奋力挥舞着身份卡，在激光线的末端聚成了一大团拥有无数狂乱触手的混乱人球。

作为一名已经经历过几次大冲运的旅客，我多少有了些窍门。比如在排队的时候，不一定是举得最高、挥舞得最频繁的身份卡会被最先扫描到。广场上有几个特定区域被选中的概率比较高，而且我偷偷在身份卡上涂了一层反射增幅膜，可以增强对扫描热线的反射度。这东西本来是用在深层空间探测卫星上的，我恰好认识一个基地里的工程师，他给我贴了膜，收了两百元钱。这钱花得很值，我大约只站了三十分钟，身份卡就发出一阵震颤，麻酥酥的触感从指尖传到脊梁。它被机器扫描到了！我心头一阵狂喜，只要能排进队伍，就等于成功了一半。我拼命把身份卡举高，只要多坚持一秒钟就可以顺利地注册进系统了。

就在这时，身份卡的颤动突然停止了，这是信号中断的征兆。我惊愕地抬起头来，以为出了什么问题，下意识地捏紧证件，仿佛这样就可以挽回颓势，可惜这只是一种迷信。很快，大屏幕上显示出了下一位排队者的编号，不是我。我沮丧地垂下酸痛的胳膊，叹了口气，抬起头想看看那个幸运儿是谁。人群一阵骚动，一个身材挺拔的女人走出来，朝着航运中心而去，脸上挂着遮掩不住的得意。她擦肩走过我的身旁时，冲我抛了个媚眼儿，把挂在脖子上的身份卡当扇子扇了几下。

我立刻注意到这其中的猫腻，她的身份卡上肯定装了主动发射器！这是一种霸道的装置，类似于主动声呐，会直接向扫描探头发射强烈的信号，强度要比反射增幅大许多倍，难怪我抢不过她。问题是，主动发射装置目前还没有实现微型化，最尖端的产品也有一个拳头大，无法集成到身份卡上，所以一定还藏在她身体的某个部位。我像色狼一样死死盯着她的背影，是藏在丰硕的胸前还是藏在高耸的臀部？假如我及时举报给监察部门，应该可以揭穿她的手段，顺利的话，我还能够拿回自己的排名。可是这样一来，我也将冒着被揭穿的危险……

女人大概觉察到了我的视线，她停下脚步，回首妩媚一笑。我避开她的视线，装作去看大屏幕上的时刻表，她也没再说什么，转身娉婷离去。

没有其他办法，我又多等了大约两个小时，几经周折才再度被扫描器选中到队列中来。进入队列以后，系统会给一个特定的序列号，不必排队，安静地等待叫号就是了。我松了一口气，揉着酸痛的胳膊走进候票大厅，恰好与刚才的女人四目相接。

女人眉头轻耸了一下，轻启红唇："谢谢。"我一愣，随即明白了她的意思，冷冷地回了一句："不用谢，我们彼此彼此。""你一直在盯着我，是在猜那个装置搁在哪里吧？"女人直直盯着我，似笑非笑，有些挑逗的意味。我无论精神还是肉体都已经很疲劳了，对这种暧昧暂时丧失了兴趣，只是淡淡回答："现在不重要了，反正我们都进来了。"

这个反应大概超出了她的意料，她愣了愣，把额头的刘海儿撩起来："真怪，我听说在火星的男人对女性都很饥渴。"

"这年头，除非你是航运票……"我低声嘟囔了一句。

她不禁笑起来，大方地伸过一只雪白的手："我叫瓦瑞娜。"我谨慎地握了一下，随即放开。

候票大厅里的人其实也不少，为数不多的几个座位都挤得满满的。瓦瑞娜凭借着女性特有的魅力，让其中一位绅士主动让出了他的位置。而我只好和其他人一样，保持着直立姿势。有经验的人会让一只脚略微歪曲，把重心压在另外一只脚上，交替休息，并寻找一切机会靠住墙壁或者柱子。

等候是大冲运期间的另外一个挑战。它不见得让肉体很辛苦，却拥有无孔不入的乏味，像南美洲的食人蚁一样密密麻麻地爬满心智，用尖颚细致地啃噬着耐心和理性，那是一种精神上的凌迟，让人焦灼、沮丧甚至恍惚，仿佛时间的匀度被拉长至无限细长，然后绞在自己的脖子上逐渐收紧。很多人在硬件方面做了充足的准备，最后却跌倒在了这个因素上。

为了对抗这个考验，与陌生路人聊天是个必然的选择。我和瓦瑞娜很快就抛开了因发现彼此作弊而导致的尴尬，开始有一搭无一搭地攀谈起来。反正大家都是陌路相逢，也没什么顾忌。很快我们就摸清了对方的底细。她是丘比特盆地的一个基地的保健医生，不过用她自己的话说是"应付男人骚扰的时间比治疗他们花的还多"。难怪她刚才会有那种感慨。这次是她第一次参加火星大冲运回地球。

"看不出来，你的手段还是蛮老到的嘛。"

瓦瑞娜耸耸肩，夸张地用手掌托起左边的胸部颠了颠："基地的人教了我不少东西，也给我提供了不少专业设备。"看她的表情，我能想象到，那些为了达到交配目的的男性是如何运用自己的优势给美女献殷勤的——人类果然从来没进化过，至少男性没有。我盯着眼前隆起的优美弧线，觉得有些遗憾，那曲线下包裹的只是一堆电子元件而已。

"不过，我实在没想到会有这么多人，比我预期的多出十几倍。谁想到大冲运会有这么多人，我还以为是那群臭小子夸张。"她说。

"据说每次大冲运的时候，因为聚集到奥林帕斯的人实在太多了，火星的地轴都会偏移上几度。"

"这算是个笑话吗？"

"火星笑话，很火星。"我语带双关地回答。

我们两个正有一搭无一搭地闲谈着，忽然广播声在头顶响起，令人憎恶的电子女声刺破了所有人的耳膜和脆弱的心理防线："今日的航票已经全部售完，请等候的旅客明天再来。"等候的人群发出一阵愤怒的哗然声，骂声四起，还有口水吐到地板和墙壁上。这个结果太糟糕了，我们花了好大的功夫才淘汰掉其他竞争者挤进队列，如今却必须等明天重新来过。距离成功只差一步，这比从一开始就失败更令人沮丧。

人们的怒气全都发泄到了火星管理局头上，他们本可以做得更好。比如给前一天进入队列的乘客优先购票权，比如允许提前几天订票，再比如在大屏幕上显示定期航班的剩余座位数。这些措施很简单，也不费什么事。据说管理局也有自己的苦衷：给予优先购票权会让他们遭到无数质疑公正性的投诉，尽管他们从来没有什么公正可言；允许提前订票，意味着必须制订一个长期、准确并且完备的发射计划，无论从火星气象还是航运中心本身的工作态度去考虑，都是不可能的任务；至于把剩余座位数进行公示，就压榨了黄牛的生存空间。

"你听得没错，我说的是黄牛，太空黄牛。"我平静地告诉瓦瑞娜。后者露出一副"我读书少你不要骗我"的表情。

"火星这种地方也有黄牛啊？"她问道。别看她表现得很成熟，在这方面还是个雏儿。

"黄牛那种东西，比蟑螂的生存能力还强，无处不在——蟑螂至少还怕拖鞋呢。"

瓦瑞娜看起来对我的幽默没产生任何共鸣，刚才的事情对她打击很大，神情还有些恍惚。我们此时置身于刚才抢票的广场中，尽管今天的票已经售罄，广场上的人还是越来越多，没排上的人还在原地徘徊，巴望着奇迹发生，还有更多的人不断从火星各地赶来奥林帕斯，心存侥幸。黑压压一片覆盖了广场本身的颜色，每个人能够分享的个人空间比飞船上更小。

拜他们所赐，我和瓦瑞娜不由自主地挤到了一起。她的肩膀倚靠着我，右手半扶不扶，丰满的胸部随着身体的晃动微微扫过我的手肘——好吧，这没什么好兴奋的，我知道那只是主动发射器而已。说实话，和女孩子的柔软身体隔着两层薄布互相摩擦，这种感觉还是很不错的，不过如果能选择的话，我宁愿与打印着自己名字的航空票肌肤相亲。

"那我们接下来怎么办？"看到那么多人持续拥入，瓦瑞娜丧失了之前的自信，面色苍白地问我。我注意到，她不自觉地使用了"我们"。当事情朝着女性不可预期的方向发展时，她们往往会就近寻找一个可以倚靠的对象——或者说她们觉得可以倚靠的对象——而我恰好离她最近。"先去吃饭，然后我们碰碰运气。"我捏着下巴，故意说得高深莫测。瓦瑞娜的眼神里闪过一丝期待的火花，紧紧地跟随在我身后。

"站前饭店"名字叫饭店，其实就是一个存储仓库。仓库里摆放着几把椅子和几张圆桌，两个钛罐被临时支起来做柜台。这里没有厨房，柜台的后面只有堆积如山的航天罐头，柜台前方用一块小型液晶屏显示着罐头的种类。这家饭店是航运中心的工作人员开的，名义上是为了方便广大乘客的出行需要，其实是个肥缺。航运中心官方只负责乘客登船前的呼吸维持系统，饮食之类的服务不在提供之列。乘客只有两种选择：一是自己携带，但这会占掉行李的重量配额，很不划算；二是在航运中心的私人"饭店"吃，这些饭店会赶在大冲运之前从地球订购一大批航天罐头食品，它们便宜、容易运输、保质期长，烹饪也简单，反正乘客没什么选择。除了有路子开店的人，还有一些闲散人员。他们的罐头存货比较少，也租不起仓库，就租一个运输机器人跟在自己后面，在航运广场来回穿梭叫卖。

我选择饭店进餐只有30%的原因是饿了，70%的原因是饭店后面隐藏的东西。我和瓦瑞娜找了一张稍微干净点的桌子坐下，她皱着眉头从怀里掏出一张卫生纸，试图把桌上脏兮兮的火星尘和一道道红、绿颜色的污渍擦掉。周围还有几桌客人，大家的表情都很忧郁，嘴里不停地唠叨着，说什么话题的都有。

一个四十多岁的中年妇女从柜台后走过来，嘴里叼着一根烟卷，整个脑袋罩在一个透明的密闭头盔里，头盔里烟雾缭绕，几乎看不清楚她的脸——这是基地安全部门和瘾君子之间妥协的产物。她毫不殷勤地问我们要吃些什么。我点了一罐流质香肠和一罐半流质的扬州炒饭，瓦瑞娜用指头按住太阳穴，随便点了一罐菠菜，随即闭上了眼睛，似乎无法承受。这家饭店上菜很快，它没法不快，服务员的工作只是去后面仓库挑出需要的罐头再端上桌子而已。我轻车熟路地撕开罐头包装，用力压了一下罐头底部的加热层，半分钟内它就变得"炙手可热"了。

"快吃吧，打起精神，吃饱了好去弄票。"我把嘴对准吸管之前对瓦瑞娜说。她自暴自弃地拿起罐头，看了眼保质期，又悻悻放回原处。

"你说弄票，该怎么弄？"她问道。

我指了指老板："就是从这里啊。"

"你是说，她是个黄牛？！"瓦瑞娜美丽的大眼睛一下子瞪圆。我耸耸肩，看来她所在基地的小伙子们没有告诉她关于大冲运的全部事实。能够在航运中心开饭店的人一定都是有背景的，他们除了能弄到吃的，当然也能弄到航运票，后者的利润更加惊人。受到我的鼓励，瓦瑞娜打开菠菜罐头，两三口把它吃完，仿佛不吃完就会得罪饭店老板，弄不到票一样。这顿饭就这么潦草地结束了，谈不上美味，至少我不饿了。我和瓦瑞娜掏出自己的身份卡，拿到柜台前。老板继续在头盔里吞云吐雾，用指头在收银机上打出价格。

"什么？！这么贵？！"瓦瑞娜忍不住大叫。我赶紧一把拉住她，用眼神示意她赶紧闭嘴，然后把两个人的身份卡交给老板。老板端详了她一眼，什么也没说，按照那个有点离谱的价格扣了钱，把卡递了回来。我接过卡，装作不经意的样子随口问道："老板，今天的票能弄到吗？"老板大概早见惯了我们这种人，迫不及待地想弄到票又不想拉下身份，于是直截了当地回答："今天的不可能了，明天的还有机会。"

"都有什么航班的？"

"什么航班都有。"老板的底气十足，就连瓦瑞娜都忍不住佩服起来。"看你们愿意出多少钱了。" 老板又补充了一句："我这里童叟无欺，也不牟取暴利，K票加200%的劳务费，Z票加170%，D票加150%，都有发票，怎么样？够优惠了吧？"

"这还叫优惠？这是抢劫啊！"瓦瑞娜忍不住小声嘟囔道。老板丝毫不以为忤，笑着对她说："小姐，如果一个抢劫犯能把你送回地球，你愿不愿意被抢呢？当然，你不花钱也可以。我见过一些姑娘陪航运中心的领导睡上一觉就回去了。你要不要考虑一下？你的条件不错。"瓦瑞娜听到这么露骨的话，脸腾的一下红起来，看来她实际上没表面装得那么豪放。

我赶紧把话题岔开："我们买K票，能不能把劳务费稍微降一点啊。您看这一路上好几天呢，开销上实在……"

老板不耐烦地敲了敲柜台，在头盔里又吐出一个烟圈。"想快还不容易，钻虫洞去啊，没人拦着你。"我哑口无言。火星和地球之间有虫洞相连，单程只要十个小时就到了，但是这种需要空间跳跃的D票贵得不得了（D的意思是"洞"）；次一级的选择是自携大容量推进剂的直飞Z，这种飞船可以从火星直飞地球的任何一个降落场，中间无须补充任何燃料。而我能负担的是最普通的K飞船。这种飞船为了节约燃料，沿途需要借助火卫二和月球的引力进行加速，要多绕好几圈，飞一趟得花八天时间——唯一的优点是相对便宜些。

"怎么样？你是打算明天去排那个不靠谱的队，还是干脆在这里订？"我转头去看瓦瑞娜。她看起来很苦恼，假如再去排一次那种长队又买不到票的话，精神非崩溃不可。

"好吧……我要一张，谢谢您。"她终于妥协了。

老板早预料到了她的抉择，波澜不兴地把我们的身份卡又拿了过去："今天先刷一半，明天来取票时再刷另外一半。"说完，她拿起笔在一张荧光纸上潦草地写了几个字："明天带着这个来。"

"今天拿票不行吗？"早一刻拿到票，就早一刻安心。

"废话，所有的票都是当天才确定，你们等着就是了。"老板粗暴地结束了这次谈话。

我和瓦瑞娜走出饭店。她的神情有些古怪，一半是为金钱心疼沮丧，一半又似乎很高兴。她忽然停下脚步，用那双大眼睛注视着我："他们真的可以弄到票给我们吗？"

"我前几次都在这儿订的，没问题。"我安慰她道。

"希望如此。"她低声喃喃，有些心力交瘁，之前利用主动发射器排队的春风得意全然消失了。

在我意识到差不多说明天见的时候，忽然发现了一个严重的问题：老板并不知道我和她素昧平生，想当然地把两张票写到了同一张纸上。这凭证没法撕开，而我和她都不会放心让陌生人拿着自己订票的凭据——万一转手卖给别人就糟糕了，老板是只认纸不认人的。我们都无法在这件事上充分信任对方，这意味着，我们只有一起过夜这个选择了……

广场上依然人头攒动，等待买票的人们仿佛地球原野上密密麻麻的杂草，他们的生存环境极为恶劣，可生命力极为顽强，只要有一点缝隙就可以滋长起来，坚韧并且百折不回。唯一不同的是，杂草的活力源自物种繁衍的本能，而眼前人群的活力源自思乡，即使是1.2亿公里的距离也无法阻挡他们回家的冲动。

曾经有地球来的记者把大冲运形容为"史诗般的太空迁徙"，还幸灾乐祸地说"大冲运谱写了一曲横亘空间的生命之歌"。对此我嗤之以鼻，他们这些坐政府飞船的浑蛋哪里知道民间疾苦？史诗你个头，生命你个屁。对于大冲运来说，什么都没有意义，唯有航票才是王道，是正统，是最初的，是最终的，是阿尔法，是欧米茄。所有的故事，无论喜怒哀乐，都是围绕着它卑微地存在着。而我即将面临的显然是其中一个故事：因为黑市订票凭证的失误，我必须和瓦瑞娜在一起过夜。

这个故事有各种发展的可能：她欣然同意，我们同处一屋，很自然地在床上媾和到一起，次日拿到航票各自奔赴地球的不同角落。那一夜的风情如模糊的梦境般在记忆里留下一道浅痕；或者她愤然拒绝，宁可不要航票也不愿随便和陌生男人同居一室；还有一种最大的可能是：我睡地板，她睡床，一夜无语。

事实上，这个故事发展的最大障碍不是瓦瑞娜的态度，而是硬件的缺乏——我们没有床位。奥林帕斯只是一个发射中心，它所拥有的居住空间极其有限，不足以应付大冲运期间拥来的旅客。一些人选择露宿街头，反正整个城市都是恒温的；还有一些人付出一笔费用，可以在仓库里找个地方落脚；甚至还有人把外太空用的宇航服拿出来当作睡袋租给乘客。

我把我们面临的窘境向瓦瑞娜做了详细的说明，还刻意选择了一种漫不经心的口气，以免让她怀疑我别有用心。瓦瑞娜听完以后陷入了沉思，高高的颧骨泛着白光，让她的轮廓看起来有些抽象。大约过了两分钟她才抬起头来，眼神变得轻松起来。

"没关系，那个凭证你拿着就好。"她的回答出乎我的意料。那张凭证上只写明了两张航运票，却没有写名字。在拿着航票去航运中心注册名字之前，这张票可以转让给任何人。换句话说，我可以转头卖给另外一个人，大赚一笔，而瓦瑞娜不会有任何机会挽回损失。

"你不怕我拿去卖掉吗？"我坦率地问道。

"如果我说，我看到你的第一眼就觉得你可以信任，你相信吗？"

"别傻了！"

她露出妩媚的笑容："把你的身份卡交给我，这样我们不就可以彼此信任了吗？"

"聪明的女孩……"我咕哝了一句。这确实是个完美的解决方案，没有身份卡我根本无法登船，她也没法打开卡上的指纹锁从中牟利。我们彼此手里拿的都是对自己毫无用处、却对对方至关重要的东西。当然，我和她的一夜春宵也因此泡汤了。

"这是我的身份卡，可别弄丢了。"我不放心地提醒了一句，顺便随口问道："你打算去哪里休息？"瓦瑞娜露出调皮的表情："我告诉你的话，你会不会半夜摸过去？"我严肃地回答："那可真说不定，据说大冲运期间，一夜情发生的概率是平时的十倍。"

"这也是个大冲运笑话，对吗？"

"当然了，这个笑话的可笑之处在于：在大冲运期间，你也许能找到一夜情的对象，但不可能找到可以发生一夜情的房间。"瓦瑞娜笑了笑，什么都没表示。为了摆脱尴尬，我决定讲另外一个故事给她听："从天文学的角度来说，火星大冲十四年才发生一次，而大冲运是两年一回，你知道这是为什么吗？"

"不知道。"瓦瑞娜的态度很明显是在敷衍。

"据说这个名字的来源是一个缺乏科学常识的小说家。他误把普通的火星冲日当成了大冲，当别人指出他的错误时，他回答说：'是的是的，也许我搞错了，但是大冲比较好听，不是吗？'于是，大冲运这个错误的名字就以讹传讹，成了习语。不得不承认，大冲运确实比冲运顺口一些。"

瓦瑞娜轻描淡写地说："真是个可悲的家伙。"

我们正要告别，旁边忽然传来一个欢快的男声。"哟，这不是张哥吗？"

来的人居然是文东，这家伙大概刚从氧吧里出来，还是一脸无所谓的轻松神态。文东看了一眼我身旁的瓦瑞娜，眼神变得暧昧起来："看来您的票是到手了，已经有闲情逸致搞这个调调儿了。"我赶紧解释道："这是我刚才认识的朋友，瓦瑞娜。"文东一脸的不相信，他伸出手去，眼睛却盯着她丰满的胸部。瓦瑞娜象征性地用指尖碰了碰，不失礼貌地表现出了她的厌恶。

"你的航票已经没问题了？"我随口问道，这是个在奥林帕斯永恒的话题，就像英国人问候天气、中国人问候吃饭一样。

文东满不在乎地转动一下脖子："那当然，我那几个哥们儿都是过命的交情，绝对靠得住。我说来一张回地球的航票，一句话，人家立刻送来好几张让我随便挑。"我和瓦瑞娜对视了一眼，彼此都摇了摇头，谁都听得出来这个小青年是在吹嘘。买大冲运期间的航票可不是买鸡蛋那么简单，一张嘴就是几张，说得轻巧！文东又瞅了一眼瓦瑞娜，对我说道："张哥，火箭发射前要没事，就到氧吧找我去吧。那儿的人我最熟啦，只要我一句话，他们就得免单……"我"嗯"了几声，心里已经开始不耐烦了。文东又东拉西扯了几句，这才吹着口哨走开。瓦瑞娜大有深意地瞥了瞥我："你的朋友可真是有趣啊。"我立刻回答："我也是在旅途中才认识他的，可没那么熟。你要我帮你搬行李吗？"瓦瑞娜表示不用了，她把那些大行李都堆在了广场的寄存处。虽然火星重力没地球那么可怕，可带着大件行李到处跑毕竟不是很方便。于是我们就此道别，并约好明天在那家小饭店碰头。

我目送着瓦瑞娜娉婷的背影消失在汹涌的人群中，开始思考自己今天晚上的安排。正规酒店就别想了，整个奥林帕斯也不过只有那么一家罢了；职工宿舍这会儿肯定已经被包光了。运气好的话，我也许能在储物仓库找到一个落脚的地方，运气不好的话，就只好睡广场了。最终，我的运气介于好与不好之间，通过与一个水栽农场管理员的交涉，我可以在那个农场里凑合一夜。那是人类文明在向宇宙进发过程中最重要的发明之一，每一个基地和飞船都会配备一套这种装置。它可以通过规模化营养液来大量培育太空蔬菜，给星际旅行的人们补充必要的维生素养分——当然，对我来说，这种伟大发明的全部价值就在于，它的两个蔬菜培养槽之间为散热和通风预留有足够空隙，那里刚好可以躺下一个人。

听起来是很凄惨的选择，但绝对比想象中要舒服。为了尽量保证植物自然生长，农场里的供暖和空气含氧度都很足，而且在黄瓜、甘蓝与韭菜的清香中入眠，不失为一种美好的嗅觉疗法。那个管理员还向我保证，夜深人静的时候甚至能听到蔬菜们聊天。是的，我说得有点夸张了，但是在那种状况下你只能给自己找些积极向上的理由，否则人会崩溃。大冲运期间总会有那么几个人精神崩溃，发病率甚至比宇宙孤寂症还高。

第二天早上，我红肿着双眼，带着一身莴苣味来到那家站前饭店，昨天晚上我没怎么睡好，培养槽的电机一直嗡嗡地叫着，喷洒装置每隔一个半小时就尖啸着划过头顶一次，更不要提那些频繁闪动的水葱生长指示灯了。我从来没见过这么吵闹的蔬菜大棚。瓦瑞娜已经在饭店门口等了，她看起来倒是精神抖擞。

"看来你昨天晚上睡得不怎么样。"瓦瑞娜抿着嘴笑道。

"我现在明白为什么小孩子讨厌青菜了。"我咕哝了一句，反问道，"你呢，你去哪里休息的？"

"哦，奥林帕斯中央酒店。"

"什么？！不可能！"我脱口而出。

瓦瑞娜神态轻松地说："正好有一名火星管理局的小头目一个人住在那里，所以我稍微利用了一下他。"

"利用？"我狐疑地打量了这个体态丰满的女人一番。

瓦瑞娜咻咻笑道："我猜，你满脑子都是龌龊的东西。我只是答允跟他在一个屋子里睡觉，别的可没答应过。"

"你不必跟我解释……"

"也对，咱们不过是萍水相逢，反正一会儿上了飞船就各奔东西了。"瓦瑞娜把身份卡还给我。我拿出票据来给她看过，然后我们两个并肩走进那家饭店。

老板仍旧在那个玻璃面罩里吞云吐雾，她一见我们走进来，立刻摘下面罩迎过来。我们刚刚诧异她几时变得如此殷勤，她就带着三分歉疚、三分无奈，又有一丝理直气壮地对我们说："对不起，那票没有了，我把钱退给你们。"

这个消息不亚于火星雷暴对我们的打击。我和瓦瑞娜呆立在原地，仿佛赤身裸体在真空里被辐射刺得千疮百孔。人的心理底线是个很微妙的东西，它不是一个固定数值，而是一个可调节的预期标准。假如我们的心理预期是三天后拿票，我们的心理承受能力就会是五天或者更多；但当我们把心理预期调节到"第二天我就可以拿到票走人"，突然被告知拿不到的话，那么我们的心理底线恐怕已经被击穿了。

我几乎是对老板吼道："怎么可能没有？！你答应了会给我们！"老板冷静地掸了掸烟灰，解释道："这件事我也措手不及。你知道啦，我们小本买卖，也只是有点路子罢了，现在人家后台硬的一句话，票务处的能不给吗？于是就只能挤走你们了。这种事经常发生。"我愤怒地捶着钢化玻璃的桌子："我们交了订金的！凭什么不给我们票？！总得有个先来后到，你说我们现在怎么办？你说啊？！"

老板看我的情绪有些失控，赶紧换了安抚的口气："钱我会如数退给你们的，一分也不少。"

"这不是钱的问题！"我大叫道，旁边几个路人与食客朝我这边看过来。老板从柜台里拿出几罐流质牛肉和蘑菇塞到我手里，半是求饶半是强硬地说："算我认栽，给你几罐食品做补偿吧。别在这里闹了，闹大了惊动了管理局，咱们可都没好果子吃！"

经过那么一通发泄，我也逐渐冷静下来。现在就算把老板榨成流质食品吃了也无济于事，当务之急是筹划下一步该怎么办。我走到瓦瑞娜身边，按住她的肩膀道："我们走吧，去想别的办法。"表情僵硬的她没有说话，而是乖乖地跟我离开了饭店。我们并肩走在路上，失败的气息笼罩在周围，两个人一句话都说不出来。走着走着，瓦瑞娜开始小声啜泣，然后眼泪越流越多。她开始还掏出手帕抹抹，到后来根本擦不完，液体顺着她高高的颧骨奔流而下，伴随着清晰的呜咽声。她仍旧迈着大步，整个人却正在由内往外崩溃。

我见状连忙拉住瓦瑞娜的手，把她拽到一处相对僻静的角落里，扳住她的肩膀。我本意是想安慰一下她，可瓦瑞娜顺势扑到我的怀里，开始号啕大哭。我没其他办法，只能任由这个素昧平生的女人在我的胸膛上泪如泉涌。这该死的大冲运，又一个被你折磨疯了的人类。瓦瑞娜哭了足有半个钟头，我甚至担心她会不会把自己身体里的水分都哭干，好在她现在总算停了下来。

"好受点了？"我从怀里掏出一沓软纸，她的手帕早就湿透了。

瓦瑞娜的脸上浮起两团红晕，她接过软纸，仔细地把眼角和唇边的泪水擦干。"谢谢你。"她低声说，"我真的有点撑不下去了。我想回家，真的非常想回家。这里的生活太苦闷了，足足两年啊，那些讨厌的工作和那些讨厌的同事，我没有一天不是计算着返回地球的日子过的。现在都已经到了这里……"面对她意外的抒情，我居然也意外地有了共鸣："是啊，我也一样。这里只有红色的土、红色的岩石和红色的沙尘暴。我都跟我儿子约好了，我每两年回去一次，跟他在真正的绿草地上打羽毛球，去水里游泳；还有我的母亲，她的身体一直不好，我这次回去是打算陪她一起去检查一下身体的——你知道，老人家还是不习惯单独被冷冰冰的机器医生检查……"

我们两个肩倚着肩、头靠着头，像一对情侣一样望着头顶的大玻璃罩子聊天。什么都聊。我给她讲我在地球上打猎的糗事，她给我讲地球上各大都市最有名气的时装店。我们就像是童话里卖火柴的小女孩一样，划出一根根拥有美好回忆的火柴，在这个大冲运的日子里获得一丝慰藉。

过了不知多久，有人扛着一大堆行李从这里路过，看了我们一眼，眼神里居然有怜悯和见怪不怪两种神情。这时候我们才猛然惊醒过来，两个人看看对方，一时间都觉得有些不好意思。为了摆脱尴尬，我用了一个最现实的话题："我们接下来，该怎么做好呢？"瓦瑞娜低下头，咬了咬嘴唇。我知道她想做什么，连忙握住她的手道："别那么想，一定还有其他办法。"瓦瑞娜笑了笑，没有把手抽回去。我的脑子飞速运转，极力回忆究竟还有别的什么渠道有拿到票的先例。经过一番艰苦的思考，我不得不承认，真的穷途末路了。

瓦瑞娜痴痴地朝着发射场的方向望去，嘴里喃喃道："哪怕让我趴在飞船外壳也好，待在不供氧的动力室也好，让我回去吧。"

"供氧……"我脑海里突然电光石火般地闪过一个念头。"我们只有一个选择了。"我对她说。

"什么？"

"就是昨天我们碰到的那个小子。别拿这种眼神看我，我知道他是个喷子，但是我们没别的办法，死马当活马医吧。"

我们在氧吧里找到了文东，至少这一点他没说谎。我们看到他的时候，文东正一边拿着氧气阀不时吸上一口，一边得意扬扬地跟自己的女伴吹嘘，嗓门比音乐声还大。现在似乎他已经变成了奥林帕斯发射场总经理的亲侄子，我猜再过上一阵，他也许会说自己是火星管理局的副局长了。

我叫了他一声。文东见到我，精神一振，放下氧气阀热情地迎过来："哟，张哥！您可来了！兄弟我都把这吧里的氧气吸完啦。来，来一口吧，地地道道的地中海味儿，我都能品得出来，是克里特岛的海味儿，没错！"他两只眼睛有点泛红，舌头也有些僵硬，这是醉氧的典型症状。我把他搀扶到沙发上，用眼神示意瓦瑞娜也坐下来。文东一见瓦瑞娜，咧开嘴呵呵大笑，挣扎着起来要跟她握手，又被我按了回去。

"我说文东，你醒醒，张哥我想求你办点事。"我尽量把语气放软，这么低三下四地求人，我特别烦，可是有什么办法呢？形势比人强。

"咳！看不起兄弟我了不是？您求我，那还不是一句话的事。有事您说话。"文东嚷嚷道。

"那是，咱们文东是什么人，一言九鼎，火星南部十六个基地里响当当的汉子。"我先拿话把他端住，文东听了很是受用，表情大为得意。我不失时机地问道："你那个管理局的朋友能不能再给弄两张航票来？"

文东听到这话，忽然不说话了，捞过氧气阀呼哧呼哧地吸着气。过了半晌，我急着追问他："哎，我说文东，到底行不行啊？"文东这会儿搔了搔头，表情很是后悔，支支吾吾道："这个嘛……我倒确实认识朋友，没骗你，只不过……"

"钱的事好说，张哥我都预备好了。"我伸出五个指头，尽量先声夺人，"票价以外，再给你加这个数。"文东满脸涨红道："您当我是什么人了？！我要图您的钱，我他妈就是火星管理局的领导！"

这个赌咒可够分量，我立刻说："辛苦费嘛，该给还是要给的，文东都给咱办成这么大的事了。"瓦瑞娜在一旁也帮起腔来："姑娘家最喜欢文东这样的，又讲义气，又可靠，门路还广。"

我们一唱一和，文东很快就招架不住了，别看他能吹，这脸皮还真是薄得很。文东低着头琢磨了半天，终于一甩手站起来了，像是做了一个重大决定。"好！我豁出去了，张哥你这忙我一定帮，不过……你们可别说出去啊，就你们俩知道。"

"一定一定。"我和瓦瑞娜满口答应。

文东说："你们等我去打一个电话。"

过了没五分钟，他回来了，似乎费了不少唇舌，喜气洋洋地对我们说道："行了，我那哥们儿同意过来看看，你们跟我来。"

"怎么……这还要面试？"我们面面相觑。

文东急道："哎呀，人家有门路，肯定就有人家的规矩，赶紧走吧。"我也不好再问，就和瓦瑞娜结了账，跟着他出了氧吧——我还替文东把氧气的钱给付了。文东让我事先把身份卡里的电子钞票换成一部分现金。

我们三个人在这个基地里转来转去兜了好几个圈子，都快转晕了。文东不停地说："快到了，就快到了，再坚持一下，人家有人家的规矩。"最后我们来到了一处僻静的空气交换通道前，文东让我们等在换气扇旁边，然后拿出自己的身份卡晃了晃，发出一声"噼啪"声。很快对面也传来同样的一声"噼啪"声，对上了频率，然后一个身穿宇航员便服的鬈发小个子从阴影里走了出来。

"我给你们互相介绍一下，这是我最好的哥们儿阿纳德。这是张哥，这是瓦瑞娜。"

这个阿纳德架子倒是不小，他傲气十足地把我们两个打量了一番，在瓦瑞娜身上停留的时间格外长。阿纳德忽然开口道："尺寸倒还可以，但这女人能受得了吗？"

瓦瑞娜有点莫名其妙，什么尺寸？能受得了什么？文东却抢先答道："没问题的，没问题！"阿纳德"哼"了一声，骂了文东一句："你小子，总给我找事，这是要担风险的，我跟你说。"不用文东提醒，我立刻把我和瓦瑞娜准备的现金送到他手里。阿纳德接过钱，掂量了一下，露出满意的神情："这还差不多！"

"那么，我们什么时候可以拿航票？"瓦瑞娜迫不及待地问。

阿纳德一愣："什么航票？"

"就是回地球的飞船票啊。"我和瓦瑞娜异口同声地说。阿纳德皱了皱眉头道："怎么，文东那小子事先没跟你们说吗？"

三个人的视线都投向文东。文东有点惊慌，赶紧赔笑脸跟我说："你看我这记性，张哥，我刚才忘记跟你说了。咱们这个啊，不是航票。"我越发糊涂了，不是航票，那是什么？文东比画道："宇宙飞船上不是都有那种紧急避难舱吗？就是飞船发生事故时用来逃生的小推力火箭。平时这些都是搁在飞船腹舱里不用的，也没人检查。阿纳德工作的那条船，他可以把咱们安排到避难舱里去。救生舱虽然不大，翻翻身的空间总是有的，而且里面不缺食品和水，足够撑到地球了。"

原来文东吹了半天牛，竟然是给我们找了这么一条路，真是蛇有蛇道、鼠有鼠路。怪不得他不好意思，事先吹得太满了，又是"我朋友送来好几张航票随便挑"，又是"我跟奥林帕斯的人熟得不得了"，如今被人撞破了牛皮，原来只是如此。

阿纳德冷冷地补充道："我们这条船从火星飞到地球要七天时间，在整个航行过程中，你们都不能离开避难舱，以免被人发现。按照宇航标准，避难舱配备的自动循环系统和物资可以让三个人支撑七十二小时，我会定时给你们补充。"

"怎么样？你觉得呢？"我问瓦瑞娜，我有点担心她的身体。紧急避难舱很狭窄，要像只老鼠一样在里面蜷缩至少一个星期，不是那么容易熬的。

瓦瑞娜坚定地回答："只要能回地球，怎么都行。"

我忽然想到一个问题："火星管理局的海关不会查吗？"

阿纳德露出一丝笑容："现在奥林帕斯挤了这么多人，他们巴不得多走一个是一个呢。紧急避难舱载客的事，管理局自己不好明里鼓励，暗地里并不反对。只要不危及航行安全，也就睁一只眼闭一只眼啦。这个你们不必担心。"

"那就这么说定了！"

"我的飞船是后天起飞，你们最好明天中午就过来，趁着注射燃料的时候跟着货物混进去，在避难舱里多待二十四小时，免得夜长梦多。只要坚持到起飞，就没问题了。"

我和瓦瑞娜对视一眼，眼神里都涌起喜色。这一次应该没问题了，我们的手不知不觉地握在了一起。

回到广场的时候，人潮已然拥挤，而且似乎越来越多。我们挤过人群，听到一个女孩子面色枯槁地嗫嚅道："我都已经等了三天了，还是没有排进队。"旁边的人面无表情，似乎对这种抱怨麻木了。一辆救护车从她身边呼啸而过，大概是哪个倒霉鬼晕倒了吧。现在这里的人实在太多了，当局根本应付不过来，所以只有真正危及生命的疾病才会得到救治，其他人只好领取一些安定剂，自生自灭。能够拿到航票的幸运乘客很少，可拥入奥林帕斯的乘客越来越多。种种迹象表明，这一次大冲运的规模将大于以往任何一届。和他们相比，我们只消忍受一个星期的狭窄生活，就能够回到地球，这是何等幸运啊！

当天晚上，我和瓦瑞娜一同住进了蔬菜大棚。这一次我成功地复仇了，蔬菜的噪声没有干扰我们，我们弄出来的噪声却吵到了蔬菜。我还偷偷摘下两片大白菜的叶子遮在空隙处，免得被管理员看到。瓦瑞娜看到我笨手笨脚的样子，禁不住咯咯地笑起来，我把叶子遮好，再度凑到她耳边轻轻地吹气："像这样的蔬菜，我真希望天天吃到。"于是热情如火的瓦瑞娜搂住了我的脖子。两个远离地球的思乡之人，用这种方式来庆祝了他们即将踏上返乡的旅程。

第二天一大早我们就从大棚的空隙爬起来，尽管与阿纳德接头的时间是中午，但我们已经迫不及待。虽然奥林帕斯比狭窄的紧急避难舱要舒服，但后者更让人觉得安心，那毕竟是回家的序曲，而奥林帕斯现在仍旧是一个充满了绝望和焦虑的大集合。

文东比我们晚到了一个半小时，慢吞吞的，这个没心没肺的家伙似乎根本不知道什么叫着急。他扫视了我们两个一眼，露出一副"我知道你们昨天晚上干什么了"的贼兮兮的表情。这真令人厌恶，可我还是得感激他，如果没有他的帮助，我和瓦瑞娜就真的走投无路了。

"阿纳德该到了吧？"瓦瑞娜看了看手表。

文东安慰道："还有五分钟呢，放心好了，他这个人一向很守时的。"我把手搭在瓦瑞娜肩上，她很有默契地伸过手去，搭在我的手背上。就在这个时候，远处忽然传来一阵警报响声。我们三个人面色一凛，这个警报的响声是三长两短，说明警报类型不是关于奥林帕斯，也不是关于火星，而是来自外层空间的威胁。

"我看看出什么事了。"文东从兜里掏出他的身份卡，打开城市内部的公共通讯频道。公共频道里是一副事不关己的腔调："空间探测部门刚刚发出一则警报，能量等级为5的太阳耀斑将在一小时后爆发。预计这次耀斑的时间将持续至少30分钟。"

"什么？！开什么玩笑？！"我们三个人一起大吼。

太阳耀斑和地中海阳光是截然不同的东西，那些高能粒子流和宇宙射线如同税务局的稽查员一样无孔不入，而且破坏力巨大，整个太阳系都处于其淫威之下。奥林帕斯的防护罩和火星本身的磁场可以过滤掉这些东西，可是太空中的那些飞船就麻烦了。

人类现在对这种宇宙间的自然灾害仍旧准备不足，除非是那种装了屏蔽护盾的军舰，一般的民用飞船在耀斑期间必须停飞，就算是飞到一半的飞船，也得把引擎和所有电子设备关掉，否则很容易被日冕抛射出来的巨量电离气体砸中，化作宇宙里的尘埃。只有等太阳耀斑各项射线通量逐渐降低到正常标准才能继续运行——一般来说，等级为5的爆发强度每持续5分钟，要等待12小时，对空间飞行的不利影响才能下降到安全标准。换句话说，预报没错的话，那么至少在三天内，整个奥林帕斯发射场都会处于被封锁的状态。这还没考虑到是否会有后续爆发。屋漏偏逢流星雨，在大冲运最紧张的时间里突然来这么一出，还真叫人无语。

看来对我们来说，宇宙的广袤只是一个错觉。浩渺的太阳系不是太大，而是太小，小到甚至找不到一个可以挡风遮雨的地方。

这个消息不只让我们，也让整个奥林帕斯乱成了一锅粥，广场上一片喧哗，每个人都在谈论这件事情，这些可怜的乘客现在是欲走无门，欲退无路。

文东赶紧联络阿纳德，几经周折后者才露了面。他说管理局已经下了禁飞令，而且没说明解禁时间，现在登船已经没有意义，他让我们在市里多等等。一个"等"字说得轻巧，我和瓦瑞娜的表情完全僵硬起来，本来握在一起的手也慢慢松开，感觉自己陷入了一个永恒的沙坑里，无论怎么挣扎都出不来。

奥林帕斯比我们的情况好不了多少。之前整个城市维持着大体的平静，那是因为还有一丝希冀，而现在剩下的只有绝望了。等待回家的人们不约而同地仰望玻璃罩外的深邃宇宙，在肉眼可接受的频率之内，宇宙还是一片祥和与安静，丝毫看不出有可怕的射线肆虐。

有的人开始哭泣，有的人开始叫骂，还有的人唱起歌来，但大多数人都保持着沉默。他们已经惯于等待，脸上不再带有任何感情色彩，无论男女老少都随着拥挤的人群摆动，摩肩接踵，仿佛灵魂都被生生挤出了身体，只剩下躯壳如同沙丁鱼一样堆积在奥林帕斯这个大罐头里，坚忍而执着地等待着。林立的手臂晃动着五颜六色的身份卡，如同一场诡异的宗教仪式。

"大冲运是魔鬼的发明，是为了让人类在进入地狱前放弃一切希望。"我的脑海里忽然没来由地闪过这么一句诗。这首诗的作者因为参加了一次大冲运疯了，然后因为疯狂而得了诺贝尔文学奖。

奥林帕斯管理局的日子同样不好过。他们已经向全火星发出通告，宣布停航，要求所有人都返回自己的基地去。即使如此也无法劝阻旅客的持续拥入。

火星和地球不同，人类的聚居点由几十个密闭环境的圆罩组成，在圆罩之间是无法预测的火星沙尘暴和恶劣环境，运输车辆和飞行器每一次出行都必须精确计算燃料消耗。那些接近奥林帕斯的车辆，燃料已经不足以返回最近的聚居点，只能朝着奥林帕斯开，否则就是死路一条。火星管理局虽然以出了名的漫不经心和低效而著称，终究还是不敢拿人命开玩笑，别无选择，只能让他们入境。据航运中心的雷达估算，这样的车子还有三十多辆，每一辆上都有至少一百名渴望回家的乘客。

空调标准一降再降，空气浑浊了不少。文东再也不提氧吧的事情了，我和瓦瑞娜不得不高价买了几个氧气包，以备不时之需。基地的自循环系统现在疲于奔命，只能勉强维持大气循环，其他的什么也顾不得了。航运中心开放了所有的仓库，动员基地家属和工作人员开展送温暖活动，免费给那些滞留在广场的乘客送水和食物。这种在平时会被大加赞扬的举动，在这个时候也显得力不从心。

据说最可怜的还不是这些在发射场的人，而是那些被困在半路的飞船乘客。像这种火地之间的"短途"飞船，为了增加运输能力，食物再生系统被拆掉了，只按照日程配置了定量食品。现在整条船被困在路上，毫无准备的乘客只能靠这些储备食品活着，假如被困时间过长的话，他们连补给都得不到。

在我们之前，奥林帕斯发射场已经发射出了二十多条飞船，按照日程计算，他们之中最快的已经快到月球了。可是这又能怎么样呢？那些自以为幸运搭上船的乘客现在恐怕正蜷缩在自己的座位上，听着宇宙射线撞击外壳的轰轰声，计算着还有多少存粮。太讽刺了，在这个时代居然还有人担心在飞船上饿死。

三天过去了，警报仍旧没有解除。太阳这一次兴奋地连连爆发耀斑，毫无规律，最准确的预告部门也只能表示这是百年不遇的一次天文现象，短时间内不可能结束。发射场挂出了"无限期停运"的牌子——手写的，因为电力已经开始不足了。据说军方已经出动了，他们派出了一些特制的飞船冒着危险去给滞留在半路的客运飞船送去补给物资，可惜那只是杯水车薪。

这一场突如其来的天灾令火星和地球之间绵延1.2亿公里的航线顿时安静了下来。所有的发射场和宇宙飞船像是被施了魔法，全都呆立不动，构成一条宇宙间绝望的虚线，仿佛太阳耀斑抛射到太阳系里的除了各类射线以外，还有沮丧与恐慌。区区1.2亿公里，光线走完这段路程只需要六分多钟，却成了我们这些卑微的人类无法逾越的鸿沟。

大冲运在虚空中向我们露出了它狰狞的尖牙，它的刀子很钝，慢慢地锯着我们的血肉。我对瓦瑞娜说这些，她说我已经快疯了，居然开始作诗。我问她在想什么，她说什么都没想，甚至回家都不想了，感觉已经丧失了目标。我试着回想一些快乐的事情，神经却无比沉重，重到甚至懒得抬起一个神经元来传递生物电。我们站在人群里——因为人已经多到不容躺倒的地步了，大家互相支撑着保持着站姿——梦呓般地进行毫无意义的对话，其实大部分时间还是沉默。

有时候我甚至怀疑，大冲运似乎永远结束不了，地球只是个虚假的想象。也许我们就会一直这么等下去，直到世界末日的那一天……在奥林帕斯的所有人都开始有这种错觉。

漫长的一个半星期过去了。在奥林帕斯的生态系统濒临崩溃的时候，火星管理局终于解除了耀斑警报，航班可以恢复正常运作；大批穿着宇宙军制服的士兵也赶来维持秩序，并动用军船疏散滞留乘客；被困在半路的飞船陆陆续续重新启动了引擎，抖动着巨大身躯朝地球飞去。

我和瓦瑞娜放弃了回地球，我们已经没有任何力气去抢票了，只好跟随军方的疏散车辆返回各自所在的火星基地，彼此没有留下任何联络方式。只有文东义无反顾地挤上了紧急避难舱，至于最后他有没有顺利地抵达地球，我就不知道了。

最后的结局？是的，凡事都会有个结局，但我想那已经不重要了。

反正两年后，火星会再度贴近地球，大冲运这项传统会再度出现，火星管理局"全力备战大冲运，切实确保乘客出行"的横幅还会挂出来，我们的故事还会在其他人身上继续上演。

这是大宇宙天体运行的神圣规律，凡人是无法抗拒的。

图书在版编目（CIP）数据

龙与地下铁 / 马伯庸著. — 长沙：湖南文艺出版社，2016.1（2023.6重印）
ISBN 978-7-5404-7346-4

I.①龙… II.①马… III.①长篇小说-中国-当代 IV.①I247.5

中国版本图书馆CIP数据核字（2015）第232666号

上架建议：小说

## 龙与地下铁

作　　者：马伯庸
出 版 人：陈新文
责任编辑：薛　健　刘诗哲
监　　制：蔡明菲　邢越超
出 品 人：周行文　陶　翠
特约编辑：王　维　李齐章
营销支持：刘斯文　周　茜
封面设计：SilenTide
版式设计：利　锐
出版发行：湖南文艺出版社
　　　　　（长沙市雨花区东二环一段508号　邮编：410014）
网　　址：www.hnwy.net
印　　刷：长沙鸿发印务实业有限公司
经　　销：新华书店
开　　本：700mm×980mm　1/16
字　　数：259千字
印　　张：18.5
版　　次：2016年1月第1版
印　　次：2023年6月第4次印刷
书　　号：ISBN 978-7-5404-7346-4
定　　价：39.80元

质量监督电话：010-59096394
团购电话：010-59320018